AF205861

Latex Gefühle
vollkommen umhüllt

..........*ich zitterte am ganzen Körper und meine Beine fühlten sich an, als wären sie nicht nur in, sondern auch aus Gummi. Mit jedem Atemzug nahm ich den erotischen Duft des Latex wahr, welcher mich wie eine Wolke umgab............*

Latex Gefühle

vollkommen umhüllt

von

Laura Sonnblick

Bibliografische Information der Deutschen Nationalbibliothek:
Die Deutsche Nationalbibliothek verzeichnet diese
Publikation in der Deutschen Nationalbibliografie;
detaillierte bibliografische Daten sind im Internet über
http://dnb.dnb.de abrufbar.

Herstellung und Verlag: BoD – Books on Demand,
Norderstedt

ISBN: 978-3-7460-1042-7

Email: laurasonnblick@outlook.de

Ist das alles?

Schon wieder war es Freitag. Ich war verabredet für einen entspannten Cocktailabend mit meinen Studienkolleginnen. Die Zeit rannte und ich verfluchte meine Angewohnheit, alles auf den letzten Drücker zu erledigen und niemals pünktlich zu sein.

Immer das Gleiche mit dir Susann. Ich ärgerte mich über mich selbst. Mit meinem Mascara bürstete ich mir schnell die Wimpern in Form und lief aus dem Haus.

Germanistik, wie konnte ich mich nur auf solch ein langweiliges Fach einlassen? Diese Frage stellte ich mir nun schon seit Monaten und dieser einschläfernde Abend, der sich nur um unser ätzendes Studium drehte, gab mir den Rest.

War das alles, was mich im Leben erwartete? Dreiundzwanzig Jahre und nur von drückender Monotonie umgeben, von spießigen »Freundinnen«, deren Seelenheil darin lag, die Klausuren nicht schlechter als mit Note Zwei zu bestehen und irgendwann in einem grundsoliden Job dahinzuvegetieren. Eine Aneinanderreihung von Belanglosigkeiten gepaart mit meiner täglich wachsenden Unzufriedenheit mit mir selbst.

Ich ließ an diesem Abend meinen Gedanken freien Lauf, ignorierte das Gegacker der Hühner, die Teil meines wahr gewordenen Albtraums waren, und dachte darüber nach, was ich wirklich wollte.

Was könnte ich tun, um mein Leben von Grund auf zu ändern? Mit meiner zierlichen Figur und meinen glatten, langen, brünetten Haaren könnte ich bestimmt Model werden. Model? Na klar Susann, ich drehte wohl gerade völlig durch.

Der Abend endete in der Gewissheit, dass mein Leben es bisher nicht wert war, gelebt zu werden und dass ich dringend etwas tun musste, um das zu ändern. Eine Lösung für das Problem hatte ich keine. Stattdessen verstrickte ich mich in die abenteuerlichsten Wünsche. Wollte ich etwa wirklich Model werden? Nein, wirklich nicht.

Nachdenklich und etwas deprimiert saß ich am nächsten Morgen in meiner kleinen Wohnung. Meine ersten, eigenen vier Wände, in die ich vor drei Jahren nach einem heftigen Streit mit meinen Eltern gezogen war.

Meine Eltern, sie wollten nur das Beste für ihren Sonnenschein. Ein Studium, Germanistik, und dann am besten einen netten, jungen Mann kennenlernen, der mich auf Händen trug und mir Haus und Leben finanzierte. Dem ich zwei reizende Kinder schenkte und mit dem ich den Rest meines Lebens überglücklich zwischen Waschküche, Pausenbroten, der Gartenarbeit und den ehelichen Pflichten, wie es meine Mutter zu sagen pflegte, durch ein sorgen- und aufregungsfreies Leben schritt, bis der Tod mich im hohen Alter gnädig erlöste.

Drei Jahre, in denen ich den Kontakt mit meinen Eltern auf das Nötigste reduzierte und dennoch auf dem besten Wege war, ihren Traum von meinem Leben zu verwirklichen. Drei Jahre, in denen ich mich trotz aller Freiheit furchtbar eingeengt fühlte.

Ich musste etwas ändern. Dieser Gedanke manifestierte sich zunehmend in meinem Kopf. Mein Leben aufräumen. Leben aufräumen? Wie gut, dass Samstag mein Putztag war.

Gedankenverloren zog ich mir meine gelben Gummihandschuhe über und nicht zum ersten Mal im Leben bereitete es mir einen wohligen Schauer. Ich ließ das Gefühl in mir wirken. Putzen? Nein, an Putzen war nun wirklich nicht zu denken. Ohnehin war ich mein minutiös geplantes Leben leid. Ich wollte mein Leben ändern? Dann sollte ich jetzt damit beginnen.

Ich ließ die Handschuhe an meinen Händen, ging in mein Schlafzimmer und legte mich aufs Bett. Langsam fing ich an, meine nackten Schenkel zu streicheln, das Gummi auf meiner Haut bereitete mir ein wohliges Kribbeln. Das war doch bescheuert. Ich wollte schon aufspringen, da durchfuhr mich die Erinnerung an den gestrigen Abend und mein unglückliches Leben wie ein Blitz und ich entschloss mich, liegen zu bleiben.

Das Gefühl, Gummi auf meiner Haut als einen Genuss zu empfinden, hatte ich schon öfters gespürt. Ich erinnerte mich, als wäre es gestern gewesen, an den Tauchkurs, den meine Eltern mir zum 16. Geburtstag geschenkt hatten, und an das Gefühl, mehr Spaß am Tragen des Anzuges gehabt zu haben als am Tauchen selber.

Und nun diese Handschuhe, die mich bei jeder Berührung erschaudern ließen. Gerade, als meine Hände zwischen meinen Schenkeln höher wanderten, riss mein Handy mich unsanft aus meinen erotischen Gedanken.

Annika? Oh nein, wir waren ja heute für ihre »Safari« verabredet. Annika war meine beste Freundin aus Kindertagen, wohnte um die Ecke und verschönerte ihre Wochenenden damit, auf die Jagd nach Kerlen zu gehen, die sie für einen Abend zu sich nach Hause einlud, um sie gekonnt wieder auf die Straße zu spucken, nachdem sie sie »ordentlich durchgekaut« hatte.

Dass ihr das in unserem Bekanntenkreis bereits zweifelhaften Ruhm eingebracht hatte, störte sie nicht die Bohne, und ein kleines bisschen beneidete ich sie um ihre Unbekümmertheit. Ich war an diesen Abenden ihr Wingman, was bedeutete, dass sie mich nur so lang brauchte, bis ihre Beute gesichert war.

Ich nahm es ihr nicht übel. Sie kam genau wie ich aus gutem Elternhause, war wohlbehütet und mit der Hoffnung erzogen worden, eines Tages schmückendes Beiwerk eines gut situierten Mannes zu werden. Ihre Safaris waren ihre Art der Rebellion gegen ihre Eltern. Dass diese davon keinen Schimmer hatten und ihr alle paar Monate einen neuen, heiratswürdigen, schmierigen Kandidaten anschleppten, den sie vergraulte, in dem sie sich beim Essen wie ein verwöhntes Kind verhielt und jeden Abend mit einem theatralischen Weinkrampf beendete, amüsierte sie köstlich.

Allein dafür liebte ich sie aufrichtig, sie tat all das, was ich mich bisher nie getraut hatte. Und selbst wenn ihr Leben auf den ersten Blick kein Traum war, so hatte sie das, was ich im Moment mehr als alles andere brauchte: Sie war auf ihre ganz eigene Art frei ... und verrückt.

Ich lernte auf unseren Touren zahlreiche, langweilige Jungs kennen, die versuchten, mich mit ihren plumpen Sprüchen und einstudierten Touren ins Bett zu bekommen. Sah ich wirklich so einfältig aus? Sicher färbte Annikas Verhalten auf die Wahrnehmung meiner Person ab. Und so machte ich mir einen Spaß daraus, all diesen emsig bemühten Kerlen Hoffnung zu machen, mich von ihnen im Taxi nach Hause chauffieren zu lassen, um dann auszusteigen und dem Fahrer zuzurufen »bringen sie den jungen Mann gut nach Hause«. Aber heute Abend wollte ich das alles nicht, ich wollte alleine sein, also ignorierte ich das Klingeln. Als Annika endlich aufgab, schrieb ich ein kurzes »Hey Süße, mir geht es heute leider nicht gut, ich bleib im Bett. Mach sie fertig! Küsschen, Susann«.

Der Zauber des Moments war verflogen und so machte ich es mir mit einer heißen Schokolade auf meiner Couch gemütlich und schaltete den Fernseher ein. Schon nach 20 Minuten langweilte mich das Programm und ich griff zu meinem Laptop.

Ich wollte doch mein Leben ändern, wie ging ich das am besten an? Unter den Suchworten »mein Leben ändern« und »aus dem Leben ausbrechen« gab es diverse, mehr oder minder hilfreiche Psychotipps und religiöse Ansätze, doch nichts davon brachte mich auch nur einen Millimeter weiter und die Suche nach meinem besseren Ich fing an, mich zu nerven. Aus diesem grässlichen Wochenende musste sich doch noch was machen lassen.

Meine Gedanken wanderten zurück zum Nachmittag und zu den Handschuhen auf meiner Haut. Das war die Idee! Ich könnte ein wenig im Internet nach interessanten Seiten über Latexkleidung surfen, mir Anregungen holen und die Gefühle des Nachmittags wieder aufleben lassen. So würde der Abend zwar allein, aber zumindest prickelnd enden.

Einige Wochen später

»Bist du noch da?«

Das Chatfenster an meinem Laptop blinkte. Simon. Ich kannte ihn nicht wirklich, virtuell war er mir an jenem Samstagabend vor einigen Wochen auf einer Dating Seite für Latex-Liebhaber über den Weg gelaufen. Seine offene, lustige und charmante Art hatte mir sofort gefallen. Die Bilder auf seinem Profil zeigten einen charismatischen, geheimnisvollen Mittdreißiger mit durchdringenden, blauen Augen.

Seitdem waren wir jeden Tag im virtuellen Kontakt. Ich erzählte ihm von meinem öden Dasein und meinem Wunsch, auszubrechen. Von ihm erfuhr ich, dass er seit 6 Jahren eine gut gehende Praxis für Psychotherapie leitete, Seminare für Persönlichkeitsentwicklung gab und eine Menge Geld mit dem Verkauf seiner Selbsthilfe Bücher und Hypnose CDs verdiente.

Auf die Plattform war er mit seiner Exfreundin auf der Suche nach neuen Kicks gestoßen. Zusammen waren sie tief in die Welt von Latex und Leder eingetaucht, hatten miteinander Neues probiert und alle Facetten genossen, bevor sie sich vor drei Jahren entschieden, getrennte Wege zu gehen. Nach der Trennung hatte Simon sich entschlossen, seine Leidenschaft für Latex mit jungen Einsteigerinnen zu teilen.

»Susann, bitte, wenn ich dich mit meiner Frage geschockt oder verletzt habe, tut es mir leid, das war nicht meine Absicht. Sprich doch wieder mit mir.«

Geschockt? Nein, das traf es nicht wirklich, verletzt auch nicht. Ich war eher erstaunt. Hatte er mich tatsächlich gerade gefragt, ob ich nicht Lust hätte, seine neue Schülerin zu werden?

Seine Schülerin, bisher hatte er mir nur wenig Einblick in das gegeben, was seine Schülerinnen so erwartete. Was ich wusste, war, dass er junge Mädchen suchte, die in der Latex-Szene neu waren. Er ließ sie bei sich einziehen, mal drei Monate, mal mehr, mal weniger. Und er brachte ihnen all das bei, was er mit seiner Freundin erlebt und erfahren hatte. Das Einzige, was sie selber mitbringen mussten, war das Einverständnis, für die Zeit des Coachings auf große Teile ihres normalen Lebens zu verzichten, es hinter sich zu lassen und sich nur auf ihn zu konzentrieren. Hatte man sich einmal dafür entschieden, war er derjenige, der die Länge des Coachings bestimmte. Dennoch war man nicht gefangen. Wer gehen wollte, durfte gehen, aber auch niemals wiederkehren.

»Susann, alles, was du mir erzählt hast, zeigt mir deine Unzufriedenheit. Ich möchte dir eine neue Welt eröffnen. Dir zeigen, was es heißt, seine Leidenschaft zu leben. Gib mir eine Chance, vertrau dich mir an, du wirst es nicht bereuen.«

Ich zögerte, mein Herz pochte und irgendwie fand ich den Gedanken höchst aufregend. Außerdem hielt mich gerade wirklich nichts in meinem aktuellen Leben. Ein paar Monate von allem lossagen, etwas Neues, Aufregendes erleben. Einfach seinen Wünschen folgen, frei von allen Konventionen. Warum nicht?

Ängstlich, skeptisch und zugleich voller Hoffnung gab ich seinen Namen im Internet in eine Suchmaschine ein. Ein Mann mit einer solchen Biografie sollte doch dort zu finden zu sein. Kaum hatte ich auf »Suchen« gedrückt, erschienen etliche Einträge, die Webseite seiner Praxis für Psychotherapie sowie Kaufangebote für eine Vielzahl seiner Bücher und Selbsthilfe CDs. Ich war beeindruckt und tatsächlich nahm es mir einen Teil meiner Angst, als ich sein Profilbild auch auf seiner Praxis Webseite erblickte.

Wie würde Annika entscheiden? Sie würde sicher keine Sekunde lang überlegen und sich kopfüber ins Abenteuer stürzen. Sie würde es genießen und am Ende um viele Erfahrungen reicher sein.

»Was hältst du davon, dich mit mir per Videochat zu unterhalten? So kannst du mich sehen und zugleich meine Stimme hören.«

Ich stimmte zu, zupfte mir noch schnell im Badezimmer meine zerzausten Haare zurecht und nahm schließlich mit zitternden Fingern den ankommenden Videoanruf auf meinem Laptop entgegen.

»Hallo Simon.« Ich war so aufgeregt, dass meine Stimme sich kaum normalisierte.

Er hatte nicht gelogen. Vor mir erblickte ich den Mann, der auch auf der Praxiswebseite und dem Cover der Bücher und CDs zu sehen war. Seine warme Stimme klang angenehm.

Wir unterhielten uns zwei Stunden und es fühlte sich so an, als würden wir uns schon ewig kennen.

Gerade als er das Gespräch beenden wollte, wiederholte er noch mal seine Frage: »Du hast mir noch nicht verraten, ob du meine Schülerin werden möchtest?«

Mein Atem stockte und ich erschauderte.

»Gib mir zehn Minuten Bedenkzeit, dann schreibe ich dir meine Antwort im Chat, okay?«

Simon nickte und beendete den Videochat.

Sollte ich mich wirklich so leichtsinnig auf einen Wildfremden einlassen, den ich nur aus dem Internet kannte? Was konnte nicht alles passieren?

»Ich bin dabei, sag mir wann und wo.« Hatte ich das gerade getippt? Oh mein Gott. Ja, das war es, was ich wollte. Ich vertraute auf mein Glück, mein Bauchgefühl und mein Schicksal.

Keine Sekunde später sah ich, dass Simon tippte.

»Ich freue mich Susann. Bitte packe deine Koffer mit allem, was du die nächsten Monate als wichtig und richtig erachtest. Gib deinen Lieben Bescheid, damit sich niemand um dich sorgt. In genau einer Woche wird dich um neun Uhr in der Früh ein Wagen abholen und zu mir bringen. Ab da beginnt dein Coaching. Deine fortlaufenden Kosten werde ich in der Zeit für dich tragen und mich um sämtliche bürokratische Angelegenheiten kümmern. Du musst lediglich einen Nachsendeauftrag für deine Post einrichten. Übermittel mir bitte in der nächsten Stunde deine Konfektionsgrößen und deine Schuhgröße.« Mit diesen Worten ging er offline.

Die Woche vor dem großen Tag schlief ich nicht wirklich gut. Ich war viel zu aufgeregt. Annika, die gerade Urlaub machte, hatte ich angerufen und ihr geschildert, was ich in den nächsten Wochen und Monaten treiben wollte. Sie war hin und weg und ich hörte sogar ein wenig Neid in ihrer Stimme. Sie wollte sofort alle Details von mir hören, wenn ich wieder da war. Dass ich nicht wusste, wo es hinging, dass ich außer seinem Namen und den Informationen aus meiner Internetrecherche nichts von Simon wusste, machte mir ein wenig Angst, störte Annika aber nicht im Geringsten.

»Du bist ein Angsthase Susann. Schreib mir einfach täglich eine SMS in den ersten Tagen zur Sicherheit und lass dich verdammt noch mal einfach fallen. Genieß es, sei ein großes Mädchen.«

Sie hatte recht, ich sollte auf meinen Bauch hören. Ich vertraute Simon, einem Mann, dem ich im Leben noch nie begegnet war.

Die letzte Nacht, bevor es losgehen sollte, lag ich wach und beobachtete den Sekundenzeiger meiner Uhr. Je näher der Morgen rückte, desto aufgeregter wurde ich. Spannung und eine große Portion Angst erfüllten meinen Körper.

Plötzlich klingelte der Wecker. Was? Schon halb neun? Ich musste doch noch für ein paar Stunden eingeschlafen sein. Sofort war ich hellwach und mein Herz begann zu rasen. In meinem Kopf herrschte ein Gefühl zwischen wegrennen, verstecken, großer Neugier und irgendwie auch etwas Vorfreude.

Als ich gerade fertig gestylt das Bad verließ, klingelte es an der Tür. Angst schoss durch meinen Körper und ließ ihn erschaudern. Ich ergriff meine Tasche und lief mit weichen Knien die Treppen hinab. Jetzt gab es kein Zurück mehr.

»Bist du Susann?« Der Mann vor meiner Tür trug einen schwarzen Anzug und sah aus wie ein Chauffeur.

»Ja die bin ich«, ächzte ich eingeschüchtert.

»Folge mir.« Er ergriff meine Tasche und lief voraus.

Wir stiegen in einen imposanten Audi und fuhren los. Die gesamte Fahrt über herrschte Stille. Mein Herz und meine Gedanken rasten in mir. Wo fuhren wir nur hin und wie würde er sein? Was würde mich erwarten?

Die Fülle an Fragen in meinem Kopf und meine Aufregung ließen die Fahrt wie im Flug vergehen. Vom Weg selber bekam ich kaum etwas mit. Plötzlich stoppten wir vor einem riesigen Haus und ich hatte keinen Schimmer, wo ich mich befand. »Mir nach.« Der Fahrer lief mit meinem Koffer in der Hand in Richtung der Eingangstür.

Erstaunt betrachtete ich auf meinen letzten Schritten in Freiheit das Haus. Die Größe und der gepflegte Vorgarten imponierten mir. Simon schien wahrlich gut zu verdienen.

Der Klang der Klingel und die nahenden Schritte im Haus ließen mein Herz schier explodieren. Mein ganzer Körper zitterte, als schließlich die Tür aufging.

Da stand er, der Mann von den Fotos. »Hallo Susann, ich habe dich schon erwartet. Komm rein.« Freundlich lächelnd sah er mich mit seinen blauen Augen an.

Der Chauffeur stellte den Koffer im Innenraum ab und verschwand, während Simon mich direkt in sein Wohnzimmer bat.

»Magst du einen Kaffee?« Schüchtern nickte ich.

Seine Ausstrahlung war überwältigend. Wir unterhielten uns stundenlang und ich spürte, wie seine Worte meine Seele berührten. Er schien mich tatsächlich zu verstehen und meine Angst wich einem angenehmen Kribbeln. Gemeinsam lachten wir so herzlich, als würden wir uns schon seit Jahren kennen.

»Susann, du bist eine tolle Frau. Ich schätze deinen Intellekt und deine Emotionalität.« Simon lächelte zufrieden. »In unseren Gesprächen habe ich den Eindruck gewonnen, dass in dir eine Menge Leidenschaft für deine Träume und dieses Coaching steckt. Ich verspreche dir, dass es dich zu einem glücklicheren und selbstbewussteren Menschen machen wird.«

Geehrt von seinen Worten sah ich ihn glücklich an. Mein Bauchgefühl sagte mir, dass es die beste Entscheidung meines Lebens war. Dass es mir oftmals an Selbstbewusstsein mangelte und ich unglücklich war, war nichts Neues. Ich fühlte, welch große Chance sich für mich auftat, um mein Leben zu verändern und zu verbessern.

»Du fragst dich sicher schon, wann dein Coaching losgeht? Unser Gespräch und unser Kennenlernen waren die wichtigsten Schritte. Ich muss fühlen, dass du die Richtige bist.« Simon stand auf. »Die entscheidenden Bestandteile des Coachings sind das Vertrauen, die Leidenschaft und die Tatsache, dass du absolut glücklich mit deiner Entscheidung bist.«

Nickend stimmte ich ihm zu und spürte zugleich, wie gespannt ich auf all das Unbekannte war, was mich von nun an erwarten würde. Eine riesige Vorfreude und Faszination erfasste mich.

»Komm, ich zeige dir dein neues Zimmer.«

Er brachte mich in die zweite Etage. Mein Zimmer war beinahe so groß wie meine Wohnung und besaß zusätzlich ein eigenes Bad. Das zarte rot der Wände und das große Himmelbett ließen Träume von tausendundeiner Nacht wahr werden. Ich fühlte mich wie eine echte Prinzessin.

»Morgen legen wir los! Lebe dich noch ein bisschen ein und träume heute Nacht was Schönes.« Er drehte sich um und verschwand urplötzlich.

Das neue Leben beginnt

Nachdem Simon verschwunden war, war ich todmüde aufs Bett gesunken, genoss das Gefühl, etwas ganz Besonderes zu sein und schlief innerhalb weniger Minuten tief und fest ein. Nicht mal zum Ausziehen hatte ich noch Lust. Gegen acht wachte ich aus einem erholsamen, traumlosen Schlaf auf und fragte mich, was mich heute wohl erwarten würde. Plötzlich klopfte es an der Tür.

Simon steckte den Kopf zur Tür herein und lächelte. »Einen wunderschönen ersten Morgen in deinem neuen Leben wünsche ich. In einer halben Stunde gibt es Frühstück. Komm bitte runter, damit wir noch ein paar Sachen besprechen können. Im Kleiderschrank findest du alles, was du brauchst. Such dir etwas Schönes aus.«

Während Simon sprach, spürte ich zum ersten Mal das Gefühl der Demut in mir. Zeitgleich faszinierte mich die Tatsache, wie mich dieses Gefühl erregt. »Mach ich«, erwiderte ich noch etwas verträumt.

Nachdem er das Zimmer verlassen hatte, lief ich gespannt zu dem großen Schrank in meinem Zimmer.

Als ich den Schrank öffnete, erblickte ich kein Latex, wie ich es erwartet hatte. Enttäuscht ging ich ins Bad und in einem reichlich normal anmutenden Outfit bestehend aus Pulli und Jeans zum Frühstück.

»Lass es dir schmecken Susann und greif zu.« Simon saß mir gegenüber am Tisch.

»In der ersten Zeit geht es darum, dass du auf hohen Absätzen laufen lernst. Ich vermute anhand deines Kleidungsstils und der Bilder, welche ich von dir gesehen habe, dass du bisher ausschließlich flache Schuhe getragen hast. Das wird sich von nun an ändern.« Er sah mich vielsagend an. »Bald wirst du vollkommen selbstverständlich ausschließlich hohe Absätze tragen. Damit meine ich keine zehn Zentimeter, das beherrscht ja jede Frau. Ich rede von richtig hohen Absätzen. Aber keine Angst Susann, wir werden langsam beginnen und uns stetig steigern.« Simon reichte mir ein Paar schwarze Stiefel mit breiten, acht Zentimeter hohen Absätzen. »Für diese Woche sind dies deine Schuhe und ich möchte, dass du selbstständig und aus eigenem Interesse damit übst.«

Ich musste schlucken, hatte ich bis jetzt doch mit stolzgeschwellter Brust vehement meine Leidenschaft für bequeme Sneakers verteidigt. Täschchen und Schühchen? Ich? Niemals! Persönlich verband ich Schuhe mit hohen Absätzen mit einem ungemütlichen Tragegefühl und absoluter Tussi-Tauglichkeit. Nun, davon musste ich mich jetzt wohl verabschieden.

Ich zog die Stiefel über, sie waren ganz schön hoch. Aber was sollte es? Wer nicht wagt, der nicht gewinnt. Urplötzlich überkam mich eine Welle der Erregung. Was war nur mit mir los? Nur langsam begriff ich, wie sich diese Situation von meinen früheren Erfahrungen mit hohen Schuhen unterschied. Hohe Schuhe mit Absätzen waren für mich unbequem, doch dieses Mal tat ich es für Simon. Ich tat es, um aus meinem alten Leben auszubrechen und mich neu zu entdecken.

Die Stiefel schränkten mich in meiner Bewegung ein, schnelle Schritte wirkten ungelenk und ich knickte dauernd um. Ganz zu schweigen davon, dass meine Zehen und meine Fußballen schon nach kurzer Zeit total wehtaten. Aber wenn ich stand, verliehen mir die Stiefel unheimlich lange Beine und eine attraktive Körperhaltung.

Und noch etwas machten diese Stiefel mit mir, ich fühlte mich ausgeliefert. In den Dingern wegrennen? Ja sicher! Protestieren und sie nicht tragen? Nein, dann wäre das Abenteuer zu Ende, bevor es begann. Zwischen meinen Beinen machte sich ein wohliges Kribbeln breit. Es gefiel mir, groß zu sein, sexy und irgendwie treu ergeben. Ich verliebte mich in die hohen Absätze, auch wenn meine Füße in den ersten Tagen von Blasen übersät waren und abends furchtbar schmerzten.

Tag für Tag gab mir Simon neue Aufträge, welche ich in der Stadt erledigen musste. Ich ging zum Arzt, um mich auf HIV und Hepatitis testen zu lassen. Simon selbst hatte sich am Tag meiner Ankunft testen lassen und mir einige Tage später sein Ergebnis präsentiert. Das Thema war also geklärt, wir waren beide völlig gesund.

Schnell kamen über den Tag verteilt mehrere Kilometer zusammen. Auf der Straße trug ich meist eine knallenge, rote Röhrenjeans, ein schwarzes Oberteil und einen schwarzen Trenchcoat. Den Rest der Tage verbrachte ich zumeist allein in meinem Zimmer und las. Simon hatte eine schier unendliche Masse an Büchern unterschiedlicher Genres in seinem Lesezimmer, wie er es nannte. Wenn ich nicht gerade etwas las, saßen Simon und ich zusammen, plauderten und genossen unsere Zeit zu zweit. Zwischen uns knisterte es gewaltig, aber Simon war und blieb ein perfekter Gentleman.

Er hatte so viel zu erzählen. Er hatte die ganze Welt bereist und seine Geschichten waren spannend und lustig zugleich. Ich klebte förmlich an seinen Lippen. Aber er wollte auch mehr von mir erfahren und meine wahre Seele ergründen. So kannte er bald alle Geschichten über meine Kindheit, mein erstes Haustier - Kuschel, mein kleines Meerschweinchen – über meine Freunde, meine Familie, was ich hasste und was ich liebte. Doch wenn ich versuchte, in Erfahrung zu bringen, wann wir endlich den nächsten Schritt gehen würden, lächelte er mich an und bat mich, nicht zu ungeduldig zu sein und abzuwarten. Abwarten? Ich? Na super! Aber ich war ja hier, um etwas zu lernen, und wenn es nur Geduld zu haben war.

An diesem Abend maß Simon meinem Körper aus und notierte alles akribisch in einer Tabelle, bevor wir schließlich ins Bett gingen.

Es waren keine zwei Wochen vergangen, als das Gefühl der Einschränkung verloren ging und die hohen Absätze der Stiefel für mich mehr und mehr zur Normalität wurden. Ich sagte nichts und doch erkannte Simon, was los war. Er schien mich ohne Worte zu verstehen, was mich einerseits verängstigte und dennoch zutiefst innerlich berührte.

Daher wunderte es mich nicht, dass er am folgenden Tag mit neuen Schuhen um die Kurve kam. Fortan trug ich wundervolle, braune Lederstiefel mit zehn Zentimeter hohen Absätzen. Das Gefühl der Einschränkung kehrte zurück, wenn diesmal auch weniger. Ich konnte nur noch langsam laufen, das Treppen steigen wurde schwieriger und meine Haltung und ich wuchsen in die Höhe.

Bereits eine Woche später war ich auch daran gewöhnt und hatte mittlerweile einen richtig attraktiven Hüftschwung und einen sexy Gang entwickelt. Man sah mir an, dass ich mich so richtig wohlfühlte.

»Ich bin stolz auf dich Susann.« Wir saßen uns entspannt beim Abendessen gegenüber.

»Ab morgen werde ich meiner kleinen Schülerin die erste Prüfung abnehmen und du kannst den nächsten Schritt einer wundervollen Entwicklungsleiter erklimmen. Wir treffen uns um sechs Uhr in der Früh hier am Frühstückstisch und legen dann richtig los. Aus diesem Grund solltest du heute etwas früher schlafen gehen«, riet er mir charmant.

Als ich im Bett lag, dachte ich noch eine ganze Weile nach. Die Spannung in mir wuchs. Auch wenn ich mich noch nicht wirklich demütig ergeben fühlte oder gar wie eine dienende, brave Schülerin, so war mir doch bewusst, dass Simon mein Lehrmeister war. Mit allem, was es noch bedeuten würde.

Der Wecker klingelte. Der Tag der ersten Prüfung war gekommen und irgendwie fühlte ich mich auch so. Aufgeregt und mit einer gewissen Prüfungsangst wartete ich am Frühstückstisch auf Simon.

Mit einem Strahlen im Gesicht kam er schließlich nur wenige Minuten später die Treppe hinunter auf mich zugelaufen.

»Guten Morgen Susann, gut geschlafen? Heute ist der Tag deiner ersten Prüfung und wir werden über das Wochenende Amsterdam besuchen, um eine kleine Stadttour mit viel Sightseeing zu genießen.«

Stadtbummel in Amsterdam? Das war es schon? Ich versuchte, mir meine Enttäuschung nicht anmerken zu lassen. Irgendwie hatte ich gehofft, dass es etwas erotischer zugehen würde. Keine Ahnung, warum, aber in den letzten Wochen war mein Wunsch darauf, Simon zu küssen und ihn zu spüren gewachsen und seine vornehme Zurückhaltung machte mich schier wahnsinnig.

Simon stupste mich an: »Das hier wirst du tragen.«

Er zeigte auf ein paar braune, spitze Stiefel mit mörderisch hohen, zwölf Zentimeter Stiletto Absätzen. Ich schluckte. Solch hohe Absätze hatte ich noch nie zuvor in meinem Leben gesehen. Ich sah mich schon durch Amsterdam stolpern. Aber hey, Simon war der Boss, er machte die Regeln.

»Wir werden nur diese Stiefel für dich als Schuhe mitnehmen. Geh nun hoch in dein Zimmer und mach dich fertig.«

Verunsichert und etwas eingeschüchtert nickte ich. Schnellen Schrittes lief ich die Treppe hinauf in mein Zimmer. Simon hatte für mich eine dunkelblaue, knallenge Röhrenjeans, ein Paar halterlose Nylonstrümpfe, ein weißes Oberteil und einen modischen roten Trenchcoat bereitgelegt. Nachdem ich mich angezogen hatte, fehlten nur noch die Stiefel.

Ihr Anblick wirkte auf mich imposant aber zugleich wusste ich auch, was für ein wahnsinniges Selbstbewusstsein eine Frau ausstrahlt, die auf solch hohen Absätzen erhobenen Hauptes elegant laufen konnte. Ob ich diese Frau sein konnte? Ja, konnte ich. Irgendwie musste ich mir ja Mut zureden. Genüsslich öffnete ich den Reißverschluss und schlüpfte hinein.

Oh mein Gott! Diese Schuhe machten aus mir eine Frau, die unmöglich schnell laufen konnte, auf feste Bodenbeläge angewiesen war und ihr gesamtes Körpergewicht in einem Balanceakt einzig mit pfenniggroßen Absätzen und ihren Zehen trug. Ich fühlte mich zerbrechlich.

Zugleich hatte ich eine imposante Größe und Ausstrahlung und besaß ungemeine Attraktivität. Irgendwie abwegig, so zu denken, ging es mir durch den Kopf. Und doch waren es genau diese zwei Seiten, das Yin und Yang, der Schmerz beim Gehen und die daraus resultierende Erregung, die in mir ein riesiges Feuer entfachten.

Mit gepackten Koffern wartete Simon bereits auf mich und lächelte mich stolz an, als ich langsam, mit wackeligen und unbeholfenen Schritten auf ihn zulief.

Wir stiegen auf die Rückbank von Simons Audi, in dem sein Chauffeur bereits auf uns wartete. Die gesamte Fahrt über waren wir in wundervolle Gespräche vertieft. Sie waren so innig, so ehrlich und so vertrauensvoll, als würden wir uns bereits ein ganzes Leben kennen. Er öffnete mit seinen Worten meine

Seele und ich spürte Vertrauen und Zuneigung zu ihm.

Wie im Flug verging die Fahrt nach Amsterdam. Kaum waren wir da, erblicke ich das prächtigste und edelste Hotel, das ich je gesehen hatte. Ich hatte nicht wirklich viel für Luxus übrig, aber dieses Hotel beeindruckte mich.

»Kommst du?« Simon öffnete die Tür und reichte mir seine Hand. Überwältigt von den Eindrücken sah ich ihn an und stieg aus dem Wagen, der bereits Sekunden später mit Simons Chauffeur weiterfuhr.

Wie eine Diva wandelte ich über den roten Teppich vor dem Hotel in die Lobby, wo Simon uns eincheckte. Das Zimmer war groß und mit edlen, dunklen Holzmöbeln versehen. Irgendwie war es mir beinahe schon zu schick und auch Simon erzählte mir von seiner Abscheu gegenüber der oftmals eingebildeten Klientel in solch luxuriösen Hotels.

»Es geht im Leben nicht um Geld. Es geht um Leidenschaft, Gefühle des Glücks und Zufriedenheit«, sinnierte Simon. »Nur wer diese besitzt, ist wirklich reich. Dieses Wochenende möchte ich, dass du dich wie eine Königin fühlst. Deswegen sind wir hier.«

Nachdem die Hotelpagen unsere Koffer gebracht hatten, machten wir uns sofort auf den Weg, die Sehenswürdigkeiten Amsterdams zu bestaunen.

Ich fühlte mich wahrlich wie eine Königin, als ich in meinen Stiefeln schreitend das Hotel verließ. Noch nie hatte ich mich so erhaben gefühlt. Die Welt schien mir zu Füßen zu liegen.

Bereits nach wenigen Minuten spürte ich meine schmerzenden Füße. Das Laufen wurde unangenehmer und ich verstand, was für eine harte Prüfung es sein musste, den ganzen Tag so zu überstehen. Simon tat, als würde er nicht merken, wie schmerzhaft die hohen Absätze für mich waren. Meine Fußballen fingen an zu brennen und ich spürte den Druck, der meine Zehen zusammenquetschte. Jede Bitte, in das Hotel zurückzukehren, wischte er mit einem charmanten Lächeln beiseite und vertröstete mich auf später.

Nach und nach wich der Schmerz und machte einer Taubheit Platz, die gepaart mit einer Lust in meinem Körper dazu beitrug, dass es mir von Minute zu Minute besser ging. Das Gefühl des Gehorsams paarte sich mit dem sanften Schmerz der Ergebenheit und ließ mich spürbar erregter werden.

Simon sah mich an und lachte. »Warum lachst du?«, fragte ich verdutzt. Er schwieg.

Ich wusste, dass er meine Lust spürte und dass es genau das war, was er wollte. Langsam begann ich zu verstehen, was hier vor sich ging. Ich merkte, wie er mich subtil steuerte und beeinflusste. War ich noch frei oder befand ich mich etwa bereits vollkommen unter seiner Kontrolle? So wirklich konnte ich das nicht sagen und sein charmantes Lächeln und seine einfühlsame Art taten ihr Übriges.

Auch wenn meine Füße gehörig litten, genossen wir ein wundervolles Wochenende in Amsterdam.

Als wir zwei Tage später wieder zu Hause waren, lag ich entspannt in meinem Bett und ließ meine Gedanken treiben. Irgendetwas passierte mit mir, doch ich wusste nicht, was es war. Dennoch bemerkte ich, wie sich meine Art zu denken seit meiner Ankunft bei Simon zu verändern schien.

Ersehnte Nähe

Am nächsten Mittag saßen Simon und ich auf der großen, schwarzen Ledercouch im Wohnzimmer und unterhielten uns.

Es war paradox, denn zum ersten Mal merkte ich, wie schwer es mir fiel, einzuschätzen, wie wir zueinander standen. Wir hatten die Verbindung und das Vertrauen, als wären wir bereits seit Jahren ein eng vertrautes Paar. Dennoch spürte ich hin und wieder die Professionalität eines Therapeuten zu seiner Klientin.

Und seit dem Wochenende war da auch noch ein anderes Gefühl. Es war sanft, wie eine zarte Glut, und dennoch wusste ich, was es bedeuten würde, wenn daraus ein helles Feuer entstand. Das Wochenende in Amsterdam, bei dem ich unter Schmerzen mehrfach aufgeben wollte, gab mir zum ersten Mal das Gefühl, Simon wirklich unterworfen zu sein. Und was noch verrückter war, ich genoss es unendlich. Ich wollte es, ich wollte mehr davon, er sollte mich leiten und ich würde ihm bedingungslos folgen.

»Ich spüre, dass du dich bereits ein ganzes Stück in die richtige Richtung entwickelt hast und ich glaube, du weißt das. Dennoch ist unser aller Leben von Weiterentwicklung, von Lernen und zum Teil auch von Überraschungen geprägt.« Kaum hatte Simon den Satz beendet, stand er auf und verschwand. Erregt saß ich auf der Couch. Seine Worte versetzen mich in eine knisternde Spannung.

Mein Herz pochte, als Simons Schritte immer näher kamen. Plötzlich stand er vor mir und hatte einen lilafarbenen Latexanzug in der Hand. »Zieh dich aus, ich will deine nackte Haut sehen!«

Seine dominanten Worte erschreckten mich. Was hatte er nur mit mir vor? Zögernd begann ich, mich auszuziehen und nur wenige Momente später stand ich nackt vor ihm. Es war das erste Mal, dass er mich so sah und es beängstigte und erregte mich zugleich.

Sanft strich er mit seinen Händen über meinen Körper. Es war ungewohnt und dennoch begann das Blut in meinem Körper zu kochen. Seine Berührungen fühlten sich so gefühlvoll an, als wollte er meinen Körper genau erkunden. Aus dem Moment der Berührungen begann sich eine magische Atmosphäre und eine tiefe emotionale Wärme zu entwickeln.

Leidenschaftlich strichen seine Hände über meine Brüste und meine Po. Es war, als würden wir uns mit all unseren Sinnen kennenlernen. Wie in Trance und gelähmt von den Emotionen der Lust und Erregung stand ich regungslos da. Meine Augen hatte ich die ganze Zeit auf den Latex Anzug gerichtet und bereits der Gedanke, ihn anzuziehen, ließ meine Lust förmlich in bisher ungeahnte Höhen schnellen.

»Du dachtest bestimmt, du darfst den Latexanzug jetzt anziehen?« Vor Erregung unfähig, mich zu bewegen, blickte ich ihm fragend in die Augen. »Ich habe ihn mitgebracht, um zu sehen, wie groß dein Verlangen danach ist. Und um zu sehen, ob es das ist, was du wirklich willst.« Er lächelte.

»Das Funkeln deiner Augen und deine Erregung zeigt mir dein Begehren, das Latex auf deiner Haut zu spüren. Doch ich möchte es noch etwas schüren. Aus diesem Grund wird dir heute lediglich der Anblick bleiben.« Enttäuscht sah ich nach unten. Wann würde ich mich nur endlich in Latex gekleidet wiederfinden?

»Hattest du schon mal Analsex?« Simon riss mich aus meiner Enttäuschung. Perplex schüttelte ich den Kopf. Meine bisherigen Erfahrungen beim Sex beschränkten sich auf normalen »Blümchensex« mit meinen drei Ex-Freunden. Das klang genauso langweilig, wie es in Wirklichkeit war. Ich hegte schon lange die wildesten Wünsche und Fantasien in mir.

»Wir sind im Begriff, unsere tiefe geistige Verbindung um die körperliche zu erweitern. Nicht nur unsere Seelen, auch unsere Körper sollen miteinander verschmelzen und uns verbinden. Wir werden gemeinsam wachsen.« Simon nahm meine Hand. »Du wirst es lieben, doch zuerst wirst du Schritt für Schritt lernen müssen, mir komplett zu vertrauen, dich absolut frei und ohne negative Gedanken hinzugeben und den Moment, das Hier und Jetzt befreit vom eigenen Willen zu genießen. Willst du das?«

Ich nickte aufgeregt. Doch warum musste es unbedingt Analsex sein?

»Analsex hat viel mit Vertrauen zu tun. Es geht darum, etwas zuzulassen, etwas eindringen zu lassen, was nur angenehm ist, wenn man sich vollkommen vertraut und zugleich entspannt ist.«

Simon zeigte mir einen Analplug aus Metall, der mit einem großen Strassstein besetzt war, welcher im eingeführten Zustand das Hintertürchen bedeckte.

»Gleichzeitig ist es auch ein intimes Liebesspiel, bei dem man auch mit schmutzigen Dingen in Kontakt kommen kann. Man muss das Eindringen genießen und wissen, dass der aktive Part aufpasst und dafür sorgt, dass der Andere keine Schmerzen, sondern gigantische Höhepunkte erlebt.« Er lächelte mich vielsagend an.

»Du wirst ihn nun drei Tage tragen und anschließend werden wir uns in der Größe steigern.«

Erregt und ängstlich zugleich hing ich an seinen Lippen.

»Stell dich mit dem Rücken zu mir vor mich und beug dich nach vorne.« Ich folgte Simons Worten und spürte plötzlich etwas Kaltes und Glibberiges an meinem Hintern. Noch nie zuvor wurde ich an dieser Stelle berührt und zuckte erschrocken zusammen.

Sanft ließ Simon seine Hände über meinen Po gleiten und verteilte die kalte Gleitcreme an meinem Hintertürchen. Langsam fand ich großen Genuss an seinen Berührungen. Ich begann, mich zu entspannen und spürte, wie meine Muskeln lockerer wurden.

Ohne großen Druck verschwand schließlich Simons Finger in mir und es fühlte sich entgegen meiner Erwartungen richtig angenehm an. Ich gab mich Simon hin, bis er schließlich mit einem weiteren Finger widerstandslos in mir versank.

»Atme tief ein und langsam wieder aus. Entspanne dich, lass locker, sei hungrig und freue dich auf das, was dich nun erwartet!«.

Mit sanftem Druck bahnte sich der kalte Metallplug den Weg in mich und entfachte in mir einen Groß- brand der erotischen Leidenschaft. Noch nie zuvor hatte ich etwas so Schönes gefühlt. Erregung pulsierte durch meinen Körper und lies mich feucht werden.

Beinahe erkannte ich mich nicht wieder, war ich doch vorher eher gehemmt, wenn es um meine reale Sexualität ging. Meine Fantasien zu leben hatte ich mich bisher nie getraut.

Mit einem kleinen Handspiegel zeigte mir Simon den Stein, der nun meinen Hintern verzierte. Mir ge- fiel der funkelnde Anblick und ich genoss das Ver- gnügen, von hinten ausgefüllt zu sein.

Von Sonnenauf- bis Sonnenuntergang trug ich von nun an meinen neuen Schmuck und alle drei Tage schenkte mir Simon einen noch größeren und mindes- tens ebenso schön verzierten.

Die Tage waren mittlerweile zu einer gewohnten und geliebten Routine geworden. Simon verbrachte viele Stunden an meiner Seite, wir plauderten, lachten und führten ernste Gespräche. Das Knistern zwischen uns wuchs. Ich erwischte mich bei dem Gedanken, wie es wäre, statt des Schmuckes Simon in mir zu spüren und merkte, wie groß meine Sehnsucht nach seinem Schwanz wurde.

Abends lag ich oft wach in meinem Bett und dachte nach. Ich war so entspannt und glücklich wie nie zu- vor in meinem Leben. Weit weg von allen Konventionen, weit weg von meinem normalen Ich. Ich liebte es und ich wollte Simon mehr als alles andere.

So vergingen die Tage und irgendwann war ich ausreichend gedehnt, um auch für mich zunächst scheinbar riesige Plugs erstaunlich leicht in mich aufzunehmen.

Es wurde Freitag und am kommenden Montag sollten meine Vorlesungen wieder beginnen. Sollte ich hingehen oder eine richtige Auszeit machen? Ich war mir nicht sicher. Gedankenverloren blätterte ich in einem esoterischen Buch über Seelenwanderungen, als Simon plötzlich an der Tür klopfte.

»Darf ich reinkommen, Susann?« Natürlich durfte er. »Heute ist dein Glückstag. Zieh das an und komm dann zu mir runter ins Wohnzimmer.« So schnell, wie er aufgetaucht war, war er auch wieder verschwunden.

Simon hatte mir einen lilafarbenen Latex-Catsuit ins Zimmer gelegt. Er hatte Handschuhe, Füße und eine Maske. Dazu ein Paar außergewöhnlicher Stiefel mit gigantisch hohen Absätzen. Ich hatte solche Stiefel schon mal während meiner Internet Recherchen über Latex und SM gesehen. Ballett-Heels war glaube ich die korrekte Bezeichnung, da man wie eine Ballerina auf Zehenspitzen darin stand.

Ein Spray als Anziehhilfe komplettierte das Set. Bereits der erste Anblick ließ mein Herz so laut pochen, dass ich es in meinen Ohren schlagen hörte.

Erregt und unbeholfen begann ich, mich anzuziehen. Langsam glitten meine Füße in das enge Gummi, das sich wie eine zweite Haut um sie schmiegte. Immer mehr Teile meines Körpers wurden von diesem wundervoll engen Material umschlossen, bis ich schließlich vollständig umhüllt war.

Zum ersten Mal spürte ich das intensive Gefühl von Latex auf meinem gesamten Körper. Vor dem Spiegel betrachtete ich meine glatten Kurven und bemerkte die erregende Hitze und Feuchtigkeit in meinem Schritt.

Ich zitterte am ganzen Körper und meine Beine fühlten sich an, als wären sie nicht nur in, sondern auch aus Gummi. Mit jedem Atemzug nahm ich den erotischen Duft des Latex wahr, welcher mich wie eine Wolke umgab.

Es fehlten nur noch die Stiefel. Bereits beim Anziehen merkte ich, dass ich unmöglich darin laufen konnte. Nicht laufen? So gehörte ich Simon beinahe hilflos. Meine Erregung wuchs ins Unermessliche.

An der Wand entlang und über das Geländer der Treppe hangelte ich mich nach unten, wo Simon bereits mit einem breiten Lächeln auf der Couch auf mich wartete.

»Susann, was für ein Anblick. Du siehst sehr hübsch aus.«

Ich lächelte und bedankte mich für das Kompliment. Mit seinen kräftigen Händen strich er über meinen Körper, während ich mich an der Wand abstützte, um nicht die Balance zu verlieren. Seine Berührungen fühlten sich so intensiv und so wahnsinnig erregend an, dass sie meinen ganzen Körper in einen Schauer der Lust versetzten.

Langsam begann sich Simon auszuziehen und ich sah, wie sein großer, praller Schwanz vor mir stand. Er war so erregt, dass seine Eichel auf eine unglaubliche Größe angeschwollen war. Sein Schwanz strahlte eine massive Härte aus, die in meiner Fantasie Stahl in nichts nachstand. Ich spürte das Verlangen, ihn schmecken und küssen zu wollen.

Simon kam näher und erlöste mich. Langsam drückte er mich auf die Knie und steckte mir seinen Schwanz tief in meinen Mund. Er schmeckte so köstlich, so männlich, dass Wellen der Lust und Erregung durch meinen Körper wanderten. Mit jeder Sekunde wuchs mein Verlangen.

Simon stöhnte laut und genussvoll, während meine Zunge seine Eichel umkreiste und ich kräftig daran leckte und saugte. Urplötzlich zog er ihn aus meinem Mund und befahl mir, aufzustehen und mich umzudrehen.

»Bist du bereit?«

Das Verlangen, ihn endlich tief in mir zu spüren, brachte mich beinahe zum Orgasmus. Mein Herz pochte laut, während mein ganzer Körper voller Erregung und Lust zu kribbeln begann. Die Funken der Leidenschaft dehnten sich immer intensiver in mir aus.

»Ich will ihn tief in meinem Arsch spüren«, stöhnte ich im Rausch der Lust mit erregter Stimme.

Simon öffnete den Reisverschluss meines Catsuits einen Spalt, sodass er freien Zutritt zu meinem Hintern hatte. Eine Welle der Erregung jagte durch meinen Körper. Gleich würde ich ihn nach all den Wochen der Sehnsucht endlich tief in mir spüren. Meine lustvollen Fantasien überschlugen sich. Simon entfernte meinen Schmuck und ich stand lechzend vor Gier danach, von ihm gefüllt zu werden, vor ihm. Die Hitze des Moments, das Feuer der Leidenschaft und die heiße Erotik der Situation ließen mich vor Lust explodieren. Ich beugte mich erregt nach vorne und stöhnte »Fick mich«, als ich spürte, wie Simons steinharter Schwanz tief mir verschwand.

Die Lust in meinem Körper schien kurz davor, in einer gigantischen Explosion aus mir herauszubrechen. Die glühend feuchte Hitze in meinem Schritt stieg. Dann endlich war er komplett in mir und füllte mich mit seiner Größe aus.

Seine Eier klatschten gegen meine Pobacken, während er mit kräftigen, gefühlvollen Bewegungen tief in mich stieß. Die Stöße durchdrangen meinen ganzen Körper und trieben meine Geilheit auf ein neues, noch nie da gewesenes Plateau, bis mein Körper im Rausche des Höhepunktes schließlich vor Erregung explodierte.

Unkontrolliert zitterte und zuckte ich, während die Lust in mir wie eine Welle schwappte und mich zum Schreien brachte.

Voller Kraft und Härte pulsierte Simons praller Schwanz in mir, als sich eine gigantische Menge seines warmen Saftes in mir ausbreitete.

Ich stöhnte wie von Sinnen und ein gewaltiges Nachbeben zog durch meinen Körper.

Während ich noch vor Erregung zitterte, zog Simon genüsslich seinen Schwanz aus meinem Po und ich merkte, wie sein kostbarer, warmer Saft langsam aus mir floss.

»Leck ihn sauber.« Simon sah mir tief in die Augen.

Zum ersten Mal in meinem Leben schmeckte ich den Geschmack seines Saftes gepaart mit meinem Hintern und fand es köstlich. Noch während ich genüsslich seinen Schwanz sauber leckte, kehrte langsam mein Verstand wieder.

Was machte ich da nur? Schnell wurde mir bewusst, dass die Stimme, die mich das fragte, zu meinem alten Leben gehörte. Zu dem Leben, in dem ich unzufrieden war. Mein neues Leben gefiel mir bereits jetzt um Welten besser.

Erschöpft saßen Simon und ich auf der Couch im Wohnzimmer. »Es hat mir großen Spaß gemacht, dich zu beobachten, dich zu hören und zu fühlen. Vor allem hat mir aber gefallen, dass es dir solch große Freude bereitet hat.«

Vor Erschöpfung unfähig zu antworten lauschte ich seinen Worten. Sie überwältigten mich. Noch nie zuvor hatte ich meine Gefühle in einer solchen Intensität wahrgenommen und so langsam begriff ich, dass es an mir gelegen hatte. Ich musste sie einfach nur zulassen.

»Ab heute wirst du jeden Tag Latex tragen. Nun leg dich ins Bett und schlaf. Morgen habe ich noch weitere große Dinge mit dir vor.«

Sehen und gesehen werden

»Mach dich fertig, wir müssen los. Heute ist dein erster Tag, den du komplett in Latex verbringen wirst. Wir werden den ganzen Tag unterwegs sein.«

Verschlafen und erstaunt blickte ich Simon an. Hatte er das wirklich gesagt?

Blitzartig war ich hellwach und mein Herz begann zu pochen. Sollte ich mich etwa in Latex draußen zeigen? Hoffentlich nicht!

Der Gedanke bereitete mir fürchterliche Angst. Was würden die Leute nur denken? Und was, wenn mich jemand sah, den ich kannte? Da war sie wieder, die alte Susann. Was war nur los mit mir? Irgendwie fühlte ich mich zweigeteilt. Auf der einen Seite spürte ich die feste innere Entschlossenheit, meine Träume wahr machen zu wollen, während auf der anderen Seite etwas in mir fürchterlich gehemmt und ängstlich war.

Lange genug hatte mein altes, konservatives, verklemmtes Ich mein Leben bestimmt. Meine Träume und Wünsche blieben nichts anderes als Fantasie.

Definitiv hatte es über viele Jahre gut funktioniert und auf dem Papier sah mein Lebenslauf toll aus. Sicherlich war ich auch nicht gänzlich unglücklich, aber etwas Entscheidendes fehlte in meinem Leben – die Leidenschaft.

Ich erinnerte ich mich an die Botschaft und die wundervollen Gefühle, die mir der gestrige Tag vermittelt hatte. Ich sollte die Dinge einfach zulassen und genießen. Punkt!

Fest entschlossen, mich nicht wie früher von meinem alten Ich aufhalten zu lassen führte ich also genüsslich den Plug ein und zog den schwarzen Catsuit an, den Simon an das Ende meines Bettes gelegt hatte. Von Kopf bis Fuß umhüllte mich das enge Gummi, während lediglich mein Kopf frei blieb. Sofort spürte ich wieder, wie mich das Tragen von Latex erregte.

Schnell lief ich hinunter ins Wohnzimmer, wo Simon bereits auf mich wartete.

»Einen wunderschönen guten Morgen wünsche ich dir.« Simons strahlendes Lächeln ließ diesen Morgen wahrlich perfekt werden.

In seiner Hand hielt er ein gelbes Gummiregencape und rote Gummistiefel mit fünfzehn Zentimeter Keilabsätzen. Ich ahnte bereits jetzt, wie schwer es wohl sein würde, darin zu laufen.

»Guten Morgen.« Wortkarg vor Müdigkeit nahm ich die Kleidung an mich.

»Zieh dich an, dann kann es losgehen. Ich hoffe, du bist genauso gespannt wie ich?« Simon sah mich an.

»Garantiert!« Ich schlüpfte in die Stiefel. »Was für ein Absatz, du bist wohl immer für eine Überraschung gut?« Meine Ironie war nicht zu überhören.

»Susann, es ist doch langweilig, wenn man den Weg schon kennt. Spontanität und Intuition kommen heutzutage leider viel zu kurz«, erwiderte er lächelnd. »Ich möchte, dass du lernst, mit solchen Schuhen souverän und elegant zu laufen.«

Das war hoffentlich nur ein Witz. Von einem souveränen und eleganten Gang mit solchen Schuhen war ich noch weit entfernt. Ehrlich gesagt konnte ich mir auch nicht vorstellen, dass dies überhaupt möglich war.

Ohne meine Gedanken zu offenbaren, nickte ich und streifte mir das gelbe Gummiregencape über. Mit kleinen, wackeligen Schritten folgte ich ihm zum Auto. Von seinem Chauffeur keine Spur. Ich nahm auf der Rückbank Platz, während Simon sich hinter das Steuer setze und losfuhr.

Gedankenverloren blickte ich während der Fahrt aus dem Fenster des Wagens und spürte das ungeheuerliche Ausmaß der Erregung in mir, welche die Vorstellung, einen Tag in Latex zu verbringen, bei mir auslöste.

Als ich Simon vor einigen Wochen im Internet kennengelernt hatte, waren es nur vage Ideen, die mich begeisterten und irgendwie anmachten. Mittlerweile waren daraus lebhafte Bilder voller Farben und Emotionen entstanden, die meine Lust alleine durch die Kraft der Vorstellung zum Überkochen bringen konnten.

Ich hatte das Gefühl, frei und trotzdem Simon schon total verfallen zu sein. Ich wollte, dass er mir gehört. Ich wollte ihm gehören und ich hatte furchtbare Angst vor dem Moment, in dem mein Coaching zu Ende gehen würde. Wenn er mich dann nicht mehr wollte, würde es mich zerreißen und ich könnte es nicht verhindern. Er war der Boss. War es den anderen Mädchen auch so ergangen?

Simon hatte mich in der Hand, ich war wie Wachs und er war das Feuer, das mich zum Schmelzen brachte. Im Schutz des engen Latex machte mich dieser Gedanke einfach nur heiß. Ich wollte ihm dienen und ich hoffte, dass er mich belohnte, wenn ich folgsam war.

Nach einer Weile hielten wir schließlich an einem Wanderweg an, welcher durch ein Waldstück führte.

Simon lehnte sich zu mir nach hinten und drückte mir eine Wanderkarte in die Hand. Was hat er hier nur mit mir vor?

»Du wirst jetzt hier aussteigen und den von mir in der Karte eingezeichneten Weg gehen. Am Ende des Weges befindet sich ein Parkplatz. Dort werde ich auf dich warten. Ich hoffe du verstehst die Metapher der Aufgabe. Ansonsten hast du nun genug Zeit, dir darüber klar zu werden.«

»Ist das dein Ernst?« Ich bekam Angst.

»Ich mache keine Scherze und jetzt raus aus dem Auto«, erwiderte Simon.

Ich schluckte und stieg mit weichen, zitternden Knien aus dem Wagen.

Für einen kurzen Augenblick sah ich mein Spiegelbild im Lack des wegfahrenden Wagens.

Was würden wohl andere Menschen von mir denken, wenn sie mich so sahen? Verdutzt und völlig allein stand ich auf dem Parkplatz. Die Situation überforderte mich und ich spürte, wie Panik in mir aufkeimte.

Tief durchatmen Susann! Langsam kam ich wieder zu Verstand. So viele verschieden Gefühle hatte ich schon lange nicht mehr in einem solch kurzen Zeitraum erlebt. Wie eng doch der Grat zwischen Erregung, Lust, Schmerzen und Angst war.

Dennoch begriff ich, dass es einzig die Emotionen waren, die ein Leben aufregend machten. In meinem früheren Leben waren sie unter dem Vorhang der Routine, der Zwänge und Vorschriften zugunsten einer scheinbaren Sicherheit auf der Strecke geblieben. Hier zu stehen, im Widerstreit der Emotionen, zeigte mir eins ganz deutlich: Ich lebte! Endlich lebte ich!

Genug philosophiert, langsam machte ich mich mit der Gewissheit, mit diesen Gummistiefeln kaum laufen zu können, auf den Weg.

Es regnete leicht und die Sicht war vom Morgennebel getrübt. Ich genoss die beruhigende Stille des Waldes, die frische Luft und das angenehme Prasseln der Regentropfen auf meiner Gummihaut. Es war fast schon romantisch.

Nach wenigen Metern gelangte ich an die erste Weggabelung und studierte meine Wanderkarte. Sieben Kilometer? Ich konnte meinen Augen kaum trauen. Erschrocken wagte ich einen zweiten Blick auf die Karte. Tatsächlich! Bis zum Ziel waren es sieben Kilometer. Dabei schmerzte mich schon jetzt jeder unbeholfene Schritt.

Doch in mir brannte das Feuer meiner Leidenschaft intensiver denn je.

Ich war wild entschlossen, die Aufgabe zu meistern. Nicht für Simon, sondern für mich. Irgendwie gefiel mir die Situation sogar. Der Gedanke, hilflos in einem auffälligen Latexoutfit und in Schuhen, in denen ich kaum gehen konnte, im Wald ausgesetzt zu sein, erregte mich ungemein und ließ mich jeden Schmerz vergessen.

Ich wurde nicht nur dank des Regens jede Sekunde feuchter.

Einzig der Wunsch, von niemandem gesehen zu werden, ließ sich nicht ersticken. Hoffentlich sah mich keiner oder sprach mich gar an. Es wäre mir verdammt peinlich, so gesehen zu werden.

Die Gedanken rasten in meinem Kopf und meine Geilheit stieg, während ich mühevoll Meter um Meter vorwärts kam. Nachdem ich die Hälfte der Strecke bewältigt hatte, sah ich plötzlich, wie eine Gruppe Jogger mir entgegen kam.

Mein Herz begann zu rasen. Ich wollte einfach nur weg, mich verstecken und nicht gesehen werden. Am liebsten wäre ich ins Dickicht der Bäume geflüchtet, aber ich konnte nicht rennen. Hilflos musste ich die Situation ertragen und abwarten, was geschah.

Die Gruppe an Joggern kam näher. Der Erste hatte mich bemerkt und immer mehr richteten ihre Blicke auf mich. Wie fixiert klebten sie auf meinem Körper und analysierten ihn. Sie unterhielten sich über mich. Ich war mir ganz sicher. Das Grinsen in ihren Gesichtern war kaum zu übersehen. Je näher sie kamen, desto hämischer wurden ihre Blicke. Ich versuchte, ihren Blicken auszuweichen. »Habt ihr die gesehen?«, hörte ich einen der Jogger in die Gruppe fragen, als sie bereits hinter mir waren.

Aufgewühlt folgte ich meinem Weg, ohne mich nach den Joggern umzudrehen. Keiner hatte angehalten, alles war gut.

Nein, es war nicht gut, es machte mich an. Ich fühlte mich vorgeführt und gedemütigt. Doch es fühlte sich nicht negativ an, es geilte mich auf. Im Kopf tanzten die heißesten Fantasien. Mein Schritt wurde mit jedem gegangenen Meter feuchter.

Ich kam nur sehr langsam voran, doch kaum waren einige Minuten vergangen, kamen mir wieder Menschen entgegen. Mein Blut begann vor Lust zu kochen, je näher sie mir kamen.

Schließlich waren sie so nahe, dass ich mehr als nur die bloßen Silhouetten erkennen konnte. Es waren drei junge Frauen, welche etwa in meinem Alter waren. An ihren Gesten sah ich, wie zwei der Frauen die offensichtlich unglückliche Dritte aufzuheitern versuchten.

Offenbar hatten sie mich noch nicht gesehen und waren in ihr Gespräch vertieft, bis sie plötzlich nur noch wenige Meter von mir entfernt waren.

Ich schwitzte am ganzen Körper vor Aufregung. Meine Haut kribbelte. Ich freute mich darauf, entdeckt zu werden.

Plötzlich traf mein Blick auf einen der Frauen. Erschrocken blickte sie auf den Boden und tat so, als hätte sie mich nicht gesehen. Die Situation schien sie maßlos zu überfordern.

Mit angewidertem Ausdruck musterte die Zweite im Bunde mich und ihre Verachtung zerschnitt die Luft.

Die Dritte sah unglücklich zu mir auf. Sie war ein kleines, zierliches und blondes Wesen. Kaum hatte sie mich erblickt, begann sie plötzlich zu lächeln. Mit sehnsüchtigen Augen sah sie mich an, als wäre eine neue Flamme der Hoffnung in ihr entbrannt.

Der Moment unserer Begegnung dauerte eine gefühlte Ewigkeit. Langsam legte sich die Aufregung wieder in mir, die lustvolle Erregung hingegen blieb mir erhalten.

Es war mir tatsächlich gar nicht mehr unangenehm, gesehen zu werden. Ohnehin waren die meisten Menschen wahrscheinlich beschämter als ich selbst.

Wie viele von ihnen würden wohl gern in meiner Haut stecken? Erschöpft setzte ich mich auf eine Bank am Wegesrand. Kurz vor dem Ziel waren die Schmerzen in meinen Füßen unerträglich geworden.

Gedankenverloren gönnte ich meinen Füßen eine kleine Verschnaufpause, bevor ich den restlichen Weg meistern wollte.

Offensichtlich waren all meine Ängste und Zweifel widerlegt worden. Alles existierte nur in meinem Kopf. Es war mir egal, was andere dachten. Und ich konnte alles schaffen, wenn ich es nur wollte. In diesem Outfit in Latex draußen zu sein war nur ein Problem, weil ich eins daraus machte.

Je mehr ich darüber nachdachte, desto klarer wurde es mir.

Ob die Welt wohl friedlicher wäre, wenn mehr Menschen das wahre Glück der Erfüllung Ihrer Träume fühlen könnten? Solange keiner daran Schaden nahm, konnte es nur richtig sein.

Da war wieder die kleine Philosophin in mir. Kichernd machte ich mich daran, die letzten Meter des Weges zu bezwingen.

Mittlerweile genoss ich mein auffallendes Äußeres und beobachtete neugierig die unterschiedlichen Reaktionen der Menschen, die mir noch entgegenkamen.

Nach fünf Stunden kam ich schließlich an dem Parkplatz an, an dem Simon auf mich wartete.

Selbstbewusst lehnte er an seinen Wagen und lächelte mich freundlich an, als ich auf ihn zu lief. »Den Weg gut überstanden?«, fragte er neugierig. »Ja, aber von Sport habe ich für die nächste Zeit genug«, schnaufte ich.

»Das kann ich gut verstehen, Susann. Ich wusste, dass du es schaffst. An deinem Gesicht sehe ich, dass du viel dazugelernt hast und du beginnst, es zu verarbeiten.« Er nahm mich in den Arm. »Es ist wunderschön, zu sehen, wie dein Selbst zum Vorschein kommt und du weitere einschränkende Gedanken abbaust.«

»Können wir nach Hause fahren?« Ich war erschöpft und wollte die Stiefel loswerden. Simon half mir auf den Rücksitz. Während der Fahrt erzählte ich ihm ausführlich von meinen Erlebnissen und Gedanken.

»Ich bin stolz auf dich, genau das wollte ich erreichen. Du denkst über dein Leben nach und über das, was dir wichtig ist.« Ich fühlte mich von seinen Worten geschmeichelt. Er schien genau zu wissen, was er tat und was seine Aufgaben in mir auslösten. Er verstand mich. Oder er manipuliert mich. Oder er tat Beides.

So langsam verstand ich auch die Metapher hinter dieser Aufgabe. Mehr denn je wurde mir bewusst, wie hilfreich es sein konnte, dem von den eigenen Vorstellungen bestimmten Weg bedingungslos zu folgen. Selbst unter den härtesten Bedingungen war es möglich, sein Ziel zu erreichen. Man musste es nur wollen. Doch nicht nur Start und Ziel waren entscheidend, der Weg war das, was die Erfahrung ausmachte.

Als wir zu Hause ankamen, fiel ich erschöpft auf mein Bett. Was für ein Tag. Endlich konnte ich meine schmerzenden Füße von diesen Stiefeln befreien. Mit letzten Kräften pellte ich mich aus dem Latex und trocknete meinen Schweiß ab.

Nackt lag ich da und nur Sekunden später war ich eingeschlafen.

Ein vehementes Klopfen an der Tür riss mich unsanft aus meinem kurzen Schlaf. »Ja bitte«, rief ich schlaftrunken. »Bist du schon geduscht?« Simon erschien in der Tür. »Nein, ich habe geschlafen.«

»Dusch dich bitte und komm zu mir ins Wohnzimmer. Beeil dich, es ist schon halb vier und ich habe noch ein paar Dinge mit dir vor.«

»Mache ich.« Ein paar weitere Stunden Schlaf hätten mir gut zu Gesicht gestanden.

Frisch geduscht machte ich mich auf den Weg nach unten.

»Überraschung!« Simon lächelte und drückte mir einen schwarzen Latexcatsuit mitsamt einem Latexslip in die Hand. Verdutzt sah ich ihn an.

Der Catsuit hatte wundervoll ausgearbeitete Cups, die meine Brüste perfekt umfassen würden, während die großen Gummibrustwarzen erregt nach außen standen. Im Inneren des Latexslips waren zwei riesige

Dildos eingearbeitet, deren bloßer Anblick mich vor Erregung schaudern ließ.

Ich nahm den Slip zur Hand. Der vordere Dildo glitt wie von selbst in meinen vor Hitze glühenden Schlitz, während der Hintere mit etwas Gleitgel sanft in mir verschwand. Doch meine Gier nach Gummi auf meiner Haut war noch längst nicht befriedigt. Genüsslich schlüpfte ich in den Anzug, der meine Lust zum Kochen brachte.

Ich erblickte mein Spiegelbild im großen Spiegel im Flur und war begeistert.

»Du siehst sexy aus, Susann. Aber dein Outfit ist noch nicht ganz fertig.« Simon drückte mir ein edles Paar braune, dreizehn Zentimeter hohe Stiefel, eine knallenge Röhrenjeans und einen weißen, figurbetonenden Pullover in die Hand. Komplettiert wurde das Outfit durch einen braunen Trenchcoat.

Die Kleidungsstücke betonten meine sexy Kurven und ich fühlte mich wahnsinnig attraktiv. Ich sah aus wie eine erfolgreiche und selbstbewusste Frau. Am Hals und an den Händen blitzte das Latex.

Simon wollte damit wohl Akzente setzen. Es sollte hübsch und nicht auffällig wirken und doch sollte jeder, der genau hinsah, mein kleines Geheimnis entdecken können.

Mein Anblick erregte mich dermaßen, dass es mir schwerfiel, die gewaltigen Wellen orgastischer Energien in Zaum zu halten und nicht auf der Stelle zu kommen.

Stattdessen sammelte ich die Lust in mir, die mich feuchten Schrittes begleitete. Wie intensiv würde das

Gefühl noch werden, bis ich kam? Und wie gigantisch würde die Explosion der Lust wohl sein?

Wir verließen das Haus und das Klackern meiner hohen Absätze erfüllte die Luft mit ihrem Klang.

Die Tatsache, ein Geheimnis unter meiner Kleidung zu tragen, gepaart mit der Frage, ob es jemand durchschauen würde, ließ meine Gedanken eine erotische Achterbahn fahren.

Mit einer prall gefüllten U-Bahn fuhren wir in die Stadt. An der Haltestange stehend bemerkte ich die erregten Blicke der Männer. Ich genoss das Gefühl, wie sie mich mit ihren Blicken auszogen genauso wie die erstaunten und zugleich faszinierten Blicke der Frauen, die meine latexumhüllten Finger oder mein schwarz glänzendes Latex Hals entdeckten. Mein Blut kochte vor Geilheit.

Nach paar Stationen leerte sich die Bahn und endlich wurden auch Sitzplätze frei. Entspannt ließ ich mich nieder und spürte im gleichen Moment, wie die beiden Dildos tief in mich glitten.

Endlich angekommen ging es raus auf die Einkaufsstraße. Mit jeder verstreichenden Sekunde begann ich, mich wohler in meiner Haut und unter den vielen Menschen zu fühlen. Meine Füße jedoch brachten mich vor Schmerzen um den Verstand. Sie brauchten nach dem Marsch heute Morgen genauso eine Pause wie ich selber. Doch Simon ließ keine Gnade walten und lächelt jede Bitte wie gewohnt charmant weg.

Nach drei Stunden bummeln kehrten wir wieder nach Hause zurück. Endlich schlafen zu können und den restlichen Tag nun entspannt ausklingen zu lassen war alles, was ich mir in diesem Augenblick wirklich wünschte, doch meine Wünsche wurden nicht erhört.

»Bereit für die letzte Überraschung des Tages?«, fragte mich Simon, während ich vor Müdigkeit beinahe im Stehen eingeschlafen wäre. »Wir werden den Tag noch bei einem schicken Essen im Restaurant ausklingen lassen.«

»Na gut«, entgegnete ich ihm völlig entkräftet.

»Schlafen kannst du im Leben noch genug. Mach dich fertig und komm anschließend runter zu mir. Beeil dich aber bitte, der Tisch ist auf 21 Uhr reserviert.«

Als ich gerade unter die Dusche geschafft hatte, kam Simon in mein Zimmer. »Ich hab dir deine Kleidung auf dein Bett gelegt.«. So schnell, wie er erschienen war, war er auch wieder verschwunden.

Fein säuberlich zusammengelegt lagen die Sachen auf dem Bett. Aufgeregt entfaltete ich das oberste Kleidungsstück und sah, dass es ein weißer Latexstring war, der ebenso wie der Slip vom Nachmittag ein spannendes, aus zwei Dildos bestehendes Innenleben besaß.

Unter dem String lag ein elegantes, langes, rotes Abendkleid aus Latex.

Fertig bekleidet betrachtete ich mich im Spiegel. Ich sah aus wie ein echter Hollywoodstar. Wie es wohl wäre, über den roten Teppich zu schreiten.

Das ärmellose rote Kleid reichte bis hinunter zu meinen Knöcheln und war vorne hochgeschlossen mit einem wahnsinnigen Rückenausschnitt. Wunderbar schmiegte es sich um meine Kurven und war dennoch stilvoll und elegant.

Schnell legte ich einen Hauch Parfum auf, das in Kombination mit dem Geruch des Latex meine Sinne betörte.

Obwohl ich heute schon so viele positive Erlebnisse mit Latex in der Öffentlichkeit gemacht hatte, war ich nervös. Schließlich sollte ich zum ersten Mal inmitten einer Vielzahl von Menschen ausschließlich mit Latex bekleidet essen gehen.

Wie würden die Leute wohl auf mich reagieren? Und wie würde es sein, inmitten eines Restaurants, ohne eine Möglichkeit zur Flucht, den Blicken der anderen Gäste ausgeliefert zu sein? Während der ganzen Fahrt wippte ich angespannt in Simons Wagen auf den vierzehn Zentimeter hohen Stiletto-Absätzen meiner glänzend roten Peeptoes und spielte mit meinen Haaren.

Die Müdigkeit war längst verflogen, nervös rutschte ich auf der Rückbank des Wagens hin und her, wobei die beiden Dildos angenehm tief in mich eindrangen. Simon saß wortlos neben mir und gab dem Fahrer letzte Anweisungen, bis dieser schließlich unmittelbar vor der Tür eines edlen Restaurants anhielt.

Mein Herz schlug mir bis zum Hals, als Simon die Tür des Wagens öffnete und mir die Hand reichte. Mit jedem Schritt kam die Tür des Restaurants näher. Ich wusste, würde sie erst einmal hinter uns zufallen, gäbe es kein Zurück mehr.

Ich zitterte und dachte darüber nach, einfach wegzurennen. Doch Simon hielt mich fest an seiner Hand. Er öffnete die Tür und wir betraten das Restaurant. Mein Körper erschauderte, als die Tür langsam hinter uns zufiel.

Auf meinem Körper spürte ich die musternden Blicke der Menschen. Professionell und ohne eine Miene zu verziehen, brachte uns einer der Kellner zu unserem Tisch.

Wie ein echter Gentleman zog Simon den Stuhl zurück, sodass ich mich setzen konnte. Die großen Dildos drangen wieder tiefer in mich ein, als ich mich langsam auf dem Stuhl niederließ. Inmitten des Restaurants und vollkommen in Latex gekleidet stand ich unmittelbar vor dem gigantischsten und gleichwohl intensivsten Orgasmus meines Lebens.

Mit zitternden Händen las ich die Menükarte und versuchte, mir meine Nervosität nicht anmerken zu lassen.

Ich fühlte mich gedemütigt. Die verächtlichen Blicke und herablassenden Kommentare der anderen Gäste entgingen mir nicht. Ich war gefangen im Fokus der Aufmerksamkeit. Und es machte mich tierisch an.

Was würden die Leute wohl sagen, wenn ich laut stöhnend zu einem gigantischen Orgasmus käme oder einfach zitternd, zuckend und erregt atmend aus dem Restaurant rennen würde? »Harry und Sally« live, na wunderbar. Dass würde was geben.

Oh man, ich musste meine stetig wachsende Erregung wirklich unter Kontrolle bekommen.

Einer der Kellner kam, um unsere Bestellung aufzunehmen. Mein Hungergefühl war aufgrund der Menge an Adrenalin in meinem Körper eher gering und dennoch wusste ich, dass ich Energie brauchte, denn ich hoffte, zu Hause Simons harten Schwanz als Belohnung zu kassieren.

»Für mich bitte den Hummer mit Parmesanschaum und Tagliatelle!«, stammelte ich angestrengt. Der Kellner ließ sich nicht das Geringste anmerken. Ein wirklich guter Service. Simon bestellte sein Essen und gleichzeitig noch eine Flasche des passenden Weines.

Während wir auf das Essen warteten, gewöhnte ich mich mehr und mehr an die Umgebung. Mit jedem Glas Wein sank die Anspannung und ich fühlte mich wohler. Gleichzeitig gewann die Lust in meinem Körper die Überhand.

Ich genoss die polarisierende Wirkung und bemerkte, wie schnell manche Menschen verstört wegblickten, wenn man sie ansah. Ich entdeckte auch ein paar Frauen mit bewundernden »Ich-will-auch-Blicken«. Die Anerkennung dieser Frauen war eine Bestätigung für mich, mit meinen Wünschen nicht allein zu sein, aber als Einzige in diesem Raum mutig genug, sie zu leben.

Einige Männer wiederum konnten es nicht lassen und zogen mich offensichtlich mit ihren Blicken aus. Ich konnte mir lebhaft denken, was in ihren Köpfen vorging. Die Vorstellung, ihr Lustobjekt zu sein, an dem sie sich Befriedigung holten, gefiel mir genauso wie der Gedanke, nichts dagegen tun zu können.

Das Verlangen in mir wurde zusehends stärker und schwerer zu kontrollieren. Nur noch Nuancen trennten mich vom Ausbruch der Ekstase. Mein Körper stand unter Strom. Er bitzelte und meine Haut brannte vor Wonne. Jede noch so kleine Berührung konnte ich mit solch unbeschreiblicher Intensität fühlen, dass es beinahe schon unangenehm war.

Simon war um etwas Small Talk bemüht, mit dem er wohl versuchte, mich von meinem Zustand abzulenken. Ich war mir absolut sicher, dass er genau wusste, wie ich mich gerade fühlte.

»Leg deine linke Hand in meine.« Er legte seine Hand mit der Handfläche nach oben auf den Tisch.

Irritiert folgte ich seinen Worten, während ich kaum mehr bei Sinnen war. Die Berührung seiner Hand fühlte sich an wie ein prasselnder Sommerregen. »Weißt du, warum man in vielen Ländern den Ehering an der linken Hand trägt und warum ich über diese Hand deine Emotionen fühlen kann?« Verwirrt schüttelte ich den Kopf.

»Man sagt, dass von der linken Hand eine Ader direkt zum Herzen führt.« Langsam und gefühlvoll strich er mit seinem Zeigefinger von meiner Handfläche aus über die Innenseite meines Armes nach oben. In mir kribbelte es und ein Schauer der Lust wanderte durch meinen Körper. Je weiter er nach oben glitt, desto wärmer wurde mir. Die Welt um mich herum war längst verschwunden und alles, was ich noch wahrnahm, war das Gefühl, als wären die Luft im Raum und mein ganzer Körper gefüllt mit kleinen elektrischen Funken.

Über meine Schulter wanderte er mit seinem Finger hinab und berührte schließlich mein Herz, wo er für kurze Zeit verharrte.

Wie die gigantischen Wellen eines Tsunami rissen mich seine Berührungen in einen Strudel aus Lust, Verlangen und Hoffnung auf Erlösung. Mein Herz schlug in atemberaubender Geschwindigkeit. Hektisch atmend drückte ich Simons Hand fester, doch meine Gefühle ließen sich nicht mehr kontrollieren.

Ich wollte nur eins: Sie laut stöhnend aus mir heraus schreien. Mit letzter Willenskraft hielt ich den Großteil meiner Worte und Laute zurück, während die Intensität der Wellen mich wieder und wieder erfasste, bis sie schließlich langsam aber sicher schwächer wurde. Vollkommen erschöpft sammelte ich meine Gedanken. Mit verwirrtem Blick schaute ich zu Simon. Er lächelte. Die Leute um uns herum schienen nichts bemerkt zu haben. Ich hoffte es zumindest.

»Ich hoffe, es hat dir gefallen?« Und ob es das hatte.

Endlich kam das Essen. Ich hatte plötzlich einen riesigen Hunger und große Mühe, das Essen nicht zu verschlingen. Als wäre nichts gewesen, verließen wir eine Stunde später das Restaurant mit der Gewissheit, einen bleibenden Eindruck hinterlassen zu haben.

Mit letzter Kraft pellte ich mich zu Hause aus meiner schweißnassen Latexhaut und ließ sie direkt im Wohnzimmer liegen. Nackt und etwas aufgeweicht legte ich mich neben Simon auf die Couch. Wir schliefen erschöpft ein, meine Sehnsucht nach Sex mit Simon war der Erschöpfung gewichen.

Der Sonntag war von Erholung geprägt. Da Simon noch etwas für die Arbeit vorbereiten musste, entschloss ich mich für einen kleinen Spaziergang im Park. Die Bäume waren wunderschön bunt gefärbt und erstrahlten in der noch leicht warmen Herbstsonne. Ich dachte über mich und mein Leben nach, während ich den gestrigen Tag Revue passieren ließ.

Ich war stolz, so viele Ängste überwunden zu haben und darauf, dass ich gelernt hatte, meine Gefühle einfach zuzulassen. Die Belohnung war der ekstatischste Höhepunkt meines bisherigen Lebens gewesen. Es war der richtige Weg, den ich ging, da war ich ganz sicher. Mehr denn je begriff ich, wie ich meine Bedürfnisse zuvor missachtet hatte und wie viel Angst ich davor hatte, nach meinen eigenen Vorstellungen zu leben. Doch jetzt war mein Leben auf dem besten Wege, traumhaft zu werden.

Neues wird alltäglich

Mein Wecker holte mich am nächsten Morgen aus einem tiefen, erholsamen Schlaf. Simon hatte mir eröffnet, dass er von mir erwartete, mitsamt meiner neuen Erfahrungen nun schrittweise wieder mein altes Leben zu betreten. Ich sollte mit eigenen Augen sehen, ob ich es behalten, ändern oder komplett abstoßen wollte. Und beginnen sollte ich damit, indem ich wieder zur Uni ging.

Die Semesterferien waren zu Ende und tatsächlich war ich von Simons Erwartung überrascht. Aber gleichzeitig bewunderte ich seine Entscheidung auch. Er machte sich Gedanken um mich, benutzte mich nicht nur für seine Zwecke, sondern achtete zu jedem Zeitpunkt darauf, auch mir gerecht zu werden. Sicher war es eine gute Idee, mein altes Leben mit neuen Augen zu betrachten und deshalb hatte ich eingewilligt.

Der Alltag hatte mich also wieder, zumindest teilweise, und die ersten Vorlesungen im neuen Semester standen an. Ich fragte mich, wie sich mein neues Leben und mein Alltag wohl verbinden lassen würden. Und ob mein Studium nach wie vor eine solche Last für mich war.

Am Frühstückstisch begegnete ich Simon. »Guten Morgen, du bist ja auch schon wach?«

»Wie heißt es doch so schön: Der frühe Vogel fängt den Wurm. Ich habe heute einige Termine. Bist du schon aufgeregt, Susann?«

»Ich war ja schon ein paar Mal in der Uni und weiß, wie es da aussieht.« Ich lächelte verschmitzt. »Der einzige Unterschied ist, dass ich nun woanders wohne und unendlich viele neue Eindrücke gewonnen habe. Danke für alles, was du mir gibst«, entgegnete ich ihm.

»Ich muss nun los. Gegen Mittag werde ich wieder hier sein.« Simon nahm einen letzten großen Schluck Kaffee aus seiner Tasse und verschwand.

Gedankenverloren blieb ich zurück. Langsam nippte ich an meinem viel zu heißen Tee und machte mich kurz darauf auf den Weg unter die Dusche.

Träumend ließ ich das warme Wasser auf mich herabprasseln. Es fühlte sich an wie ein warmer Regenschauer. Ich hätte stundenlang so stehen bleiben können, aber meine Alltagspflicht rief.

Frisch abgetrocknet lief ich zum Kleiderschrank, der sich mit einem leichten Quietschen öffnete. Erschrocken wich ich zurück. Der Schrank war leer. Wo waren die ganzen Anziehsachen hin? Ich konnte doch nicht nackt zur Uni. Panik ergriff mich. Verzweifelt ließ ich mich auf mein Bett fallen, als ich plötzlich etwas in meinem Rücken spürte.

Ich holte ein Blatt Papier unter mir hervor und las:

»Sieh im Wohnzimmer nach! Und vergiss deinen Plug nicht! Ich wünsche dir einen schönen Tag.«

Ich lief ins Wohnzimmer und dort fand ich einen weißen Rollkragenpullover und eine enge Jeans. Zum Glück kein Latex. Das wäre mir dann doch zu viel gewesen heute. Ich begann, den Pullover zu entfalten, als plötzlich ein schwarzer Latexcatsuit zu Boden fiel. Simon hatte ihn im Pullover versteckt.

Ich nahm die Sachen und ging zurück in mein Schlafzimmer. Dort wartete mein Plug auf mich. Die Hitze in meinem Körper stieg, als ich ihn genüsslich und wie von selbst mit etwas Gleitgel in mir versinken ließ.

Lustvoll ließ mich der Anblick des funkelnden Glitzersteins an meinem Hintern im Spiegel erschaudern. Er hatte eine angenehme Größe, die man auch im Alltag tragen konnte.

Der Duft des Catsuits betörte meine Sinne, als er sich eng wie eine zweite Haut um mich schloss. Zum Glück war er kurz genug, um von der restlichen Kleidung überdeckt zu werden.

Hastig schlüpfte ich in die Jeans und zog mir den Pullover über. Von nun an ließ nichts mehr außer dem Rascheln des Gummis den Catsuit erahnen. Ein Gefühl von Genuss durchströmte meine Adern.

Fehlten nur noch Schuhe. Doch wo waren sie? Was hatte Simon sich für heute ausgedacht? Ich hoffte, nicht auf fünfzehn Zentimeter Absätze zu stoßen, wenn ich den Schuhen über den Weg lief. Zwar konnte ich nach den vielen Wochen täglicher Übung mittlerweile gut auf hohen Absätzen laufen, dennoch hinterließen lange Strecken und zu viele Stunden darin immer noch Schmerzen bei mir.

Außerdem waren High Heels meiner Ansicht nach nichts für die Uni. Offensichtlich schienen mich die Meinungen und Gedanken der anderen Menschen doch noch mehr zu beeinflussen, als mir manchmal lieb war.

Ich lief nach unten und sah an den Kleiderbügeln im Flur einen hübschen, schwarzen Strickmantel hängen. Direkt unter dem Mantel standen ein Paar schwarze Stiefel mit zwölf Zentimeter hohen Absätzen. Sie sahen zum Glück ganz alltagstauglich aus.

Bevor ich das Haus verließ, betrachtete ich mich in dem großen Spiegel im Flur. Von meiner Latexhaut war nichts zu sehen, perfekt! Ich ergriff meinen Schlüssel und verließ das Haus. Die breiten Absätze und die runde Form machten die Stiefel auf den ersten Metern außer Haus tatsächlich deutlicher bequemer, als ich es mir bei dieser Absatzhöhe erwartet hatte.

Als ich dem ersten, langweiligen Vortrag des Semesters lauschte, erregte mich der Gedanke, unentdeckt Latex zu tragen, mit einem Mal ungemein. Wie früher auch unterhielt ich mich mit meinen Kommilitoninnen in der Pause und manchmal vergaß ich sogar mein kleines Geheimnis.

Für die zweite Vorlesung musste ich den Hörsaal wechseln. Ich setzte mich in die hintere Reihe und suchte den Saal nach bekannten Gesichtern ab. Offensichtlich, hatte niemand, den ich kannte, diesen Kurs gewählt. Doch plötzlich fiel mein Blick auf eine zierliche, blonde Studentin.

Erstaunt sah ich sie an, während sie meine Blicke nicht zu bemerken schien. Irgendwoher kannte ich sie, aber es wollte mir einfach nicht einfallen. In meinem Kopf versuchte ich, ihr Gesicht einer Erinnerung zuzuordnen, was mich nicht wirklich weiterbrachte. Also folgte ich gelangweilt den Worten des dozierenden Professors, bis es mir schließlich wie Schuppen von den Augen fiel.

Ich wusste wieder, wer sie war: Die traurig aussehende Spaziergängerin, die mir Samstagmorgen im Wald mit ihren Freundinnen begegnet war. Je länger ich sie ansah, desto mehr hatte ich die Bilder des Moments wieder vor meinen Augen. Wie sie mich ansah und unterschwellig anlächelte, was die Faszination in ihren Augen in mir auslöste, ohne dass es mir bisher bewusst gewesen war. Als ich erneut in ihre Richtung sah, erkannte ich auch ihre beiden Freundinnen wieder, die links und rechts neben ihr saßen. Gerade musterte ich mit meinen Blicken ihre Freundinnen, als ich erschrocken feststellte, wie sie mich breit lächelnd ansah.

Reflexartig blickte ich weg. Angst schoss durch meinen Körper. Hatte sie mich erkannt? Mein Herz schlug bis zum Himmel. Ich riskierte einen weiteren Blick und sie lächelte mich immer noch an. Schüchtern lächelte ich zurück. Erneut blickte ich vorsichtig und etwas verschüchtert zu ihr rüber. Ihr Lachen war freundlich, aber ich spürte, dass sie nicht wusste, wer ich war.

Mit einem Mal stoppte ihr Blick auf mir und fixierte meine Augen. Ihre Augen wurden größer und ihre Mimik ließ mich die Überraschung in ihnen erkennen.

»Das war es für heute, meine Herrschaften.« Die Vorlesung war zu Ende.

Überfordert von der Situation verließ ich den Hörsaal so schnell ich konnte. Aber warum war ich nicht zu ihr gegangen? Ich ärgerte mich über meine Schüchternheit. Mir wurde bewusst, welch langer Weg zur persönlichen Freiheit noch vor mir lag.

Wie gerne hätte ich mich doch einfach mit ihr unterhalten und herausgefunden, ob sie mich erkannt hatte. Die Frage, warum sie als Einzige von allen Menschen, die mir an diesem Tag begegnet waren, gelächelt hatte, ließ mich einfach nicht los. Warum war sie so fasziniert von mir gewesen?

Meine Angst hatte es ein weiteres Mal geschafft, mich von dem abzuhalten, was ich wollte. Es war die alte Susann, die mich durch die zweite Vorlesung begleitet hatte. Ihr Einfluss war immer noch groß, aber ich hoffte, dass das Schicksal der neuen Susann eine zweite Chance geben würde.

Nachdenklich und ohne meine Umwelt wahrzunehmen lief ich zur U-Bahn-Haltestelle. Plötzlich sah ich sie, wenige Meter von mir entfernt. Sie wartete ebenfalls auf ihre Bahn. Auch sie hatte mich gesehen und lief auf mich zu. Meine Gedanken rannten Galopp.

»Hey, ich hab dich eben in der Vorlesung gesehen. Wie hat dir denn die erste Stunde gefallen?«, fragte sie völlig unverbindlich.

Meine Stimme überschlug sich fast »Hey… Ähm …
also … ich fand sie etwas trocken, aber sonst war es
okay, was studierst du denn?«

»Langweilig war es, ich bin fast eingeschlafen. Ich
bin neu in der Uni und bisher kenne ich nur die zwei
Mädels, die bei mir saßen. Hast du sie gesehen?
Hochnäsige Tussis.« Sie streckte mir ihre Hand entgegen. »Ich bin Ann-Kathrin.«

Langsam löste sich meine Nervosität. »Susann.
Freut mich, dich kennenzulernen.«

»Gehst du gleich heim? Oder hast du Lust, noch
ein bisschen mit mir mit in die Stadt zu kommen?« Sie
sah mich fragend an.

»Ich wollte nach Hause, aber warum nicht? Ich
muss sowieso noch ein paar Kleinigkeiten einkaufen.«

Wir machten uns auf den Weg in die Stadt. Nachdem wir unsere Einkäufe erledigt hatten, setzen wir
uns in ein nettes, kleines Café. Nicht nur ich, sondern
auch meine Füße hatten diese Pause dringend nötig.

Ann-Kathrin war mir echt sympathisch. Wir lagen
genau auf einer Wellenlänge. Ich hatte schon ewig
nicht mehr so viel mit einer Freundin gelacht. Wie
zogen über die ganzen verklemmten, versnobten Mädels her, die wir aus dem Fenster des Cafés an uns
vorbeilaufen sahen. Sie waren mehr Schein als Sein
und daher für uns No-Goes.

Nicht zuletzt auch dank der Erfahrungen der letzten Wochen war mir mehr denn je bewusst geworden,
wie unwichtig der Schein und wie wichtig das Sein
doch war. Ann-Kathrin wirkte auf mich so natürlich

und offen, dass ich sofort das Gefühl hatte, dass wir uns verstehen.

Urplötzlich wechselte sie das Thema. »Mein Freund hat sich Freitagabend von mir getrennt. Ich hab eine komplette Nacht durchgeheult.« Ann-Kathrins Stimmung wurde ernster. »Am nächsten Morgen haben meine Mitbewohnerinnen mich zur Aufmunterung zu einem Spaziergang im Wald überredet.« Ihre Worte ließen mein Herz schneller schlagen.

»Nach einer Kurve kam uns plötzlich eine Frau entgegen.« Ich schluckte den dicken Kloß in meinem Hals hinunter. »Die Frau war komplett in Latex gekleidet.« Oh mein Gott, sie sprach mich tatsächlich auf Samstag an. »Meine Mitbewohnerinnen waren total entsetzt. Aber mich hat der Mut der Frau total fasziniert. Und wenn ich ganz ehrlich sein soll ...« Ann-Kathrin stoppte inmitten ihres Satzes und zögerte. »Wenn ich ganz ehrlich sein soll, wäre ich gerne diese Frau gewesen.« Sie sah in meine Augen und musterte meine Lippen. »Seit diesem Moment habe ich nicht mehr an meinen Exfreund gedacht, sondern mir vorgestellt, wie es wäre, mit der Frau zu tauschen und ein Leben in Latex zu führen. Es gibt so vieles, was ich gerne tun möchte. Und so gut wie nichts davon habe ich bisher in Tat umgesetzt.«

»Ich verstehe dich total gut. Es ist so wichtig, seine Träume zu leben.«

»Du warst diese Frau, nicht wahr? Ich habe dich nicht sofort erkannt, so in den normalen Klamotten. Aber irgendwann hat es klick gemacht.« Sie blickte mir neugierig in die Augen. Mein Gesicht lief dunkelrot an. Um mich zu beruhigen, nippte ich an meiner heißen Schokolade.

»Kannst du ein Geheimnis für dich behalten?« Ich sammelte meine Kräfte. »Ja, das war ich. Und ich habe das Leuchten in deinen Augen gesehen. Ich habe dich heute Morgen auch nicht direkt erkannt, aber irgendwann war es mir klar.« Vollkommen überwältigt blickte Ann-Kathrin mich an. Obwohl sie es sich bereits gedacht hatte, schien die absolute Gewissheit sie total aus dem Konzept zu bringen.

Kaum hatte sie sich wieder gefangen, bombardierte sie mich mit Fragen: »Wie kam es dazu? Warum machst du das? Wie fühlt es sich an?« Wir quatschten stundenlang, bis es schließlich langsam Abend wurde. Wie gerne hätte ich mich noch länger unterhalten, doch ich musste Heim zu Simon. Ich wollte mit ihm zu Abend essen und von meinem Tag erzählen.

Als wir uns verabschiedeten, sagte Ann-Kathrin plötzlich: »Ich beneide dich für deinen Mut. Wie gerne würde ich das auch können.«

»Wenn ich es kann, kannst du es auch. Du musst nur wollen.« Wir tauschten noch unsere Handynummern und ich machte mich auf den Weg.

Beim Abendessen berichtete ich Simon jedes noch so kleine Detail meines Tages. Aber vor allem berichtete ich von meiner Begegnung mit Ann-Kathrin.

»Wie findest du die Idee, dass Ann-Kathrin das Coaching mit dir zusammen absolviert?«

Hatte er das wirklich gesagt? Ich hielt den Atem an. Simon teilen? Mehr denn je wurde mir bewusst, wie viel ich für ihn empfand.

»Entscheide selbst Susann, ob du ihr diese Möglichkeit schenken willst, oder dein Coaching lieber alleine absolvieren möchtest. Und gib mir morgen beim Frühstück Bescheid.«

Die ganze Nacht über lag ich wach in meinem Bett und die Gedanken kreisten durch meinen Kopf. Wie schön es wäre, eine gleichgesinnte Mitstreiterin zu haben und meine Erlebnisse mit einer Freundin teilen zu können. Alle Argumente sprachen dafür, Ann-Kathrin zu uns einzuladen. Doch die Vorstellung, Simon mit jemand zu teilen, gefiel mir überhaupt nicht. Ich hatte mich Hals über Kopf in ihn verliebt.

Müde ging ich am nächsten Morgen zum Frühstück. Simon erwartete mich wie immer frisch gestylt und lächelnd.

»Ich werde Ann-Kathrin fragen, ob sie Lust hat, das Coaching mit mir zusammen zu absolvieren«, sagte ich hastig, bevor ich die Worte bereute.

»Ich bin stolz auf dich, Susann. Mir ist bewusst, was eine solche Entscheidung an positiven und negativen Gefühlen in dir auslöst. Du hast dich richtig entschieden.« Er leerte seinen Kaffee, gab mir einen kurzen Kuss und verließ das Haus.

Hatte ich mich wirklich richtig entschieden? Ich wusste es nicht. Schnell tippte ich eine SMS an Ann-Kathrin:

»Hi, hast du Lust, dich nachher noch auf einen Kaffee zu treffen? Fand es gestern schön. LG, Susann«

Jeder Buchstabe löste gemischte Gefühle in mir aus. Aufgeregt drückte ich auf »Senden«. Doch auf dem Weg zur Bahn wurde mir klar, dass Simon recht hatte.

Es war die richtige Entscheidung. Ich konnte teilen und wollte dadurch meine Erfahrungen noch vielfältiger machen.

In den letzten Wochen hatte ich mehr Entscheidungen getroffen als je zuvor. Ich hatte endlich Entscheidungen getroffen. Sicherlich hatten sie auch Konsequenzen, aber egal ob sie richtig oder falsch waren, sie hielten mein Leben in Bewegung. Auch wenn Simon mich führte, merkte ich, dass es dazu diente, mich zur Selbstführung zu bringen. Das wurde mir bewusster denn je.

Bereits wenige Minuten später kam Ann-Kathrins Antwort:

»Gerne. Ich hab ab zwölf Uhr keine Vorlesungen mehr. Sollen wir uns in dem gleichen Café wie gestern treffen?«

Die Uhrzeit passte perfekt. Während ich auf Ann-Kathrin wartete, wuchs in mir die Aufregung. Wie würde sie wohl auf das Angebot reagieren? War es die richtige Entscheidung? Wenige Minuten nach mir traf Ann-Kathrin ein. Kaum hatten wir bestellt, erzählte ich ihr aufgeregt von meinem Gespräch mit Simon und seinem Angebot.

»Hättest du Lust, auch seine Schülerin zu werden und bei ihm einzuziehen?« Ann-Kathrin stockte für einen kurzen Moment der Atem. Sie schien vollkommen überrumpelt zu sein. Und dennoch sah ich, wie ihre Augen vor Glück und Vorfreude zu funkeln begannen.

»Eine solche Chance bekommst du nur heute.« Ich versuchte, nachdrücklich zu klingen.

Ann-Kathrin blickte zu Boden und schwieg. Es kam mir wie eine Ewigkeit vor, doch urplötzlich schaute sie mich strahlend an.

»Ich bin dabei.« Ihre Vorfreude war nicht zu übersehen.

»Ich freu mich so.« Ich umarmte sie stürmisch. »Hast du Lust, gleich nach dem Kaffee mit zu mir zu kommen und Simon kennenzulernen?« Ann-Kathrin nickte schüchtern. »Ich frag ihn kurz, ob er ein paar Minuten Zeit für uns hat.«

Nur Sekunden später kam seine Antwort:

»Ich freue mich, Ann-Kathrin kennenzulernen.«

Auf dem Weg nach Hause hielt ich Ann-Kathrins zitternde Hände. Im Haus angekommen wich das Zittern erregtem Staunen. Auch sie hatte noch nie so viel Luxus gesehen.

Simon wartete bereits am gedeckten Esstisch auf uns. »Du bist also Ann-Kathrin«, begrüßte er sie, als wir das Esszimmer betraten. Simon reichte ihr lächelnd die Hand. Schüchtern beantwortete Ann-Kathrin seinen Willkommensgruß. »Susann hat mir schon viel von dir erzählt. Ich freue mich, dich persönlich kennenzulernen.« Simon schien zufrieden mit meiner Wahl. »Erzähl mir von dir. Was erwartest du? Warum bist du hier? Was fasziniert dich an Latex?«

»Ich komme aus dem Koblenzer Umland und bin auf einem Bauernhof aufgewachsen«, begann Ann-Kathrin zögerlich. »Vor fünf Wochen bin ich hergezogen, um zu studieren. Derzeit wohne ich mit zwei anderen Mädels in einer WG.« Aufmerksam hörte Simon zu. Die beiden verstanden sich auf Anhieb gut miteinander. Nach einer Weile unterbrach Simon ihren Redeschwall »Du gefällst mir, daher erhältst du die Chance, zu bleiben, wenn du magst.«

»Darf ich eine Nacht darüber schlafen?« Ann-Kathrin schien sichtlich überwältigt. »Nun gut, eine Nacht. Bitte lass Susann morgen früh wissen, wie du dich entschieden hast.« Simon blickte sie ernst an, stand auf und kehrte zurück in sein Büro.

Ann-Kathrin machte sich auf den Weg nach Hause. Sie versprach mir, sich morgen früh zu melden.

Bedingungsloses Vertrauen

Zwei Tage waren vergangen und ich hatte nicht wieder von Ann-Kathrin gehört. Sie erschien weder zur gemeinsamen Vorlesung noch konnte ich sie per Handy erreichen. Hatte sie etwa kalte Füße bekommen? Nichts von ihr zu hören erfüllte mich mit Trauer.

Am Ende der Woche gab es nach wie vor kein Lebenszeichen von Ann-Kathrin und ich beschloss, das Kapitel abzuhaken.

Schade, dass ihr selbst der Mut fehlte, abzusagen. Ich hätte sie trotzdem gern als Freundin behalten, hatte sie aber wohl komplett falsch eingeschätzt.

Ich versuchte, die Enttäuschung zu verdrängen und mich auf die mich erwartenden Erfahrungen des kommenden Wochenendes zu konzentrieren. Die ganze Woche über hatte Simon zweideutige Anspielungen gemacht. Um Vertrauen solle es gehen. Aber ging es darum nicht grundsätzlich?

Simon saß im Wohnzimmer und las ein Buch. »Da bist du ja, meine Liebe«, empfing er mich, als ich zur Tür hereinkam. »Bitte zieh dich um und komm dann zu mir. In deinem Zimmer findest du alles, was du brauchst.«

»Aber gerne, der Herr«, entgegnete ich scherzhaft und lief gespannt nach oben. Ein pinker Catsuit erwartete mich wie gewohnt auf meinem Bett.

Schnell zog ich meinen Alltags-Suit aus. Meine Haut war klatschnass, was mir beim Tragen zum Glück nie bewusst wurde. Erregt berührte ich den neuen Catsuit und genoss den kribbelnden Schauer der Lust, der mich durchfloss.

Obwohl ich es kaum abwarten konnte, ihn endlich an mir zu spüren, beschloss ich, mir und meiner Haut zehn Minuten Ruhe zu gönnen. Mit einem leisen Ploppen ließ ich den Plug aus mir und reinigte ihn im unter fließendem Wasser.

Das frühe Aufstehen in der Woche hatte seine Spuren hinterlassen. Müde schob ich den Catsuit auf dem Bett zur Seite und legte mich daneben. Gedankenverloren blickte ich an die Decke.

»Ist das bei dir gleich zurück zu sein, Susann?« Simons ernste Stimme ließ mich aufschrecken. In den Türrahmen gelehnt blickte er meinen nackten Körper an. War ich etwa eingeschlafen?

»Du lässt mich eine halbe Stunde warten? Ich denke nicht! Sei in zehn Minuten unten und wir vergessen den Vorfall.« Mit strenger Miene drehte er sich um und verschwand.

Mist, ich wollte ihn nicht enttäuschen. Hastig ergriff ich den Latexcatsuit und lief ins Bad. Mit etwas Gleitgel massierte ich mein Hintertürchen und ließ den Plug in mich eindringen. Ich stöhnte vor Wonne auf. Vollkommen ausgefüllt zu sein war ein Genuss.

Sehnsüchtig ließ ich meine vom Silikonöl glitschigen Beine in das enge Gummi des Catsuits gleiten. Mit jedem Körperteil mehr, das im Latex verschwand, wuchs meine Erregung und erreichte ihren Höhepunkt, als ich den Catsuit endlich schloss.

Mit meinen Latex umhüllten Fingern strich ich über meine makellos glatte Figur. Elektrisiert von Vorfreude machte ich mich auf den Weg zu Simon.

»Pünktlichkeit ist wohl nicht gerade deine Stärke.« Simons Gesichtsausdruck wandelte sich in ein freudiges Strahlen.

»Tut mir leid. Ich weiß selber nicht, wie mir das passieren konnte«, entgegnete ich kleinlaut.

»Wie du weißt, hat jedes Verhalten Konsequenzen.«

In meinem Kopf begann eine Gedankenmaschinerie zu arbeiten. Simon war talentiert darin, mich mit seinen Worten willenlos zu machen. Wenn er mich bestrafen würde, würde ich es zulassen und genießen, so viel Macht hatte er schon über mich gewonnen. Dennoch war sein Verhalten für mich undurchschaubar. Warum lächelte er, wenn er böse mit mir war?

»Kompliment, Susann. Pink steht dir hervorragend. Mir gefällt, was ich sehe.« Sichtlich erregt strich er mit seinen kräftigen Händen über meine gummiumhüllten Kurven.

Seine Berührungen ließen mich lustvoll erschaudern. Zwischen meinen Beinen spürte ich eine feuchte Glut.

Plötzlich stoppte er und lief wortlos aus dem Wohnzimmer. Allein gelassen mit meiner Lust blieb ich zurück.

Als er zurückkehrte, trug er in seiner Hand ein weißes Latexkorsett. Überrascht blickte ich ihn an. Ein Korsett hatte ich noch nie getragen.

»Wie gefällt es dir?« Er beobachtete mich genau.

»Damit hätte ich nun wirklich nicht gerechnet.«

»Lass es uns anprobieren.«

Simon legte mir das Latexkorsett an und begann, langsam die Schnürung enger zu ziehen. Das Atmen fiel mir schwerer, je enger er die Schnüre zog. Gleichzeitig ließ die Enge meine Taille femininer und mich aufrechter werden. Ich liebte das Gefühl.

Simons Lächeln wurde breiter. »Es scheint dir zu gefallen, dann kann ich ja ruhig weitermachen.« Prompt zog er die Schnüre noch enger. Je schwerer mir das Atmen fiel, desto mehr kostete ich die Lust der Enge und Einschränkung aus. Simon demütigte mich und es gefiel mir. Meine Gedanken fuhren Achterbahn und ich war wie von Sinnen.

Unbemerkt hatte Simon den Raum verlassen und hatte plötzlich etwas in der Hand, das einer Mischung aus Latexhalskrause und Korsett glich. Von einem auf den anderen Moment war ich wieder im Hier und Jetzt.

»Heute darfst du das erste Mal ein Halskorsett tragen«, verriet er, während er begann, es mir anzulegen.

Er zog die Schnüre in meinem Nacken fester zusammen, bis mein Kopf aufrecht blickend in eine gerade Position gezwungen wurde. Es war mir unmöglich, nach unten zu schauen oder meinen Kopf nach links oder rechts zu drehen. Nur der Blick in die Ferne blieb mir erhalten.

Die beiden fest geschnürten Korsetts versetzten meinen Körper mehr und mehr in Ekstase. Ich versank in einem tranceähnlichen Zustand, der den letzten Momenten vor einem gigantischen Höhepunkt glich.

Gedanklich vollkommen abwesend bemerkte ich nicht, wie Simon mich mit Silikonöl einsprühte.

»Zieh das drüber.« Verdutzt kehrte ich in die »echte Welt« zurück. In seiner Hand hielt er einen weiteren, pinken Latexcatsuit.

Ich folgte ihm. Beinahe wahnsinnig vor Lust genoss ich, wie das Latex mich mehrschichtig eng umschloss.

Der Spiegel im Flur gab den Blick auf meinen latexumhüllten Körper frei. Das Korsett sorgte für eine anmutend aufrechte Körperhaltung und war durch den zweiten Catsuit nicht zu sehen. Ich war stolz auf das, was ich sah.

»So können wir natürlich noch nicht auf die Straße.« Simon sah mich herausfordernd an.

Auf die Straße? Hatte ich richtig gehört? Meine Angst mischte sich mit Erregung. War das die Strafe für mein Zuspätkommen? »Wir gehen aus? Wie schön«, versuchte ich, möglichst selbstbewusst zu entgegnen.

»Eine gute Einstellung. Ich bin gleich wieder da.« Simon drehte sich um und ging. Es dauerte eine Weile, bis er wiederkam.

Genug Zeit, um in meinem Kopf die wildesten Fantasien gegen unbändige Ängste kämpfen zu lassen. Wie weit ich doch von vollkommenem Vertrauen entfernt war. Ich würde dieses Wochenende eine Menge dazulernen müssen.

Dann endlich kehrte Simon zurück und meine Gedanken wichen der Spannung. Was hatte er nur geholt?

»Hiermit sollte dein Outfit straßentauglicher werden.« Er reichte mir zunächst einen blauen Rollkragen Pullover, der geschickt das Halskorsett verbarg.

Flache, schwarze, kniehohe Stiefel und eine dunkelblaue Röhrenjeans verzierten meine gummierten Beine. Flache Stiefel? Es wurde immer dubioser.

Was hatte er nur vor? Ich hatte nicht den leichtesten Hauch einer Ahnung, und war so verängstigte wie erregt.

Mein Spiegelbild zeigte eine aufrecht stehende, stolz wirkende, wunderhübsche Frau mit schmaler Taille und femininen Kurven. Mein Anblick gefiel mir. Endlich war ich die, die ich sein wollte. Zumindest für den Moment.

»Wirklich? Was hast du nur vor? Ein einfacher Shoppingbummel in Latex wird das heute Nachmittag wohl nicht werden oder?«

»Wie schon gesagt, geht es dieses Wochenende um Vertrauen.« Simon sah mir tief in die Augen. »Die heutige Herausforderung wird dich vor eine Wahl stellen. Wenn du mir bedingungslos vertraust, wirst du in einen ganz besonderen emotionalen Genuss kommen. Der Aufgabe jeglicher Verantwortung und der Möglichkeit, dich dir selbst, mir und deinen Emotionen hinzugeben. Die vollkommene Aufgabe jeglicher Kontrolle gibt dir die Möglichkeit, dich treiben zu lassen, zu genießen und etwas zu spüren, was nur wenige Menschen wirklich kennen – Freiheit.« Seine Stimme klang beschwörend.

»Vertraust du mir nicht, wirst du dich während der Aufgabe stärker denn je hilflos, kraftlos, eingeschränkt und gefangen fühlen. Du selbst entscheidest, welchen Weg du gehen willst. Der heutige Tag wird einen großen Einfluss auf deine Zukunft haben.«

Mein Körper begann vor Angst zu kribbeln.

»Bürste dir die Haare und tusche deine Wimpern«, schloss er und war schon wieder verschwunden.

Mein Körper war zum Zerreißen gespannt. Der Versuch, Mascara aufzutragen, scheiterte an meinen zitternden Händen.

Simon kehrte mit einem wunderschönen, braunen Mantel zurück.

»Greif in deine Taschen«, forderte er mich auf, nachdem er mir in den Mantel geholfen hatte.

Ich folgte gehorsam. »Handschuhe?«, rief ich überrascht aus.

»Ja, sagen wir, es sind Handschuhe« Die Antwort ließ mich mal wieder mit mehr Fragen zurück, als sie tatsächlich beantwortete. War das seine Art, mir klar zu machen, wie verkopft ich noch dachte?

Ich sollte aufhören, alles zu hinterfragen. Leichter gesagt als getan.

»Bevor du deine Hände hineinsteckst, musst du noch etwas erledigen.« Simon reichte mir etwas, das aussah wie eine kleine, schwarze Aufbewahrungsbox für Kontaktlinsen.

Meine Aufregung wuchs und schon wieder rasten Unmengen an Fragen durch meinen Kopf. Mittlerweile war ich mir sicher, dass Simon mich mit seinem Verhalten zum Nachdenken und Hinterfragen provozierte, um mir bewusst zu machen, wie viel mir zum bedingungslosen Vertrauen noch fehlte. Ich vertraute ihm erstaunlicherweise mehr als jedem anderen Menschen in meinem Leben. Aber bedingungslos? Ich war mir nicht sicher, ob das überhaupt möglich war.

Mit zitternden Fingern öffnete ich die kleine schwarze Box und sah zwei Kontaktlinsen in Lösung schwimmen.

Kontaktlinsen? Die Serie an Fragen in meinem Kopf riss nicht ab.

Die braune Iris auf den Kontaktlinsen erinnerte mich an ein Karnevals-Accessoire. Braun? Meine Augen waren doch braun?

»Überrascht?« Simons Worte rissen mich aus meinen Gedanken.

Ich war mehr als nur überrascht.

»Setze sie ein, dann wird einiges klarer. Oder auch nicht.« Was hatte er bloß vor?

Ich entnahm meine Kontaktlinsen von meinen Augen und legte sie in die Box, bevor ich Simons Kontaktlinsen einsetzte.

»Halt mal, da stimmt was nicht. Alles ist dunkel und ich sehe nur Umrisse.« Fast blind zu sein machte mir Angst. Ich wollte die Linsen wieder loswerden.

»Halt, halt, halt, Susann. Hab ich gesagt, dass du sie rausnehmen kannst?«

»Ich kann nichts sehen«, jammerte ich.

»Merkst du, dass du mir nicht vertraust? Ich weiß, was ich tue. Erinnere dich an meine Worte. Ohne Vertrauen werden die nächsten Stunden unerträglich für dich.«

Meine Unruhe wuchs ins Unermessliche, ich verlor völlig die Kontrolle über meine Gefühle.

»Nun steck deine Hände in die Handschuhe in deinen Taschen.«

Zitternd tat ich, was er sagte. Als meine Hände vollständig in den Handschuhen steckten, bemerkte ich, dass sie sich nicht aus den Taschen nehmen ließen. Sie waren eingenäht.

Gerade, als ich meine Hände wieder herausziehen wollte, spürte ich Simons kräftige Hände an meinen Unterarmen. Sanft, aber entschlossen, hielt er mich fest.

»Ruhig Susann. Vertrau mir und folge meinen Worten. Gib alle Verantwortung an mich ab und verlass dich darauf, dass ich für dich sorge. Genieße die Freiheit, völlig ohne Verantwortung zu sein.«

Seine Worte beruhigten mich. Simon hatte mich noch nie enttäuscht. Ich musste ihm vertrauen. Ich konnte es. Ich atmete tief ein und wieder aus, um meine Gedanken zu sortieren.

Folgsam ließ ich meine Hände, wo sie waren, und spürte, wie Simon diese mit den daran befestigten Lederriemen fixierte. Erneut schoss die Angst durch meinen Körper, mein Zittern nahm wieder zu.

»Wir werden nun ein paar Stunden in die Stadt gehen«, flüsterte er in mein Ohr.

Ich war versteinert vor Angst.

»Du musst dich nun entscheiden, Susann. Stellst du dich der Aufgabe, vertraust mir und lässt dieses Vertrauen zu einer kräftigen Pflanze erblühen? Oder lehnst du ab und die Pflanze verdorrt, weil deine Persönlichkeit nicht bereit ist, vollkommene Freiheit zu erfahren? Ich gebe dir fünf Minuten Zeit.«

Simon verschwand und ich sah ihn schemenhaft die Treppe hinaufgehen.

So angsterfüllt ich auch war, ich wusste, dass es für mich nur eine Entscheidung gab. Freiheit zulassen. Ich hatte mir geschworen, mein Leben zu ändern, und wollte mich nicht aufhalten lassen. Doch so leicht mir die bewusste Entscheidung fiel, so intensiv fühlte ich, wie mein Unterbewusstsein mitsamt meinen Emotionen dagegen rebellierte.

»Für was hast du dich entschieden?«, fragte Simon, als er fünf Minuten später die Treppe wieder herunterkam.

»Ich vertraue dir«, erwiderte ich fest entschlossen, während mein Herz rannte und meine Beine weich wurden.

»Ich habe großen Respekt vor dir und deiner Entscheidung. Lass dich in meine Hände fallen und fühle dich vollkommen sicher.« Er umgriff meine Taille und begann, mich ein paar Schritte zu führen.

Nach und nach wandelte sich meine Angst in ein Gefühl von Spannung auf das, was folgen würde.

Je länger Simon mich führte, desto größer wurde mein Wohlgefühl. Ich war vollkommen in mich gekehrt, alles war dunkel und nichts außer unserer Schritte war zu hören. Beinahe willenlos ließ ich mich von seiner Hand um meine Taille durch das Haus manövrieren.

Simon hatte recht. Es fühlte sich unbeschreiblich an und meine Gedanken kreisten einzig um mein Inneres. Ich fühlte mich vollkommen sicher und geborgen.

»Bereit, vor die Tür zu gehen?«,

»Ja lass uns gehen, ich bin mir sicher.« Meine Stimme zitterte.

Ich gab alles, um meine verbliebenen Ängste niederzukämpfen, aber die Spannung in mir wuchs von Sekunde zu Sekunde.

Ein Schreck durchzog meinen Körper, als Simon plötzlich meine Haare an den Ohren etwas zurückstrich und flüsterte:

»Ganz ruhig Susann. Ich werde dir nun Ohrenstöpsel in die Ohren stecken. Sie sind transparent und aus weichem Silikon, sodass sie sich ganz bequem tragen lassen. Du wirst damit so gut wie nichts mehr hören, aber das ist auch nicht wichtig. Verlass dich einfach darauf, dass ich dich sicher und gesund ans Ziel bringe.«

Dunkelheit mischte sich mit einer beinahe perfekten Stille, als Simon mich behutsam, aber bestimmt anschob. An der kühlen Luft in meinem Gesicht fühlte ich, wie wir das Haus verließen.

Mein Herz raste vor Aufregung, aber mit jedem Schritt beruhigte es sich mehr und mehr. Meine Gedanken kehrten zurück in die perfekte Stille und Abgeschiedenheit in meinem Inneren. Ich spürte die Freiheit und Grenzenlosigkeit in mir.

Während ich zu Beginn noch auf meine Schritte achtete und versuchte, so viel wie möglich von der Umgebung wahrzunehmen, war es mir mittlerweile vollkommen egal. Wie eine Wolke ließ ich mich von Simons Wind durch den Himmel wehen.

Kurze Momente der Panik kämpfte ich erfolgreich nieder.

Der Luftzug der vorbeigehenden Menschen zeigte mir, dass wir mittlerweile in der Einkaufsstraße angekommen waren. Ich spürte kleinere Rempler und hatte das Gefühl, auch die Blicke der Menschen wahrzunehmen. Was sie wohl über mich dachten?

Galant führte mich Simon durch die Menschenmassen. Ich genoss die von meinen Sinnen beraubte Abgeschiedenheit.

Das Fehlen meines Seh- und Hörsinnes ließ meinen Geruchssinn und mein Fühlen ausgeprägter werden. Noch nie zuvor hatte ich das Latex intensiver empfunden. Es war unbeschreiblich - eng, heiß, feucht und gigantisch.

Die Düfte der Umgebung erzeugten fantastische Vorstellung in meinem Kopf und der süßliche Latexduft löste ein wahres Feuerwerk in mir aus.

Erregung breitete sich in mir aus, als ich bemerkte, dass ich Demut und Hilflosigkeit nicht mehr als beängstigend, sondern zutiefst erregend empfand. Das Gefühl, Simon ausgeliefert zu sein, brachte die Lust in mir zum Kochen.

Die atemberaubende Fremdkontrolle ließ mich schweben. Als mein Höhepunkt sich gerade anbahnte, entfernte mir Simon unerwartet die Stöpsel aus den Ohren. »Willkommen Zuhause.«

Wie konnte das sein? Ich hatte von alldem nichts mitbekommen, was mich sowohl erschreckte als auch erregte. Mir wurde bewusst, dass ich Simon bedingungslos vertraut hatte. Ich war frei, und ich war sicher.

Am selben Abend lag ich auf der Couch in Simons Armen. Wir unterhielten uns angeregt.

»Susann, du bist wahrlich die tollste Frau, die ich jemals kennengelernt habe. Deine Entschlossenheit, dein Mut und deine Leidenschaft begeistern mich von Tag zu Tag mehr.« Röte stieg in mein Gesicht. »Dein Vertrauen schafft den fruchtbaren Boden, auf dem wir all deine Wünsche verwirklichen können. Das war die entscheidende Prüfung auf deinem Weg und du hast sie mit Bravour gemeistert. Ich bin stolz auf dich.«

Ich fühlte mich geehrt. Aber das Glück, das tief in mir brodelte, war meine größte Belohnung.

Müdigkeit und Erschöpfung ließen uns auf der Couch im Wohnzimmer einschlafen.

Freundschaftliche Gefühle

Die neue Woche begann. Simon rannte wie von Sinnen durchs Haus und weckte mich unsanft aus meinem tiefen Schlaf. Sofort war ich hellwach.

»Was ist los Simon?«, rief ich ihm zu.

»Ich hab in einer halben Stunde einen Termin«, hörte ich ihn fluchen.

Ich sah auf die Uhr, es war schon halb acht und um neuen begann meine Vorlesung.

»Oh nein schon halb acht? Zum Glück hast du mich geweckt.«

»Ich muss los, wir sehen uns später.« Schon war Simon verschwunden.

Simon hatte wie jeden Morgen mein Outfit bereitgelegt. Sein Geschmack gefiel mir. Die einzige Konstante waren der Catsuit und der Metallplug.

Ann-Kathrin fehlte auch an diesem Montag. Was war nur los? Ich war wirklich tief enttäuscht von ihr. Ernüchtert ließ ich die Worte des Dozenten über mich ergehen und machte mich anschließend wieder auf den Weg nach Hause.

An der Bahnhaltestelle erblickte ich sie plötzlich. Sie stand hinter einer kleinen Gruppe und es sah beinahe so aus, als wollte sie sich verstecken. Offensichtlich hatte sie mich bisher nicht bemerkt.

Ich wagte ein kleines Experiment und schrieb ihr eine SMS, während ich sie unauffällig hinter der Menschengruppe beobachtete. Wenige Sekunden später blickte sie auf ihr Handy. Mit bedrücktem Blick packte sie es zurück in ihre Tasche.

Das Ganze schien mir suspekt und irgendwie fand ich ihr Verhalten kindisch. Ich machte mich auf den Weg zu ihr, um herauszufinden, was mit ihr los war.

»Hey Ann-Kathrin, wie geht's dir? Lange nichts von dir gehört.« Ich wollte so einfühlsam wie möglich klingen.

»Ich bin ein totaler Feigling. Ich hab dich echt gern und wollte dich nicht enttäuschen.« Sie blickte beschämt zu Boden. »Ich hatte Angst.«

Ich nahm sie in den Arm und drückte sie ganz fest. »Warum hast du mir das nicht einfach gesagt? Es war nur ein Angebot. Ich mag dich, auch wenn du es ablehnst. Ich kann das sogar gut verstehen. Auch ich hatte große Angst, als ich diesen Schritt gewagt habe.« Aufmunternd sah ich sie an.

»Du wirkst so selbstsicher auf mich. Ich dagegen bin ein richtiger Angsthase. Das Schlimmste ist, das mich das Hin und Her in meinen Gedanken förmlich zerfrisst. Ich möchte es unbedingt, aber ich traue mich einfach nicht.« Die Trauer in ihren Augen war greifbar.

»Mach dir keinen Stress. Du bist einfach noch nicht bereit. Ich würde mich freuen, wenn wir Freundinnen bleiben und du in Zukunft einfach ehrlich zu mir bist.« Das wollte ich wirklich.

»Sorry, dass ich mich nicht bei dir gemeldet habe, dass tut mir echt unendlich leid. Ich würde gerne deine Freundin bleiben«, erwiderte sie kleinlaut.

Ich drückte sie fest und lud sie in unser Stammcafé ein.

Als ich wenige Stunden später zu Hause ankam, war auch Simon zurück.

»Ich habe Ann-Kathrin an der Bahnhaltestelle getroffen und mit ihr geredet. Wir waren zusammen einen Kaffee trinken«, plapperte ich munter drauf los.

»Sie hat Angst, was? Und?« Es war eher eine rhetorische Frage.

»Große Angst«, nickte ich zustimmend.

»Ich zweifele daran, ob sie bereit ist, ein derartiges Coaching durchzuziehen. Zum jetzigen Zeitpunkt ist sie es auf jeden Fall nicht. Es bedarf einer großen Portion Mut und Entschlossenheit, sein Leben zu ändern. Schließlich muss man für Dinge, die man gewinnt, Andere aufgeben. Das erfordert den Willen, sein Leben selbst in die Hand zu nehmen.«

Er blickte mir tief in die Augen. »Du hast diesen Willen und verstehst den Sinn jeder Aufgabe. Das bringt dich Schritt für Schritt nach vorne. Andere haben diesen Willen nicht und das ist okay. Man muss das einfach respektieren. Du bist ein ganz besonderer Mensch, meine Nummer eins.«

Simons Komplimente berührten mich zutiefst, wo er so selten aussprach, was er für mich empfand. Ich hatte Schmetterlinge im Bauch. Es war kein bloßes Coaching. Für mich war es viel mehr. Vor allem mit Simon.

Am nächsten Tag in der Uni ließ ich das Thema Coaching bei Ann-Kathrin komplett außen vor. Meine Freundschaft zu ihr hatte Priorität.

Kichernd saßen wir in der letzten Reihe der Vorlesung. Es war einfach schön mit ihr.

Nach ein paar Tagen gingen wir dazu über, statt ins Café zu Simon nach Hause zu gehen. Dort war es gemütlicher und der Kaffee umsonst.

Es schien Ann-Kathrin bei Simon zu gefallen. Die Nachmittage vergingen wie im Flug.

»Hast du Lust zu schwimmen oder in die Sauna zu gehen?«, fragte ich sie an einem Nachmittag spontan.

»Ihr habt einen Pool und eine Sauna?« Sie sah mich mit großen Augen an.

»Unten im Keller. Ich entspanne mich dort oft und ziehe ein paar Bahnen.«

Ihre Neugierde war geweckt. »Du hast es ganz schön gut hier.«

Da hatte sie recht, aber all der Luxus war mir egal. Simon war mir wichtig. Und mein Leben zu ändern. Ich hätte mit ihm auch in einem Einzimmerappartement gehaust. »Na, wo der Pool und die Sauna schon mal da sind, wäre es schade, sie nicht zu nutzen.«

»Kannst du mir einen Bikini und ein Handtuch leihen?« Anscheinend hatte ich sie überzeugt.

»Warte hier.« Ich machte mich auf den Weg in mein Zimmer.

Kaum hatte ich den Kleiderschrank geöffnet, fiel mir ein, dass alle Bikinis aus Latex waren. Das hatte ich komplett vergessen, für mich war es alltäglich geworden.

Aus meinem Bad holte ich zwei große Saunatücher und zwei Handtücher. Welcher Bikini würde Ann-Kathrin wohl am besten stehen? Ich entschied mich für einen lilafarbenen für sie und einen hellblauen für mich.

Schnell machte ich mich auf den Weg zurück. »So, es kann losgehen. Folge mir.« Ohne ein weiteres Wort über die Latexbikinis zu verlieren, ging ich los.

Erstaunt blickte Ann-Kathrin um sich, als sie den großen Pool- und Saunabereich sah. Die große Glasfront, welche zugleich eine Art Wintergarten mit tropischen Pflanzen und Palmen darstellte, ließ Tageslicht hinein. Alles erstrahlte hell und warm. Es war der ideale Ort, um zu entspannen und von den schönsten Urlaubsparadiesen zu träumen.

Ich schaltete die Sauna ein, während Ann-Kathrin ihre Hand ins Wasser streckte.

»Warm genug?« Sie nickte.

»Ich friere furchtbar schnell, deswegen hat Simon das Wasser richtig geheizt.« Ich reichte Ann-Kathrin die Handtücher und den Bikini.

»Damit hab ich nun nicht gerechnet.« Fasziniert strich Ann-Kathrin über das Latex. »Ich hatte noch nie Latexkleidung an.« Sie wirkte verlegen.

»Es ist hoffentlich kein Problem für dich? Ich habe leider keine anderen Bikinis. Wenn dir das nicht behagt, können wir das Schwimmen für heute auch lassen und du nimmst dir das nächste Mal einfach einen Eigenen mit.« Ich wollte, dass sie sich wohlfühlte.

Ann-Kathrin spielte nervös mit ihren Haaren. »Wenn ich ehrlich bin, bin ich gespannt, wie es sich trägt.«

Ich lächelte und begann, mich langsam auszuziehen.

Ann-Kathrin tat es mir gleich und schlüpfte in den Bikini. Sie strich mit ihren Händen über das glatte Latex. Ihre Brustwarzen drückten sich durch das Oberteil. Erregte es sie etwa?

Ihre zierliche Statur, ihre helle Hautfarbe und die blonden Haare passten perfekt zum Lila des Bikinis. Sie sah wunderschön aus.

»Und? Gefallen dir dein Anblick und das Tragegefühl?«

»Es ist wie eine zweite Haut, als wäre man nackt und angezogen zugleich«, stellte sie lächelnd fest.

Nachdem ich meinen Pullover und meine Jeans ausgezogen hatte, erblickte Ann-Kathrin Latexcatsuit und schaute mit großen Augen an.

»Den hab ich immer an«, beantwortete ich ihre unausgesprochene Frage.

Ann-Kathrin war baff. »Der Bikini fühlt sich so großartig. Wie muss es erst sein, wenn die ganze Haut von Latex bedeckt ist?«

»Ich liebe jede Sekunde. Kannst du mir kurz helfen und den Reißverschluss hinten aufmachen?«

Ann-Kathrin nickte und kam zu mir. Wie in Trance begann sie, über meinen latexumhüllten Körper zu streicheln.

Ich bekam eine Gänsehaut, noch nie hatte eine weibliche Berührung eine solche Reaktion bei mir ausgelöst. Ann-Kathrin öffnete meinen Reißverschluss.

Ohne mir etwas anmerken zu lassen, zog ich meinen Bikini über meine vom Latex schweißnasse Haut und ging mit Ann-Kathrin unter die Dusche.

Wenige Minuten später standen wir am Beckenrand. »Drei, zwei eins!« Ann-Kathrin nahm meine Hand und wir sprangen zusammen in Wasser.

Wir spritzten uns mit Wasser voll, planschten und genossen das angenehm warme Wasser, bis wir bei einem tollen Gespräch am Beckenrand sitzend endeten.

Ann-Kathrin wurde zunehmend lockerer und selbstbewusster und begann, mich mit Fragen zu löchern. »Ich hab vorhin, als du dich umgezogen hast etwas gesehen.« Sie schaute verträumt ins Wasser.

Ich blickte sie aufmunternd an.

»An deinem Hintern war ein großer, glitzernder Stein. Hast du dich da piercen lassen?« Ihre Frage machte mich tatsächlich verlegen.

»Das ist ein Plug aus Metall, ich denke schon gar nicht mehr an ihn, weil er für mich völlig normal ist. Dabei vergesse ich, wie ungewöhnlich es für Andere sein mag. Gefällt er dir?«

»Wie ist er befestigt?«, umging sie meine Frage.

»Er steckt in mir«, lächelte ich vielsagend.

Ann-Kathrin schien aus allen Wolken zu fallen. Sie wurde rot und versuchte angestrengt, ihre Verlegenheit zu überspielen.

»Ich kann das gar nicht glauben. Er steckt in deinem Po? Wie fühlt sich das denn an? Ist das nicht unangenehm?«, purzelten die Fragen aus ihr raus. »Ich finde ihn echt superschön, aber das ist mir etwas suspekt.«

»Es fühlt sich toll an, mach dir keinen Kopf, noch vor ein paar Monaten dachte ich da genauso drüber.

Man muss sich daran gewöhnen, aber es wird angenehmer. Ich finde es sogar erregend. Mal ganz abgesehen davon sieht er toll aus«, schwärmte ich.

Ann-Kathrins Verlegenheit wandelte sich in eine Mischung aus Skepsis und Faszination.

»Soll ich ihn dir mal zeigen? Wenn wir gleich in die Sauna gehen, muss ich ihn eh rausnehmen«, schlug ich vor.

»Du bist ganz schön selbstbewusst. Gerne.«

Wir standen auf und gingen Richtung Sauna.

»Bist du bereit?« Ich sah sie aufmunternd an. Ann-Kathrin nickte.

Langsam ließ ich mein Bikini Höschen etwas herunter und gewährte ihr freie Sicht auf meinen Po. Ihre Augen weiteten sich.

»Es sieht toll aus. So etwas habe ich noch nie gesehen. Ein schöner Schmuck.«

»Magst du es mal probieren? Ich habe noch mehr davon.«

Ann-Kathrins Kinnlade fiel herunter, ich sah, wie angestrengt sie nachdachte. »Es würde mich tatsächlich interessieren, wie es sich anfühlt.« Ihre Verlegenheit war greifbar.

»Gib mir zwei Minuten.« Schnellen Schrittes lief ich aus dem Poolbereich nach oben.

Ihre Erregung gefiel mir, was war nur los mit mir?

Als ich mit einem Plug und einer Tube Gleitgel zu ihr zurückkam, wartete sie mit nervös wippenden Füßen auf mich.

»Irgendwie ist mir das Ganze total peinlich, aber ich bin auch neugierig«, stotterte sie verunsichert.

»Lass dich einfach von deinen Gefühlen leiten und vergiss, was die Menschen über dich denken könnten. Schließlich geht es alleine darum, dass es dich glücklich macht.« Ich reichte ihr das Gleitgel.

»Das Wichtigste ist, das du dich wohl und entspannt fühlst. Am besten verteilst du etwas Gleitgel auf deinem Po und deinen Fingern. Anschließend kannst du es etwas einmassieren und nach und nach langsam einen Finger in dich gleiten lassen.«

Ihre Verlegenheit stieg. »Ich versuch es mal, aber versprich mir nicht zu lachen«, flehte sie innständig. Ich schüttelte lächelnd den Kopf.

Ängstlich folgte Ann-Kathrin meinen Worten und zog das Höschen ihres Latex Bikinis aus. Zögerlich verteilte sie das Gleitgel auf ihrem Po und strich gedankenverloren mit ihren Fingern darüber.

Es herrschte absolute Stille und ich merkte, wie sie lockerer wurde und sich wohler fühlte. Wenige Augenblicke später glitt sie vorsichtig mit ihrem Zeigefinger in sich.

Kaum hörbar, als wollte sie es verstecken, änderte sich ihre Atmung und wurde intensiver und lustvoller, bis sie schließlich auch ihren Mittelfinger zur Hilfe nahm.

Ann-Kathrin schien in Gedanken und hatte mich beinahe vollständig ausgeblendet, während ich auf der Liege sitzend ihr Treiben beobachtete.

»Ich glaube, ich bin so weit.«, flüsterte sie mit einem Mal lüsternen Blickes.

Ich reichte ihr den Plug. »Tu noch etwas Gleitgel drauf, bevor du ihn dir einführst.«

Während Ann-Kathrin den Plug in ihrer Hand hielt und ihn offensichtlich erregt mit Gleitgel bestrich, blickte sie mir tief in die Augen. Mein Körper begann zu kribbeln. Es war ein leidenschaftlicher Moment, nur sie und ich existierten.

Ein lustvoller Atemzug durchzog die Stille, als der Plug in Ann-Kathrin versank. Ihre Augen strahlten vor Lust und Erregung und kamen mir näher. Jeder schwindende Millimeter ließ das Kribbeln in meinem Körper intensiver werden, bis ich schließlich erschrocken, und überwältig erzitterte, als sich unser Lippen berührten und Ann-Kathrin auf meine Liege kam. Noch nie zuvor wurde ich so von einer Frau geküsst. Meine Sinne explodierten.

Sanft und leidenschaftlich berührten sich unsere Zungen, während ihre Hände gefühlvoll über meinen Körper glitten. Neugierig und wie von Geisterhand konnte auch ich meine Finger nicht von ihrem wundervoll weiblichen Körper und ihrer perfekt weichen Haut lassen.

Als meine Hände ihren Schritt berührten, bemerkte ich die Hitze und Feuchtigkeit zwischen ihren Beinen. Lustvoll stöhnend atmete Ann-Kathrin ein und wieder aus.

Vorsichtig berührte auch sie mich zwischen meinen Schenkeln und ich war mir sicher, dass meine feuchtwarme Erregung sie anmachte. Ich stöhnte auf, als das Zittern ihres Körpers stärker wurde.

Unsere Hände glitten neugierig über unsere Körper und berührten unsere geschwollenen Kitzler.

Tief drang sie mit ihren Fingern in mich ein, während meine Hand das Selbige bei ihr tat. Ich fühlte die Begierde zwischen ihren Beinen. Unsere Atmung wandelte sich in ein stürmisches Beben.

Ann-Kathrin lag auf mir und begann, mich vom Hals herab zu küssen. Fest massierte sie meine Brüste und saugte gierig an meinen Nippeln. Ich explodierte fast. Es war, als würde die Luft um uns herum zu brennen beginnen.

Auch sie schien wie gebannt, als sie an meinem Körper in tiefere Regionen wanderte. Meine Sinne verschwammen.

»Ooooh jaaa«, schrie ich, als ich Ann-Kathrins Zunge an meinen Kitzler fühlte und ein elektrischer Strom meinen Körper durchzuckte.

Ich kochte. Das Brodeln drohte in einer riesigen Explosion aus mir herauszubrechen.

Ann-Kathrin drehte sich um und ich sah in ihren Augen ihre Geilheit.

Wir lagen umgekehrt aufeinander und nun glitt auch meine Zunge gierig über ihren Kitzler.

Ich schmeckte ihre intensive Lust, die ihren Körper wie von Sinnen beben lies. Wellenartig schoss sie durch ihren Körper und ich spürte, wie sie immer wieder von einem Zucken und Beben durchzogen wurde. Jede orgastische Welle schien sie noch intensiver zu erfassen, bis auch ich von einem Tsunami der Lust mitgerissen wurde und wir gemeinsam erschauderten. Fest rieben sich unsere Körper aneinander. Nur langsam legte sich die gewaltige sexuelle Energie, bis wir schließlich völlig erschöpft nebeneinander auf die Liege sanken.

Alles war ruhig.

»Und jetzt?« Ann-Kathrin wusste nicht, wie sie dieses Erlebnis einordnen sollte.

»Jetzt sind wir um eine wundervolle Erfahrung reicher, lass uns in die Sauna gehen, bevor uns kalt wird«, schnaufte ich erschöpft.

In der Sauna herrschte schweigen. Offensichtlich brauchten wir noch etwas, um das Geschehene zu verarbeiten. Nach und nach legte sich das Schweigen und wir begannen, uns angeregt zu unterhalten. Doch irgendwas war anders. Es gab keine Distanz mehr zwischen uns, wir verstanden uns auf einer neuen, innigen Ebene.

Die Freundschaft und das Vertrauen zwischen mir und Ann-Kathrin waren um eine gigantische Komponente gewachsen.

Ich erzählte ihr von meinen Gefühlen zu Simon. War es Liebe, die ich zu ihm empfand? Auch sie wusste darauf keine bessere Antwort, als die Zeit ihren Lauf nehmen zu lassen und es irgendwann herauszufinden.

Nach dem letzten Saunagang zogen wir uns wieder an und ich überreichte ihr zum Abschied den Plug als Geschenk.

Ann-Kathrin war schon beinahe zu Tür hinaus, als sie plötzlich auf der Schwelle noch einmal kehrt machte. »Meinst du das Angebot vom letzten Mal mit dem Einziehen und dem Coaching gilt noch?«, flüsterte sie flehend.

»Simon ist sehr konsequent.« In ihrem Blick erschien Trauer. »Ich werde ein gutes Wort für dich einlegen. Vielleicht überlegt er es sich noch mal. Aber du darfst dann keinen Rückzieher mehr machen«, mahnte ich sie.

»Ich verspreche es dir. Dieses Mal werde ich euch nicht enttäuschen, sollte ich noch eine Chance bekommen.«

»Bis morgen.«

»Ja, bis morgen. Ciao.«

Nachdem ich mich in bequeme Abendkleidung geworfen hatte, saß ich auf Simon wartend im Wohnzimmer. Er sollte erfahren, was geschehen war und ich hoffte, dass es für ihn okay war. Obwohl mich das Saunieren total müde gemacht hatte, verlieh mir die Angst vor seiner Reaktion einen gewaltigen Adrenalinstoß, der mich wach hielt. Ich vertraute ihm, er musste es wissen. Meine Unsicherheit wuchs und meine Beine tippelten nervös auf dem Boden.

»Wie war dein Tag Susann?« Fröhlich kam Simon zur Tür herein.

»Ich war mit Ann-Kathrin schwimmen und saunieren.«

Simon schien bemerkt zu haben, wie nervös ich war. »Und?«

»Wie soll ich sagen«, setzte ich unsicher an. »Sie hat meinen Plug gesehen und ich hab ihr angeboten, es auch zu probieren. Und dann haben wir uns geküsst.« Meine Stimme stockte. »Na ja, wir hatten miteinander Sex.«

Simon sah mich schweigend an. »Ich weiß nicht, was ich davon halten soll«, gab ich unumwunden zu und hielt gespannt die Luft an.

»Du hast das Richtige getan. Du sollst dich so entwickeln, wie es für dich richtig ist. Die Zeit wird es uns und vor allem dir zeigen, wohin sie dich führt. Du hast noch einen weiten Weg zu gehen.« Erleichtert atmete ich aus.

»Vor allem aber solltest du eine Sache wissen: Seitdem du hier bist geschieht nichts, das ich nicht erwartet hätte. Deine heutige Prüfung war die, wie ehrlich du zu mir sein würdest«, zwinkerte er mir lächelnd zu.

Mir fiel ein großer Stein von Herzen und ein bisschen war ich auch stolz darauf, wieder eine Prüfung mehr erfolgreich absolviert zu haben.

»Ich danke dir. Du bist echt ein toller Mensch.« Ich spürte mit jedem Wort meine Gefühle für ihn wachsen.

»Was hältst du davon, wenn Ann-Kathrin hier einzieht?«, fragte ich ihn herausfordernd.

»Zuverlässigkeit ist mir wichtig. Wenn sie mittendrin aufhören will, ist sie raus, und zwar für immer. Ich gebe ihr eine letzte Chance. Ich vertraue deiner Einschätzung.« Seine Stimme klang strenger als sonst.

»Ich glaube an Ann-Kathrin.«

Simon nickte und ich merkte sein Misstrauen. Dankbar für sein Vertrauen küsste ich ihn innig.

Gemeinsame Wege

Am nächsten Tag traf ich nach der Uni wieder auf Ann-Kathrin. Freudig begann sie zu strahlen, als sich unser Blicke trafen und sie begann zu winken.

Ihre Reaktion erstaunte und erfreute mich. Schließlich war sie beim letzten Mal, als es ums Coaching ging, für mehrere Tage wie vom Erdboden verschluckt gewesen. Nicht nur Simon war skeptisch, was ihren Durchhaltewillen anging, auch ich hatte meine Zweifel, ob sie es diesmal durchziehen würde. Ich hoffte, sie würde es ernst meinen. Auch, weil Simon mir bei der Entscheidung vertraute.

»Den gestrigen Abend noch gut überstanden?« Ich lächelte sie an.

»Ich habe viel nachgedacht.« Oh mein Gott, sie würde doch nicht wieder einen Rückzieher machen? »Ich hoffe, Simon ist gnädig mit mir.«

Mein Herz machte einen Sprung. Erst Simon und nun auch noch Ann-Kathrin. Mein Leben hatte sich um 360 Grad zum Positiven verändert. Nach Jahren der Stagnation hatte ich binnen weniger Monate zwei neue Vertraute und eine große Portion Glück gefunden. »Simon hat zugestimmt.«

Ann-Kathrin strahlte und sprang vor Freude in die Luft.

»Schau mir in die Augen und sag mir klipp und klar, dass du es durchziehst. Ich habe Simon mein Wort gegeben und will ihn nicht enttäuschen. Dir muss klar sein, dass deine Entscheidung deinen Lebensweg verändert. Ich brauche absolute Ehrlichkeit von dir«, ermahnte ich sie streng.

»Ich bin mir wirklich sicher. Bitte glaub mir, Susann.« In ihren Augen lag eine flehende Verzweiflung.

Lächelnd umarmte ich sie. »Dann lass uns mal alles dafür in die Wege leiten, dass deine Träume wahr werden.«

»Ich habe schon meine Mitbewohnerinnen informiert und eine Anzeige für mein WG-Zimmer im Internet erstellt.« Plötzlich legte sie ein unheimliches Tempo vor. »Ich habe sogar schon einige Zuschriften und Anrufe dafür erhalten. Ich habe alle Anrufer erst einmal vertröstet und noch auf keine E-Mail geantwortet. Ganz so sicher war ich mir dann doch nicht. Wenn du magst, können wir das heute Nachmittag gemeinsam in Angriff nehmen?«

»Ganz schön mutig meine Liebe. Lass mich kurz mit Simon sprechen, er entscheidet, wie es weitergeht.«

Ann-Kathrin lächelte zufrieden, während ich mit Simon telefonierte.

»Wir fahren zu uns, Simon will mit dir sprechen.«

Sie war offensichtlich etwas eingeschüchtert, mit Simon reden zu müssen schien ihr Angst zu machen. Gut, dass Simon zuerst mit ihr sprechen wollte, er hatte so viel Weitblick. Würde sie die Angst nicht unter Kontrolle kriegen, stand die ganze Aktion auf dem Spiel.

Wir stiegen in die nächste Bahn und erreichten eine halbe Stunde später Simons Haus.

»Da seid ihr ja«, begrüßte uns Simon bereits im Hausflur. »Wir müssen uns beeilen. Die Arbeit ruft unentwegt. Setzten wir uns am besten ins Wohnzimmer.« Er lief voraus.

»Ann-Kathrin, die Wahrheit ist, dass ich dir nicht vertraue«, setzte er an und ich sah, wie Ann-Kathrin zu zittern begann.

»Wenn man einen Menschen kennenlernt, ist das Vertrauen noch ein kleines Pflänzchen, das erst wachsen muss. Leider hat dieses Pflänzchen schon im Keim einen herben Rückschlag erlitten.« Er machte eine bedeutungsvolle Pause und Ann-Kathrins Nervosität stieg zusehends.

»Es kann sich wieder fangen und ein großer Baum werden, aber dazu bedarf es nun intensiver Pflege, vor allem deinerseits. Ich bringe dir das Vertrauen entgegen und gebe dir noch eine Chance. Aber das Pflänzchen nähren musst du.«

Ann-Kathrin war total eingeschüchtert von Simons Worten und wäre wohl am liebsten im Erdboden versunken. Ich hoffte wirklich inständig, dass sie ihre Angst in den Griff bekam.

Die nächsten Sekunden würden die Entscheidung bringen. Simons Taktik ging auf, wenn ihr Wille nicht groß genug war, würde sie gleich ablehnend zusammenbrechen. Wenn sie zusagte, hatte sie einen Teil ihrer Angst besiegt.

Die Zeit bis zu ihrer Antwort kam mir wie eine Ewigkeit vor.

»Ich bin eine gute Gärtnerin«, entgegnete sie plötzlich mit entschlossener Stimme.

»Nun gut. Leider habe ich nicht die Zeit, zwei Schülerinnen auf unterschiedlichem Wissensstand zu coachen. Aus diesem Grund wird sich die ersten sechs Wochen ein von mir geschulter Freund nach meinen Anweisungen um dich kümmern und dich im Schnellverfahren auf Susanns Stand bringen. Anschließend wirst du zusammen mit Susann deinen Weg bestreiten. Das Schnellverfahren wird anstrengender sein, vor allem, weil du es neben der Uni durchläufst. Du wirst in dieser Zeit hier wohnen, ist dir das klar?«

»Ja, ich werde mich darauf einlassen«, klang Ann-Kathrin fast selbstbewusst.

»Susann, kümmere dich bitte mit Ann-Kathrin darum, dass der Umzug möglichst schnell vonstattengeht. Überlegt euch, wie ihr dafür sorgt, dass sich Ann-Kathrin für die nächsten Monate ungestört auf ihr Coaching und sich selbst konzentrieren kann.« Mit diesen Worten stand er auf und ging.

Wir schnappten uns den Tablet PC und ich beantwortete die Anfragen auf die WG-Zimmer Anzeige, während Ann-Kathrin die zuvor vertrösteten Telefonbewerber zurückrief.

Aufgrund der großen Wohnungsnot in einer Studentenstadt wie Köln fanden sich zahlreiche Interessenten. Mit Ann-Kathrins alten Mitbewohnerinnen vereinbarten wir schließlich ein Mitbewohner-Casting am nächsten Abend.

Neugierig auf ihr Zimmer begleitete ich sie am nächsten Tag in ihre Wohnung.

Schon im Flur fielen mir das viele Pink und die überall herumliegenden hochhackigen Pumps von den letzten Discoabenden entgegen. Diese Wohnung war das wahr gewordene Mädchen WG Klischee.

Von Ann-Kathrins Zimmer war nicht mehr viel übrig. Alles stand fertig für den Umzug in Kartons gestapelt in den Ecken. Lediglich ihr Bett war noch aufgebaut.

»Du hast es ja echt eilig«, rief ich erstaunt aus.

»Ohne dich hätte ich das nie geschafft. Danke für deine Hilfe.«

»Dank mir nicht zu früh«, entgegnete ich verschmitzt.

Zu viert saßen wir im Wohnzimmer der WG. Das Casting war beendet und die Entscheidung stand ins Haus.

Vor allem eine Interessentin hatte es ihren alten Mitbewohnerinnen angetan. Sie hatte dünne, trockene, Solarium gebräunte Haut, strohiges, langes schwarzes Haar und zog eine intensive Wolke süßlichen Parfüms hinter sich her. Geschickt und routiniert überspielte sie ihre Selbstzweifel mit einem unantastbar divenhaften Auftreten in unseren Gesprächen und auch ich war der Meinung, dass sie gut in die WG und zu Ann-Kathrins grauseligen Mitbewohnerinnen passen würde.

Die Mietvertragsunterzeichnung sollte bereits am nächsten Tag im Beisein des Vermieters erfolgen.

Als schließlich alle Verträge unterschrieben waren, stand dem Umzug nichts mehr im Wege.

»Lass uns zu Simon gehen. Wir machen uns leckere Cocktails und stoßen auf meine beste Freundin und baldige Mitbewohnerin an«, schlug ich vor.

Zu Hause angekommen trafen wir auf Simon, der entspannt seinem Sessel saß und las.

»Deine laufenden Kosten trage ich, wie auch bei Susann. Deine Möbel und Kartons stellen wir in Susanns alte Wohnung, damit ich nicht ganz umsonst dafür Miete zahle. Ab sofort wirst du dann von mir ausgestattet.«

»Vielen Dank. Ich werde dich nicht enttäuschen«, versprach Ann-Kathrin.

Eine Woche später war es so weit. Gemeinsam fuhren wir zu Ann-Kathrins alter WG. Ein paar Tage vorher hatten wir bereits unseren Charme spielen lassen und ein paar kräftige Kommilitonen davon überzeugt, uns beim Tragen der alten Möbel und Kartons zu helfen.

Simon besaß mehrere Autos und ich hatte mir einen großen, silbernen Van geliehen, mit dem wir die Sachen nun zu meiner alten Wohnung fuhren. Nachdem die Jungs ihre Arbeit erledigt hatten, ließen wir sie in der Hoffnung auf ein Date mit uns nach Hause fahren.

In meiner Wohnung angekommen öffneten wir alle Fenster, um den Muff zu vertreiben. Melancholisch blickte ich auf mein altes Leben zurück und ich merkte, wie unglücklich und voller unerfüllter Träume und Angst ich doch gewesen war. Mittlerweile war ich glücklicher denn je, aber der Gedanke an die vielen verschwendeten Stunden, in denen ich an meinen eignen Wünschen vorbei gelebt hatte, betrübte mich zutiefst. Wie oft hatte ich auf meinem Bett gelegen und war einfach nur von meinem Leben gelangweilt gewesen?

»Sollen wir nach Hause fahren?« Ann-Kathrin riss mich aus meinen Gedanken.

Ich nickte. Die Gewissheit, mein altes Leben zurückzulassen und mein neues noch bewusster zu leben, erfüllte mich mit Glück.

»Hast du eigentlich dein neues Zimmer schon gesehen?«, fragte ich sie, als wir vor der Haustür ankamen.

»Ich brenne schon vor Neugierde. Erzählst du mir, was auf mich zukommt?«

Ganz bewusst hatte ich Ann-Kathrin nicht wirklich viel erzählt. Sie sollte ihre eigenen Erfahrungen machen. Und so wollte ich es auch belassen.

»Da seid ihr ja. Bereit, dein neues Zimmer in Beschlag zu nehmen, Ann-Kathrin?« Simon kam im Hausflur auf uns zu.

»Superneugierig.« Ann-Kathrin grinste schelmisch.

»Dann folgt mir!«

Ann-Kathrins Zimmer lag am anderen Ende des Flurs. Es war modern und entsprach dem Zahn der Zeit. Es war das komplette Gegenteil meines Zimmers. Die einzige Parallele war das eigene Bad. Sie strahlte glückselig. Hoffentlich würde ihr das Coaching genauso zusagen.

»Ihr könnt euch in den nächsten sechs Wochen sehen, aber es wird nicht über das Coaching gesprochen, verstanden?« Simon sah uns ermahnend an.

»Ich werde es nicht überwachen, ich vertraue euch. Also enttäuscht mich nicht Mädels.«

Wir nickten eifrig.

Am nächsten Morgen fuhren wir das erste Mal zusammen zur Uni und wieder zurück. Zum Glück teilten wir einige Kurse, sodass unsere Vorlesungszeiten oft zusammenfielen. Es fühlte sich an, als wären wir Schwestern.

In der ersten Woche nach Ann-Kathrins Einzug sahen wir uns täglich und verbrachten auch zu Hause viel Zeit miteinander. Doch im Laufe der Tage bekam ich sie immer weniger zu Gesicht. Bereits das erste Wochenende war sie komplett verschwunden und tauchte erst Montagmorgen vor Unibeginn wieder auf.

Es fiel mir schwer, nicht nachzufragen. In meinem Kopf stapelten sich die Fragezeichen und ich wollte doch so gerne wissen, wie ihr Ausbilder war. Doch ich beherrschte mich. Simons mahnende Worte lagen mir im Ohr und ich wollte ihn nicht enttäuschen.

Auch Ann-Kathrin schien ein großes Redebedürfnis zu haben, aber auch sie hielt sich zurück. Es herrschte eine komische Atmosphäre, wir hatten uns so viel zu sagen und durften es nicht. Die Themen, über die wir uns stattdessen unterhielten, schienen uns nur bedingt wirklich zu interessieren.

Zum Glück würden wir in ein paar Wochen auf demselben Stand sein. Dann hatte niemand mehr dem Anderen etwas voraus und ich hoffte, Simon würde das Redeverbot aufheben.

Neben den Wochenenden fehlte Ann-Kathrin mittlerweile oft auch unter der Woche und musste anschließend abends eine Menge für die Uni nacharbeiten. Unsere gemeinsame Zeit wurde stetig weniger.

Mein Coaching stagnierte, weil einige wichtige Klausuren anstanden und es Simon wichtig war, dass ich diese bestand. Aber so konnte Ann-Kathrin mich einholen und ich in Ruhe büffeln, denn ich war meist allein im Haus.

Simon und ich waren uns in dieser Zeit noch näher gekommen. Wenn wir Zeit zusammen verbrachten, hatte ich nicht das Gefühl, seine Schülerin zu sein, sondern es fühlte sich an, als seien wir ein Paar.

Gemeinsam genossen wir tolle Kinoabende, Theaterbesuche oder gingen in exquisite Sternerestaurants. Unser Sex wurde intimer und wandelte sich in ein Erleben tiefster Nähe und Liebe. Ja, Liebe. Ich war mir mittlerweile sicher.

Die sechs Wochen vergingen wie im Flug. Ich hatte fürs Erste meine Klausuren hinter mich gebracht und blickte neugierig nach vorne.

Simon hatte mir verraten, dass Ann-Kathrin alle Lerninhalte auf ähnliche Weise wie ich erfolgreich abgeschlossen hatte. Ich freute mich unbändig für sie. Ich hatte mich bereits gut vom Stress der Klausuren erholt, Ann-Kathrin sah man die Anstrengung der Ausbildung noch an. Sie sah glücklich aber zugleich auch erschöpft aus.

Es war Donnerstagabend, als wir zum ersten Mal seit Langem zu dritt auf der Couch im Wohnzimmer saßen.

»Ann-Kathrin, du kannst stolz auf dich, deinen Ehrgeiz und deine Leistungen sein.«

Simons Lob versetzte meinem Herz einen Stich. Eifersucht begann, in mir zu brodeln. Ann-Kathrin war meine beste Freundin, wieso war ich so eifersüchtig? Ich spürte, wie mich Missgunst und Neid beherrschten. Es fühlte sich wahrlich nicht gut an.

»Die nächsten Tage wirst du dich etwas erholen. Susann, auch du kannst stolz auf dich und die Erfolge der letzten Wochen sein.«

Seine Worte schmeichelten mir und für einen kurzen Augenblick fühlte ich mich wieder besser. Aber eigentlich war es nicht das, was ich von ihm hören wollte. Ich sehnte mich nach einem Liebesbekenntnis. Nach etwas, das mir zeigte, wie wichtig ich ihm war.

»Da Ann-Kathrin eine letzte Erfahrung fehlt, um mit dir gleichzuziehen, Susann, gilt mein Redeverbot in Bezug auf das Coaching weiterhin. Sollte sich das ändern, werde ich es euch wissen lassen, verstanden?«

Geschlossen nickten wir und gaben uns lockeren Gesprächen hin. Nach wenigen Minuten verabschiedete sich Ann-Kathrin, sie konnte ohnehin kaum noch die Augen aufhalten.

Ich blieb mit Simon zurück und kuschelte mich an ihn. Sein betörend männlicher Duft, seine kräftigen Arme und seine tiefe Stimme zogen mich beinahe magisch an. Ich blickte zu ihm auf, er lächelte glücklich und mein Herz schmolz dahin.

Zur Feier des Tages

Das Wochenende stand vor Tür, doch der Freitag musste gemeistert werden.

Wir zogen unsere Mäntel an und zum ersten Mal erblickte ich den Latexcatsuit unter Ann-Kathrins grauem Pullover, als sie nach einer Mütze auf der Garderobe griff. Bestimmt trug sie auch ihren Plug.

Als ich nachmittags von der Uni nach Hause kam, sah ich Ann-Kathrin schlafend auf der Wohnzimmercouch. Sie schien erschöpft.

Plötzlich erschien Simon in der Küchentür und winkte mich zu sich. »Die Vorlesung gut überstanden?« Glückselig nickte ich. »Ich hab Einiges mit dir vor. Ann-Kathrin ist noch erschöpft und wird uns nur ein wenig unterstützen. Sie wird die Aufgabe mit deiner Unterstützung in den nächsten Wochen nachholen. Wecke sie bitte. Wir fahren nach Berlin. Sie kann ja im Auto weiterschlafen. Für euch beide ist bereits alles Notwendige gepackt, ihr müsst nur noch einsteigen.« Simon zwinkerte mir zu und ging.

Sanft rieb ich über Ann-Kathrins Schultern, um sie zu wecken. Sie sah mich verschlafen und fragend an.

»Simon hat mir aufgetragen, dich zu wecken. Wir fahren jetzt nach Berlin.«

»Ich bin todmüde«, sagte sie leicht genervt.

»Simon hat alles gepackt. Wir müssen uns um nichts kümmern und nur noch ins Auto steigen. Du kannst dort weiterschlafen.«

Widerwillig stand sie auf. Gemeinsam liefen wir in die Garage. Während Ann-Kathrin sich nichts sehnlicher wünschte, als schlafen zu dürfen, wuchs in mir mit jeder Sekunde die Neugier. Was hatte Simon nur mit mir vor? Mein Blut kochte vor Spannung, als wir in Simons großen Audi stiegen. Gemeinsam saß ich mit Ann-Kathrin auf der Rückbank, während Simon auf dem Beifahrersitz neben seinem Fahrer Platz nahm.

Die Fahrt zog sich und Ann-Kathrin schlief tief und fest. Gedankenverloren blickte ich aus dem Fenster. Ich war furchtbar aufgeregt.

Nach sechseinhalb Stunden kamen wir schließlich in unserem Hotel an.

»Schau mal das edle Hotel.« Ich tippte Ann-Kathrin an. Noch im Halbschlaf, aber völlig fasziniert, nickte sie mir zu.

Unser Gepäck ließen wir im Auto zurück. Simons Fahrer würde es später auf unser Zimmer bringen.

Simon checkte uns ein. Als wir das Zimmer betraten, sahen Ann-Kathrin und ich uns staunend in die Augen. Zimmer, von wegen!

Wir waren in einer Suite mit zwei Schlafzimmern, einem Wohnzimmer und einem Bad. Die Ausstattung war an Eleganz kaum zu überbieten. Topmodern und minimalistisch, man hatte das Gefühl, in der Zukunft gelandet zu sein. Das Design war geradlinig, in schwarz-weiß und überall glänzte die sterile Edelstahloptik. Ich war beeindruckt, auch wenn es nicht mein Stil war. Ann-Kathrin und ich teilten uns ein Zimmer, Simon schlief allein. Ich vermisste ihn jetzt schon, respektierte jedoch seine klare Abgrenzung zu seinen Schülerinnen.

Wie gebannt saßen wir kurz darauf auf der großen, schwarzen Ledercouch, der gegenüber ein überdimensionaler Bildschirm hing. Simon wollte etwas verkünden.

»Jede von euch erhält heute ihre eigene Aufgabe. Ihr werdet Kraft brauchen, lasst uns etwas essen.«

Meine Spannung wuchs ins Unermessliche, als wir auf das Essen warteten. Es gab tatsächlich Pizza. Simon war immer für Überraschungen gut. Aber mir kam es gerade recht, war mir heute doch nach etwas bodenständigem.

Nachdem wir uns gestärkt hatten, herrschte erwartungsschwangere Stille.

»Ab unter die Dusche mit euch, ich will euch beide in zwanzig Minuten nackt wieder hier haben«, unterbrach Simon das Schweigen.

Er wollte uns beide nackt sehen? Wieso? Eilig gingen wir ins Bad. Es fühlte sich toll an, nach so vielen Stunden den feuchten Catsuit auszuziehen und Luft auf der Haut zu fühlen.

»Was meinst du, hat er vor?« Ann-Kathrin schien mindestens so gespannt zu sein wie ich.

Ich zuckte mit den Achseln. »Ich bin so neugierig.«

Fertig geduscht liefen wir schließlich zu Simon, der uns breitbeinig lächelnd auf der Couch erwartete.

Er sah Ann-Kathrin zum ersten Mal nackt und neben meiner Eifersucht keimten Selbstzweifel in mir auf. Ob er sie wohl hübscher fand als mich?

Er war zwar oft zärtlich und liebevoll, aber er hatte mir noch nie seine Gefühle zu mir offenbart. Vielleicht bildete ich mir seine Zuneigung auch nur ein. Und verlor ihn nun an Ann-Kathrin. Meine Gedanken machten mir Angst.

»Heute wirst du deinen ersten analen Orgasmus erleben.« Simon richtete sich an Ann-Kathrin.

Erschrocken blickte ich Simon an. Er gehörte mir, ich wollte nicht, dass er sich mit meiner besten Freundin vergnügte. In mir brodelte es.

Simon stand auf und lief in sein Schlafzimmer, aus dem er kurz darauf mit einem schwarzen Latexcatsuit wiederkehrte.

»Hier Susann, zieh das an.« Er reichte mir den Catsuit.

Was hatte er nur vor? Wieso sollte ich einen Catsuit tragen, wenn es doch um Ann-Kathrin ging? Ich verstand die Welt nicht mehr.

Ich verteilte Öl auf meinem Körper und begann, den Catsuit überzustreifen. Als ich die beiden Innendildos und den großen Außendildo im Schritt des Catsuits bemerkte, ging mir ein Licht auf.

Erleichterung durchzog meinen Körper und Eifersucht machte einer gewaltigen Welle der Lust Platz. Gierig bestrich ich die Dildos im Inneren des Catsuits mit Gleitgel und ließ sie in mich gleiten. Heiße Luft strömte genussvoll aus mir, als ich das Latex über meine femininen Kurven weiter nach oben zog, bis nur noch meine Augen und mein Mund zu sehen waren.

Simon reichte mir schwarze Plateaustiefel, die mich riesig erscheinen ließen, und ich blickte von oben auf die zierlich wirkende Ann-Kathrin herab. Ich fühlte mich mächtig und dominant. Mein dicker, harter, stark geaderter, zwanzig Zentimeter Gummischwanz stand imposant aus meinem Catsuit hervor.

Ich kochte vor Geilheit und stellte mir vor, wie jeder Stoß von mir die Innendildos weiter in mich hineintrieb.

Ich betrachtete Ann-Kathrins wundervoll weiblichen Körper, ihre Brüste und ihre wohlgeformten Kurven mit steigender Erregung. Ein Blick in ihre Augen verriet mir, dass sie ihre Begierde kaum mehr kontrollieren konnte. Steif vor Erregung standen ihre Nippel an den Brüsten hervor und das intensive Rot ihrer erregten Möse ließ am Ausmaß ihrer Lust keine Zweifel.

Die Lust übernahm die Kontrolle über meine Gedanken, als ich leidenschaftlich über meine perfekt glatte Latexhaut und meine Latexbrüste strich. Mein Körper fühlte sich an, als stünde er unter Starkstrom.

Wie fremdgesteuert lief ich zu Ann-Kathrin und griff beherzt an ihren Hintern. Sie starrte mir tief in die Augen und ich sah ihren Genuss. Leidenschaftlich schmiegte sie ihren nackten Körper an mich und glitt dabei mit ihren zarten Fingern über meine Latexhaut.

Mein Körper begann zu zittern, als meine Hände über ihren Körper wanderten und ich fest ihre Pobacken knetete. Ann-Kathrins Hände massierten zeitgleich meine Brüste und ich stand kurz vor einer ungeheuren Explosion. Wie von Sinnen rieb sie mit ihrer glühend rot erregten Möse an meinem latexumhüllten Oberschenkel auf und ab.

Zwischen uns war ein Feuer entfacht. Wir nahmen Nichts außer uns mehr wahr. Nicht mal Simon, der mit sichtlich ausgefülltem Schritt auf der Couch saß und uns zusah.

Ich schubste Ann-Kathrin auf die Couch und fiel über sie her. Wir küssten uns und meine Zunge begann, über ihren Körper zu wandern. Genüsslich saugte ich an ihren Nippeln und sie begann, hektisch und lustvoll zu atmen. Leicht erhoben lag ihr Becken auf einem Couchkissen. Meine Finger glitten in die feuchte Hitze ihrer glühenden Möse und Ann-Kathrin stöhnte auf, als ich diese Sekunden später leidenschaftlich mit meiner Zunge liebkoste.

Sie schmeckte so köstlich, so weiblich. Ihre Bewegungen, ihr Atmen und das sanfte Zittern ihres Körpers verriet mir ihre gigantische Lust.

Meine Hand wanderte im Rausch der Begierde langsam zu ihrem Hintern und drang sanft mit meinem gummiumhüllten Zeigefinger in sie ein. Ann-Kathrins Stöhnen wurde lauter, je öfter ich mit meinen Fingern in sie kam.

Ihr Körper bebte, während ich mit drei Fingern ihren Po penetrierte und meine Zunge über ihren Kitzler kreiste.

Mit erregtem Blick sah sie mich an und hauchte: »Steck ihn mir rein, ich will ihn spüren!«

Sie drehte sich um und streckte mir ihren Po entgegen. Nahe einem gigantischen Höhepunkt bestrich ich prallen Gummischwanz mit reichlich Gleitgel.

Ich erschauderte, als ich mit meinem weit von mir abstehenden, prallen Gummischwanz in Ann-Kathrin eindrang.

»Mehr! Ich will ihn tief in mir spüren«, schrie Ann-Kathrin lauthals auf.

Die Innendildos meines Catsuits wanderten auf und ab. Nur noch ein erregender Funke trennte mich vor einer Explosion meiner Lust. Sanft begann ich, sie mit dem großen Gummischwanz zu penetrieren und steigerte die Intensität mit jedem Stoß. Fest klatschten ihre Pobacken gegen meinen gummierten Körper, bis es schließlich so weit war. Laut und unkontrolliert schrie sie ihren Höhepunkt heraus.

Ihr Beben übertrug sich bis tief in mich und startete ein Feuerwerk. Die Luft um mich begann zu brennen und Funken zu schlagen, während meine Muskeln völlig außer Kontrolle meinen Körper ekstatisch in Bewegungen versetzten. Minutenlang wütete dieses Inferno in mir. Nur langsam ebbte es ab, auch Ann-Kathrin schien zur Besinnung zu kommen. Erschöpft sanken wir in die Couch.

Mein Kopf war vollkommen leer, ich ließ meinen Blick durch den Raum wandern, bis er sich mit dem schmerzvoll erregten Blick von Simon traf, der mit stark ausgebeulter Hose nur wenige Meter völlig still von uns entfernt saß.

Wortlos saßen wir auf der Couch, bis Simons Stimme schließlich die Stille durchbrach.

»Ann-Kathrin, nun befindest du dich auf exakt dem gleichen Stand wie Susann. Leider wird Susann dir gleich wieder eine Erfahrung voraus sein, aber du hast nun innerhalb kürzester Zeit so viel lernen müssen, dass ich dir Zeit geben möchte, es zu verarbeiten. Ich sehe dir deine Erschöpfung an.«

Dankbar nickte Ann-Kathrin.

»Du Susann hast dagegen in den letzten Wochen entspannt. Heute steht für dich eine große Aufgabe auf dem Plan. Aber zuerst möchte ich wissen, was euch die soeben absolvierte Aufgabe gelehrt hat?«

Man hörte die Müdigkeit in Ann-Kathrins Stimme und doch begannen ihre Augen mehr und mehr zu leuchten. Lebhaft konnte ich ihre Emotionen fühlen. Sie berichtete, wie Hingabe, Leidenschaft und Vertrauen sie durchströmt hatten.

»Ich fand es lehrreich, einmal der dominante Part zu sein«, setze ich an. »Das Gefühl der Macht trägt eine große Verantwortung in sich. Ich fühle mich deutlich wohler, der devote Part zu sein, mich hinzugeben und treiben zu lassen«, gab ich unumwunden zu. »Es ist paradox, aber willenlos zu sein bedeutet für mich die absolute Freiheit in meinem Geiste. Nichts ist in diesen Momenten von Bedeutung, außer das Hier und Jetzt. Ich kann mich fernab jeglicher Sorgen oder Verantwortung einfach meinen Gefühlen hingeben und diese genießen.«

»Ich mag es, von meinen Mädels zu hören, dass sie die Aufgaben verstanden und etwas für das Leben gelernt haben. Der Tag ist noch nicht zu Ende, deshalb wird es Zeit, dass ihr euch duscht und anschließend wieder hier erscheint. Auf geht's!« Simon zwinkerte uns charmant zu.

Unter der Dusche überschlugen sich in meinem Kopf die wirrsten Gedanken. Was hatte Simon mit mir vor? Gespannt ließ ich mich vom warmen Wasser berieseln.

»Darf ich auch mal unter die Dusche?« Ann-Kathrin riss mich aus meinen Träumen.

In Windeseile schnellte ich aus der Dusche und fünf Minuten später standen wir erneut nackt im Wohnzimmer vor Simon.

»Ich dachte schon, ihr habt mich vergessen«, sagte er ungeduldig.

»Das war allein meine Schuld. Ich war etwas in Gedanken beim Duschen.« Ich fühlte mich schlecht.

»Hier Susann, der ist für dich.«

Simon reichte mir einen schwarzen Catsuit, der meinen kompletten Hintern und meine Muschi aussparte. Weder Handschuhe noch Füßlinge waren daran angebracht.

Ich war etwas enttäuscht. Irgendwie hatte ich mehr erwartet. Das Outfit fühlte sich an, als wäre es nichts Halbes und nichts Ganzes.

Ann-Kathrin hatte zwischenzeitlich ebenfalls ihr Outfit von Simon erhalten und warf sich direkt neben mir in Schale. Neidisch blickte ich zu ihr und sah die zwei Innendildos des ihren angezogen komplett ihren Körper umhüllenden Catsuits. Und als wäre dies noch nicht alles gewesen, folgten darüber ein langes, hochgeschlossenes, rotes Latexkleid und kniehohe, rot glänzende Plateaustiefel.

Ich hatte nicht einmal Schuhe. Ann-Kathrin sah bezaubernd aus, ihre blonden Haare ragten prächtig aus dem Haarrohr der Maske. Ich hingegen fühlte mich wie ein hässliches Entlein und wollte so nirgends hin.

Simon beäugte uns kritisch beim Anziehen. »Wir gehen gleich auf eine der größten Fetischpartys in Deutschland.« Er klang geheimnisvoll, als er sich erhob und zur Tür ging.

Mit einem Mal blieb er abrupt stehen. »Ihr dachtet doch nicht etwa, dass wir so rausgehen oder?« Laut lachend kam er zu uns zurück.

»Susann, dein Outfit ist noch nicht komplett. Ich möchte, dass du heute etwas ganz Besonderes lernst.«

Anspannung fiel von mir ab. Ich würde also doch nicht Ann-Kathrins hässliches Anhängsel bleiben.

»Auf der Fetischparty heute Abend wirst du mit jedem ficken, der es möchte. Mit wirklich jedem.« Was hatte er da gesagt? Ich schluckte. »Ich möchte, dass du es genießt, dich fallen lässt, dem Moment hingibst und nichts hinterfragst. Wenn du dein Gegenüber abstoßend findest, genieße einfach den heißen Moment und konzentriere dich ausschließlich auf dich. Du wirst ohne Widerrede all ihren Wünschen entsprechen. Vertraue mir, dass ich dich schütze, und genieße den Spaß.«

Die Aufgabe überraschte und verängstigte mich zutiefst. Was würden die vielen Kerle wohl machen? Was, wenn sie stanken und eklig waren? Tausende Fragen gingen durch meinen Kopf und mein Herz schlug Saltos.

Doch auch etwas anderes erfüllte meinen Kopf. Der Gedanke, mich willenlos fallen zu lassen und hinzugeben erregte mich, wenngleich ich gehörigen Respekt vor meiner Aufgabe hatte.

Ich versuchte, mir klar zu machen, dass Simon mich beschützen würde. Ich vertraute ihm. Doch trotz alledem fiel es mir schwer, aufzuhören, sein Vorhaben zu hinterfragen.

Ich hatte gar nicht bemerkt, wie Simon aus dem Wohnzimmer verschwunden war. Als er zurückkam, fiel mein Blick auf den sexy roten Latexcatsuit über seinem Arm.

»Lasst uns keine weitere Zeit verlieren. Zieh ihn an.«

Wortlos nahm ich den Latexcatsuit und verschwand im Bad.

Plötzlich erblickte ich Ann-Kathrin in der Tür. »Ich soll dir behilflich sein, das hier einzufüllen.« Sie hielt zwei große Klistierflaschen mit Gleitgel in ihrer Hand.

»Einfüllen?« Perplex schaute ich sie an. Ich verstand kein Wort, aber ließ Ann-Kathrin gewähren.

Vorsichtig führte sie die erste Flasche in meinen Po und ich fühlte einen kalten Schauer, als sich das Gleitgel in mir ergoss. Es fühlte sich ungewohnt an, aber es erregte mich. Dann füllte sie ein zweites Klistier in meine Muschi, auch wenn diese ohnehin schon feucht glänzte.

»Versuch es in dir zu halten, sodass es nicht gleich raus läuft und zieh den Anzug über den Schritt.« Ich folgte wortlos.

Als ich gerade den Anzug über meinen Schritt bis zur Hüfte nach oben gezogen hatte, erblickte ich zwei Latexhülsen, die mich sowohl hinten als auch vorne durch die dicken, integrierten Kondome schützen würden. Dafür war also das Gleitgel.

Mir fiel ein gewaltiger Stein von Herzen. Ich hatte gehörigen Respekt vor der Aufgabe, doch dieser Anzug verhalf mir, aus geschützter Distanz die lustvollen Seiten zu sehen. Vorfreude verdrängte meine Bedenken.

Vorsichtig begann Ann-Kathrin, mit einem Dildo die Hülsen auf beiden Seiten in mich zu schieben und reichte mir anschließend einen Latexslip mit zwei Innendildos. Allein der Anblick ließ mich fast kommen. Langsam und erhitzt zog ich mich an.

Ein mulmiges Gefühl, gepaart mit etwas Angst und großer Ehrfurcht, entstand in mir, als ich mit einem Mal die am Catsuit befestigte, pinke Gasmaske aus schwerem Gummi in meiner Hand hielt. Noch nie zuvor hatte ich eine solche Maske in meinem Leben getragen und der erste Eindruck erweckte in mir mehr die Erinnerung an einen Katastropheneinsatz der Feuerwehr, als an ein sexy Outfit. Wie würde es sich wohl anfühlen, diese Maske zu tragen? Wie würde ich damit aussehen? Bekäme ich in der Maske auch ausreichend Luft? Mein Herz schlug mir bis zum Hals.

Simon kam ins Bad. »Die Gasmaske ist eine britische S10. Ein schönes Modell, wie ich finde.«

Gleich würde ich erfahren, wie es sich anfühlte. Ich verspürte eine gewisse Neugier. Vorsichtig zog ich die Gasmaske über. Atemnot machte sich breit. Blitzartig zog ich sie wieder von meinem Gesicht.

Ich war in Panik und versuchte es nach mehrmaligem, tiefem Durchatmen erneut. Der erste ruhige Atemzug zeigte mir, dass meine Ängste umsonst waren. Mit etwas mehr Widerstand als sonst strömte die Luft sanft hörbar in die Maske. Je länger ich tief atmete, desto mehr beruhigte mich das Geräusch meines Atems.

Die Gasmaske drückte sich angenehm fest an mein Gesicht, als Ann-Kathrin begann, den Reißverschluss des Catsuits von meinem Kopf, den Rücken herab, bis knapp oberhalb meines Hinterns zuzuziehen.

Ich war nun vollkommen abgeschottet von der Außenwelt. Ich fühlte mich einfach perfekt.

Durch die dicken Gläser der Gasmaske blickte ich vollkommen geschützt und als wäre ich in einem goldenen Käfig gefangen, nach außen.

Meine eigene kleine Gummiwelt war so frei und brachte mein Blut zum Brodeln.

Mein Outfit wurde durch ein schwarzes Latexminikleid und Stiefel mit hohen Pfennigabsätzen komplettiert.

»Kommt ihr? Es wird Zeit«, rief Simon aus dem Wohnzimmer.

Eilig begann Ann-Kathrin, das Latex auf meinem Körper mit einem Tuch und etwas Silikonöl zum Glänzen zu bringen.

Ihre Berührungen erhitzen mich und auch ich begann, ihr Outfit einzuölen.

»Das Schminken kann ich mir mit meiner Gasmaske wohl sparen.« Ich lachte. Durch die Maske hörte meine Stimme sich blechern an.

Endlich war es vollbracht. Gemeinsam standen wir vor dem großen Spiegel im Bad und bestaunten unsere wundervollen, glänzenden Outfits. Mein Körper kribbelte, als liefen tausend Ameisen über ihn.

Simon erwartete uns mit nervös wippenden Füßen. Schon nach den paar Metern begannen meine Ballen leicht vom steilen Stehen in den hohen Stiefeln zu schmerzen. Die Schuhe ermöglichten mir nur winzige Schritte, wenn ich nicht fallen wollte. Die Einschränkungen setzen in mir Endorphine des Glücks frei, die mich den Schmerz vergessen ließen.

»Wir müssen los, unser Taxi wartet schon.« Simon hatte sich einen schicken, schwarzen Latexsmoking angezogen, der seinen geilen Schwanz betonte. Ich lechzte nach ihm, als er an uns vorbei zur Tür lief.

Mit einem »Klick« fiel die Tür zu unserer Suite hinter uns ins Schloss.

Nun gab es kein Zurück mehr. In meiner isolierten Gummiwelt sah ich dem Abend freudig erregt entgegen und auch Ann-Kathrin schien vor Lust zu kochen.

Lediglich Simon lehnte in seinem eleganten Latexsmoking an der Wand des Aufzugs und versprühte Leichtigkeit und Gelassenheit. Im Aufzugspiegel betrachtete ich mein Spiegelbild. Es hat etwas von einem Alien, aber ich fühlte mich toll und sexy. Mein Selbstbewusstsein stieg in ungeahnte Höhen. Ich war völlig frei von Selbstzweifeln. Unter der dicken Gummischicht befand sich ein völlig neuer Mensch.

Ein lautes »Bing« erklang, als sich die Tür des Aufzugs öffnete. Wir standen direkt in der edlen Lobby des Hotels und ich sah die Blicke der Hotelgäste, die uns fixierten.

Normalerweise wäre es einer der Momente gewesen, in dem mein Herz vor Angst in meine Hose rutschte. Aber ich war vollkommen entspannt und selbstbewusst. Mit meinem Geist das Hier und Jetzt genießend, lief ich Simon und Ann-Kathrin folgend durch den Haupteingang nach draußen, wo bereits das bestellte Taxi auf uns wartete.

Ann-Kathrin sah ängstlich und nervös aus, nachdem sie die Lobby durchquert hatte und die löchernden Blicke der Leute auf sich spüren musste. Simon schien die Ruhe selbst zu sein und hielt uns die Tür für die Rückbank des Taxis auf.

»Ich bin ganz schön neugierig, was uns erwartet. Dies ist die erste Party, seitdem ich zu euch gezogen bin. Hoffentlich weiß ich überhaupt noch, wie man feiert.« Ann-Kathrins Angst schien sich gelegt zu haben.

»Geht mir genauso.« Ich lächelte sie aufmunternd an.

Die Fahrt genossen wir völlig in uns gekehrt. Die Lichter der Großstadt zogen wie Vögel an uns vorbei.

Es fiel mir schwer, klare Gedanken zu fassen. Ich spürte die Hitze auf meinen Körper und wie er feuchter wurde. Mit jedem Atemzug nahm ich den Duft des Gummis stärker wahr und lauschte erregt dem Knacken und Rascheln bei jeder Bewegung.

Als wir die Party erreichten, nahm meine Aufregung zu.

Wir standen vor einem großen, alten Fabrikgebäude. Bereits von außen konnte man die flackernden, bunten und blitzenden Lichter sehen, während die lauten, schnellen Bässe der Technomusik durch die Fenster drangen.

Erstaunt beobachtete ich den großen Andrang am Eingang. Plötzlich legte Simon uns Halsbänder an, die er mit einer Leine verband.

Angeleint zog Simon uns hinter sich her, an der Schlange vorbei, bis wir direkt vor dem Türsteher standen. Simon wechselte einige Worte mit ihm und kurz darauf durften wir eintreten.

Bei jedem Schritt spürte ich mein einschränkendes Schuhwerk, und jedes Mal, wenn ich für einen Moment von meiner Lust abgelenkt wurde, kehrten die Schmerzen in meine Füße zurück.

Die Party war gut besucht und mehrere hundert, wenn nicht sogar knappe tausend Menschen schienen die Halle zu füllen. Nicht alle trugen besondere Outfits. Viele Frauen trugen lediglich knappe Kleidchen, die Herren meist Anzüge. Von Lack zu Leder über Latex war beinahe alles dabei, was das Herz begehrte und höher schlagen ließ.

Mit seiner coolen und lässigen Art zog Simon uns an der Leine hinter sich her durch die Partymeute und verschaffte sich einen Überblick, während ich mit meinen hohen Absätzen oftmals Mühe hatte, seinem Tempo zu folgen. An einer Bar angekommen, stoppte er schließlich und bestellte für uns Getränke.

»Trinken ist wichtig, wenn man viel schwitzt.« Er stieß mit uns an.

Gerade wollte ich das Glas zu meinem Mund führen, da erinnerte ich mich wieder an die Maske.

Simon lächelte. »Das hab ich ganz vergessen.« Er begann, an dem vorderen Ventil der Maske herumzufummeln. Ein Strohhalm ähnliches Röhrchen bewegte sich im Inneren, sodass ich es in meinen Mund nehmen konnte, während er außen am Ventil einen dünnen Gummischlauch löste.

»Es hat schon seinen Grund, warum ich die S10 so gerne hab.«

Ich hatte wenig für Technik übrig, für mich war das Entscheidende, endlich trinken zu können, denn ich hatte riesigen Durst.

Mit einer Hand hielt ich den Schlauch in die Cola Flasche. Es funktionierte tatsächlich besser als gedacht. Nachdem ich ausgetrunken hatte, baute Simon den Schlauch in die Maske zurück und auch das Röhrchen aus meinem Mund verschwand.

»Lasst uns tanzen.« Ohne auf eine Antwort zu warten, zog Simon uns auf die Tanzfläche und wir gaben uns dem harten, aber gleichmäßigen Rhythmus der Technomusik hin.

Jeder Hüftschwung brachte die Dildos meines Slips in Bewegung und ließ meinen Schritt erzittern. Ob es Ann-Kathrin wohl auch so ging? Sie sah jedenfalls so aus.

Langsam aber sicher wurde es mir im engen Latex heißer und meine Zehen fühlten sich vom langen Stehen wie betäubt an.

Plötzlich zog uns Simon an der Leine von der Tanzfläche und sprach mit Ann-Kathrin. Die Musik war so
laut, dass ich nichts hören könnte.

Kaum hatte er zu Ende geredet, zog er uns durch
die Menschenmassen bis zu einem Treppenaufgang.
Der Türsteher gewährte uns lächelnd Einlass.

Meine Aufregung stieg mit jeder Stufe.

Oben angekommen betraten wir eine Art VIP Bereich. Im Vergleich zu dem wilden Treiben und der
lauten Musik unten war es hier relativ ruhig. Die Leute saßen auf bequemen Sofas, tranken Sekt oder
Champagner und genossen das edle Ambiente. Große
Glasfenster trennten diesen Bereich ab und ermöglichten dennoch einen Blick von oben über die gesamte
Party. Der harte, pulsierende Bass der Technomusik
war hier einer entspannten Hintergrundbeschallung
gewichen und endlich konnte man wieder das ge-
sprochene Wort wahrnehmen.

Simon befestigte unsere Leinen an einem kleinen
Ring in der Wand neben einer Couch und verschwand.

»Ich bin so froh, mit dir hier zu sein Susann, du
glaubst gar nicht, wie geil ich gerade bin«, flüsterte
Ann-Kathrin mir zu. »Ich bin etwas neidisch auf deine
Aufgabe heute.«

Gerade als ich Ann-Kathrin antworten wollte, kam
Simon zurück. »Bald ist es soweit, Susann. Ann-
Kathrin, gehst du bitte nach unten und gibst Bescheid,
so wie wir es besprochen haben? Es kann um halb
zwei losgehen.«

Simon löste die Leine von Ann-Kathrins Halsband und verabschiedete sie mit einem Klaps auf den Hintern.

»Wie schon gesagt, du wirst nehmen, was kommt, und dich nehmen lassen«, richtete Simon sich an mich. »Genieß es. Das Gummi wird dich vor allem schützen.« Simon nippte genüsslich an seinem Glas.

Ich konnte nur erahnen, was mich erwartete und der Blick auf die Uhr an der Wand verriet mir, dass es in einer halben Stunde so weit war. War ich wirklich bereit? Konnte ich mich vollkommen gedankenlos hingegeben an Alles und Jeden?

Die Antwort war erstaunlich leicht. Ich fühlte mich sicher. Keine Moral oder Angst der Welt konnte mich abhalten. Simon und eine Menge an Sicherheitspersonal würden auf mich aufpassen. Abgeschottet in meiner eigenen Welt war ich von allen Einschränkungen befreit und konnte genießen.

Plötzlich setzte sich ein Mann neben Simon. Die beiden schienen gute Freunde zu sein. Er war der Veranstalter der Party und mir wurde klar, warum wir solch einen exklusiven Service im VIP Bereich genießen durften.

Plötzlich kam Ann-Kathrin zurück, nickte Simon vielsagend zu und setzte sich neben mich auf die Couch. Er befestigte wieder die Leine an ihrem Halsband.

Mein Herz schlug schneller, ich wollte endlich spüren, was ich mir bisher nur in meinen wildesten Fantasien vorstellen konnte.

Ann-Kathrin lehnte sich zu mir. »Die Vorstellung, dir gleich zuzusehen, macht mich richtig heiß.« Sie lächelte verwegen »Bestimmt werde ich alleine vom Zusehen kommen.«

Simon sah auf die Uhr und sprang auf. »Wir müssen los!«

Mein Herzschlag übertönte die lauten Technobässe in meinem Ohr, als wir die Treppe vom VIP Bereich wieder nach unten liefen. Die Atemventile der Gasmasken vibrierten.

Wir liefen zur großen Bühne der Haupttanzfläche, auf der das DJ-Pult stand.

Gedankenleer blickte ich auf die riesige Großleinwand hinter der Bühne. Animationen wie aus einem gigantischen Kaleidoskop blinkten dort im Takt der Musik und wurden durch Livebilder von Fetischmodels und Tänzerinnen auf der Bühne unterbrochen.

»In fünf Minuten sind die Models fertig, dann kann es losgehen.« Simon nickte dem DJ dankend zu.

»Ann-Kathrin, kümmere dich um den Ablauf.« Simon löste die Leine von Ann-Kathrins Halsband.

Gespannt sah ich den letzten Models beim Posieren zu. Es kam mir vor, als waren nur Sekunden vergangen, als mich plötzlich ein kräftiger Zug an meinem Halsband aus meiner Trance riss. Ann-Kathrin, welche die Leine von meinem Halsband in der Hand hielt, lief ohne zu zögern los.

Ich versuchte, auf meinen hohen Absätzen nicht zu fallen. An der Seite der Bühne zog mich Ann-Kathrin eine Treppe hinauf. Eh ich mich versah, standen wir in der Mitte der Bühne und blickten auf die gewaltige Menschenmasse der Haupttanzfläche vor uns.

Im Latex geborgen hatte ich kein Lampenfieber. Mein lustvolles Verlangen hingegen bestimmte die Frequenz meines Herzschlages, der von Sekunde zu Sekunde schneller wurde.

»Meine Damen und Herren, ich habe eine tolle Ankündigung zu machen«, ertönte plötzlich Ann-Kathrins Stimme aus den Lautsprechern. Einige kräftige Männer legten eine große, rot glänzende Matratze inmitten der Bühne ab.

»Das hier ist unsere liebe Susann.« Mit einem Mal sah man uns auf der Großleinwand. Demonstrativ hielt Ann-Kathrin die Leine hoch, mit der sie mich festhielt und das Publikum klatschte.

»Susann hat sich heute etwas ganz Besonderes ausgedacht, um euch glücklich zu machen. Jeder, der möchte, darf sich heute bei ihr nehmen, was er zu seiner Befriedigung braucht«, gab sie mit leuchtenden Augen bekannt. »Wer sich dieses Angebot nicht entgehen lassen möchte, der kommt bitte an den Seitenaufgang der Bühne und wird anschließend von den Türstehern nach oben begleitet. Dieses Angebot gilt für genau eine Stunde«, rief sie aus. »Meine Herren und natürlich auch Damen: Das Buffet ist eröffnet.«

Es ging los. Was war nur aus der braven Susann geworden? Ich liebte mein Leben und genoss, meine Träume zu leben. Lust durchströmte meinen Körper wie Starkstrom. Ich zitterte, als ich mich auf die große Liegewiese setzte.

Zahlreiche Männer sammelten sich auf der Bühne und standen wartend neben Ann-Kathrin. In ihrem Blick konnte ich erkennen, wie sie sich darauf freuten, ihre Gelüste an mir auszuleben. Ann-Kathrin begrüßte jeden Einzelnen, während die Türsteher aufgrund des großen Andrangs die Ersten baten, am Treppenaufgang zu warten. Die Kamera der Großleinwand war auf mich gerichtet.

Ich stand auf und wartete unterwürfig. Mit einem Mal machte sich die Meute auf den Weg zu mir. Dicht gedrängt umkreisten sie mich.

»Genieß es.« Ann-Kathrin hatte sich durch die Menschentraube zu mir gequetscht. Sie begann, mein Kleid auszuziehen.

Bereits jetzt bebte mein Körper. Mit einem Ploppen entfernte sie den Latexslip und verschwand unauffällig.

Eng stand die Horde um mich herum und ich sah durch die dicken Gläser meiner Gasmaske in die Gesichter der Männer. Sie waren gierig. Es fühlte sich an, als wäre ich von Raubtieren umgeben. Der Mensch hinter den dicken Gummischichten schien für keinen von ihnen von Interesse zu sein. Einzig meine vom engen Latex überzogenen Kurven und feuchtwarmen Öffnungen waren für sie von Belang. Diese Männer wollten ihre Befriedigung und danach wieder in der Menschenmenge verschwinden.

Eine seelenlose, menschliche Gummipuppe zu sein war erniedrigend, ich liebte es. Wehrlos in Gummi einer Horde notgeiler Männer dienen zu müssen war schon lange meine geheime Fantasie. Und nun würde sie tatsächlich wahr werden.

Mein Geist fiel in eine Trance. Ich fixierte die steinharten Schwänze derer, die direkt vor mir standen. Prachtvoll, mit blutroten, riesig geschwollenen Eicheln, streckten sie sich mir entgegen. Aus manchem tropfte bereits die Lust.

Ein beherzter Schubs ließ mich auf die große Liegewiese fallen. Sofort spürte ich zahlreiche Hände, die mal sanft, mal kräftiger, meine Latexhaut streichelten.

Jede Berührung war so intensiv und ich sehnte mich danach, das erste Prachtexemplar tief in mir spüren würde. Ich wünschte mir, dass alle Öffnungen gefüllt würden und sie es mir hart besorgten.

»Setzt dich auf mich.« Neben mir lag ein Kerl auf dem Rücken. Sein prall gefüllter Schwanz stand in die Höhe. Ich konnte es nicht länger aushalten. Meine Sinne waren vor Geilheit benebelt. Unfähig, auch nur eine Sekunde länger zur warten, kletterte ich auf seinen steinharten Schwanz.

Ich gluckste lustvoll in meine Gasmaske, deren Gläser in der Hitze des Moments schon vollkommen milchig und beschlagen waren.

Der pralle Schwanz bahnte sich seinen Weg tiefer in mich.

Meine Haut wurde sensibler, jede Berührung raubte mir die Sinne. Wild ritt ich den Fremden, der von unten kräftig in mich stieß. Auf meinem Körper kreisten zahlreiche, begehrlich zupackende Hände.

Der erste Kerl hatte offensichtlich das Eis gebrochen. Ein sanfter Stoß von hinten ließ mich nach vorne über den Mann unter mir fallen, sodass ich mich gerade noch mit meinen Händen abstützen konnte. Noch bevor ich mich einen Blick nach hinten werfen konnte, spürte ich einen weiteren Schwanz durch meine zweite gummierte Öffnung kommen, der sich langsam aber beherzt tiefer in meinen Hintern schob.

Ich war vollkommen ausgefüllt. Von beiden Seiten drangen die harten pulsierenden Stöße durch meinen Körper. Die Lust brannte so intensiv wie nie zuvor in mir. Zuckend entlud sich der männliche Saft in meine engen Latexöffnungen.

Kaum waren die Ersten befriedigt, standen die Nächsten wartend bereit. Nach wenigen Sekunden war ich bereits erneut komplett gefüllt.

Gierig blickte die wartende Meute auf mich herab. Erregt von meinem Anblick rieben sie ihre Schwänze und beinahe im Sekundentakt spritzte ihr warmer, cremiger Saft auf meine glänzende Latexhaut und meine Maske. In meinem ganzen Körper breitete sich eine Welle der Begierde aus. Ich genoss es, ihre Gummipuppe zu sein.

Die großen Mengen des milchigen Saftes und meine innere Hitze ließen die Gläser der Maske undurchsichtiger werden, bis schließlich kaum mehr etwas durch sie erkennbar war. Lediglich Umrisse, Schatten und Schleier konnte ich noch sehen. Mein ganzer, vom engen Latex umhüllter Körper war überzogen vom milchigen Saft und es wurde minütlich mehr.

Nichts mehr sehen zu können gab mir einen weiteren Kick. Ich fühlte mich noch hilfloser, noch ausgelieferter und zugleich noch viel geiler. Voller devot unterwürfiger Hingabe genoss ich jeden einzelnen Kerl in mir.

Eine gigantische elektrische Wolke versetzte meinen Körper in Ekstase. Ich stand kurz vor einem unglaublichen Höhepunkt.

Meine Emotionen fesselten meinen Geist. Meine Gedanken wurden verschwommener und mein Blut kochte. Erneut ergoss sich von beiden Seiten in mich ein warmer Schauer. Geschützt durch die Latexkondome spürte ich die angenehme Wärme. Es war um mich geschehen.

Lauthals schrie ich meine Lust in das Innere der Gasmaske, während ich die Kontrolle über meinen Körper verlor, der wild zuckte. Es schien, als wollte die Entladung niemals enden, während weiterhin gefühlt tausend kräftige, männliche Hände über meinen gummierten Körper strichen und heißer Saft auf mir landete.

In undurchsichtigen Schlieren floss er über mein Gasmaskengesicht und die dicken, mittlerweile vollständig undurchsichtig trüben Gläser. Nur noch hell und dunkel ließ sich erahnen. Alles um mich herum verlor an Bedeutung.

Ich hatte jegliches Zeitgefühl verloren und ich schwamm in einem unendlichen Höhepunkt. Ein Ende war zum Glück nicht in Sicht.

Lediglich die Erschöpfung ließ mich nach und nach zur Ruhe kommen. Langsam kehrte mein Verstand zurück. Die vielen Berührungen fühlten sich mittlerweile fast unangenehm auf meiner hochsensiblen Haut an.

Von einer Sekunde auf die Andere waren alle Männer verschwunden. Ich sammelte mich und wurde trotz der lauten Technomusik und des hektischen Partygeschehens vollkommen ruhig.

Zwei sanfte Hände begannen, meinen Rücken zu streicheln. Sie fühlten sich an wie die zarten Finger einer Frau.

»Geht es dir gut, Susann?« Ann-Kathrin.

Ich nickte benommen. »Kannst du mir kurz die Gläser sauber wischen?«

Mit einem Tuch wischte Ann-Kathrin über die Gläser. Die Sicht wurde besser, war aber nach wie vor mit Schlieren durchzogen.

Wortlos blickte ich mich um. Ich war auf der großen Bühne wie auf einem Präsentierteller, doch es schien mich nicht zu beeindrucken. Ausgelaugt und befriedigt blieb ich beinahe regungslos auf der Spielwiese liegen. Durch den milchigen Schleier bestaunte ich die Welt außerhalb.

Die gesamte Spielwiese war mit milchigen Spritzern übersät. Mein Körper war überzogen mit Mengen an Saft, der überall an mir heruntertropfte und aus meinen beiden Gummiöffnungen lief.

»Nachdem du so heftig gekommen bist und die Stunde vorbei war, hab ich die restlichen Kerle weggeschickt. Du hast minutenlang nur noch geschrien und gestöhnt. Das war hoffentlich in deinem Sinne?«, fragte Ann-Kathrin unsicher.

»Danke«, gab ich einsilbig zurück.

»Ich habe so etwas noch nie gesehen oder erlebt. War es so geil, wie es aussah?«

»Ein perfekter Genuss ohne Reue und Risiko«, hauchte ich leicht benommen, als ich Simon auf uns zulaufen sah.

»Respekt, Susann. Du hast die Aufgabe toll gemeistert. Es wird dauern, bis du die Bedeutung verstehst, gib dir etwas Zeit. Ich habe dir die ganze Zeit auf einer der Leinwände zugesehen. Ich hoffe, du bist voll auf deine Kosten gekommen?«

Zufrieden nickte ich in Simons Richtung. Das Sprechen fiel mir schwer und mein sehnlichster Wunsch war es, ins Hotelzimmer zurückzukehren und endlich zu schlafen.

Ann-Kathrin und Simon wischten mich sauber, bevor sie mir langsam beim Aufstehen halfen und mich von der Bühne führten.

Ganz vorsichtig half mir Ann-Kathrin , mein Latexkleid wieder anzuziehen und wir machten uns gemeinsam mit Simon auf den Weg zurück in den ruhigen VIP Bereich.

Simon bestellte mir eine große Cola und unterhielt sich anschließend angeregt mit Ann-Kathrin. Ich selbst war für nichts mehr zu gebrauchen. Ich war erschöpft und durchgefickt. Ich wollte ins Bett.

»Wir gehen noch mal tanzen Susann. Unser Taxi ist schon bestellt. Hältst du so lange noch durch?« Simon war so führsorglich.

»Viel Spaß euch, ich warte hier.«

Kaum waren die beiden weg, setzte sich plötzlich ein Mann neben mich.

Mit seinen geschätzten sechzig Jahren, seinem Schnauzbart, seiner Halbglatze und seinem Bierbauch war er nun wirklich nicht mein Typ. Die schwarze Lederhose und das schlecht gebügelte, weiße Hemd komplettierten seinen ungepflegten Eindruck.

»Erinnerst du dich an mich?« Sollte ich? »Ich hab dich gerade gefickt.« Er grinste frivol.

»Aha«, erwiderte ich gelangweilt, in der Hoffnung, er möge schnellstmöglich verschwinden. Leider quatschte er mich mit belanglosem Small Talk voll. Ohne ihm zuzuhören nickte ich einfach.

»Ich glaube, die Dame wünscht sich etwas Ruhe«, erklang plötzlich eine kräftige, weibliche Stimme aus dem Hintergrund.

»Und das kann sie mir nicht selber sagen?« Der Dicke war sichtlich genervt.

»Ich hätte gerne meine Ruhe.« Wenn es das war, was ihn vertrieb.

Mit einem Murren stand er auf und lief zurück zur Bar.

»Ich bin Anja. Ich hoffe, er hat dich nicht zu sehr gestört?«

»Jetzt ist ja alles wieder gut. Susann.« Ich reichte ihr meine Hand.

»Dann habe ich deine Situation ja richtig eingeschätzt. Ich hab dir vorhin etwas zugesehen, ruh dich ordentlich aus«, neckte sie mich und verschwand hinter der Bar, von der aus ihr Chef ihr zuwinkte.

Mit leerem Blick sah ich durch die Fenster des VIP-Bereichs von oben hinunter auf die Tanzfläche. In meinem Kopf herrschte Stille und ich fühlte mich pudelwohl. Ich hatte einen weiteren meiner Träume gelebt. Ohne nachzudenken hatte ich getan, was ich wollte. Ich war stolz auf mich.

Mit einem Mal kam Ann-Kathrin auf mich zu und holte mich ab. Mit letzter Kraft lief ich mit ihr die Treppe hinunter in Richtung Ausgang. Meine Füße schmerzten in den Stiefeln, sodass ich kaum mehr laufen konnte, doch ich biss meine Zähne zusammen.

Kaum waren wir aus der Tür heraus, sah ich Simon am Taxi stehen. »Gleich hast du es geschafft, Susann«, winkte er mich heran.

Ann-Kathrin und ich setzten uns auf die Rückbank, während Simon neben dem Fahrer Platz nahm.

Während der Fahrt herrschte vollkommenes Schweigen. Offensichtlich war nicht nur ich müde. Die Lichter Berlins begleiteten uns zurück ins Hotel.

Mit schwerfälligem Gang lief ich hinter Ann-Kathrin und Simon durch die Hotellobby zu den Aufzügen. Die Blicke der Leute interessierten mich nur wenig, während ich in meiner Hand den Dildoslip hielt. Es war mir vollkommen egal, was sie dachten, sie erkannten mich eh nicht. Der heutige Abend hatte mir gezeigt, dass ich auf anderer Leute Moral pfiff.

In der Suite angekommen ließ ich mich aufs Sofa fallen. Endlich raus aus den Stiefeln. Meine Ballen und Zehen brannten und schmerzten, wie ich es noch nie zuvor erlebt hatte. Als der Schmerz etwas nachließ, raffte ich mich auf und ging ins Bad. Ich musste raus aus dem Latex, meine ganze Haut war aufgeweicht und der Anzug war innen vollkommen nass.

Ein frischer Luftzug umgab meinen Kopf, als ich endlich die Maske abnahm. Ich konnte wieder klar sehen. Meine Haare waren klebrig verschwitzt.

Schnell zog ich die restlichen Sachen aus. Für meine aufgeweichte Haut war es eine Erlösung, doch zugleich fror ich wie ein Schlosshund.

Schnell lief ich unter die Dusche und genoss den warmen Wasserregen und das Glück, das mich durchfloss.

Kaum hatte ich mein Bett erreicht, schlief ich auch schon ein.

Unsere Rückfahrt von Berlin am nächsten Tag war von auffallend gespenstischer Stille geprägt. Mein Körper fühlte sich leicht an. Je mehr ich über meine gestrigen Erlebnisse nachdachte, desto mehr wurden mir Tragweite und Sinn der Aufgabe bewusst.

Im Schutze meiner Gummihaut war ich ein anderer Mensch gewesen und konnte zum ersten Mal ohne schlechtes Gewissen etwas tun, dass ich wirklich wollte.

Faszinierend, wie sehr ich mich selbst einschränkte und die Vorstellungen Anderer mein Leben bestimmen ließ.

Das wollte ich ändern, ich konnte es. Auch ohne Latex. Auch bei nicht sexuellen Träumen. Andere Menschen sollten nicht mehr diesen Einfluss auf mich haben. Ich konnte frei und vollkommen glücklich sein.

Die geschützte Umgebung hatte mir klargemacht, wie fremdgesteuert ich war.

Was ich gestern erlebt hatte, war mein Traum. Es war nicht verwerflich, es war nicht ekelhaft, es war Susann.

Ungeplante Veränderungen

Der Alltag hatte uns wieder, doch das letzte Wochenende steckte tief in uns.

Manchmal kam es mir vor wie ein Traum. Und auch Ann-Kathrin schien Schwierigkeiten zu haben, das Erlebte zu realisieren.

Meine seit Tagen anhaltend gute Laune gab mir die Bestätigung, das Richtige zu tun. Alle Zweifel waren begraben.

Bereits das darauffolgende Wochenende tauschten Ann-Kathrin und ich die Rollen. In einem niederländischen Swingerclub fand auch sie die Erfüllung in der bedingungslosen Hingabe an ihre Wünsche, während ich dieses Mal auf sie aufpasste.

Ann-Kathrin entwickelte daraufhin eine wahnsinnige Ausstrahlung. Vollkommen verändert wandelte sie freudestrahlend und glücklich durch die Welt.

Ob ich wohl auch so aussah? Ich freute mich sehr für sie.

Simon verschonte uns die nächsten Wochen mit Aufgaben, stattdessen genossen wir einfach unser Leben bei leckeren Restaurantbesuchen, Shoppingausflügen und gemütlichen Spaziergängen in der noch winterlichen Natur.

Als wir bei einem der Spaziergänge an einer Waldlichtung haltmachten, sagte er »Es ist wichtig, dass man nicht nur neue Dinge erlebt und dazu lernt, sondern sich auch die Zeit nimmt, die positiven Gefühle zu festigen und den Moment zu genießen, ohne das etwas Neues passiert.«

Ich verstand, was er uns damit sagen wollte und fühlte mich im Hier und Jetzt unendlich wohl. Ann-Kathrin strahlte. Ihr schien es genauso zu gehen.

Nach zwei Wochenenden des süßen Nichtstuns keimte in mir plötzlich der Wunsch nach neuen Aufgaben und Erlebnissen.

Ich fragte Simon, wann es weiterging und er bat uns, erst einmal unsere Klausuren zu beenden.

Ach ja, die Klausuren. Ich hatte es schon total verdrängt, dass ich auch was anderes als mein Leben studierte.

Simon motivierte uns zum Lernen und manchmal schien es, als würde er es als kleine Bestrafung für uns genießen.

Er hatte ja recht. Ein Studium abgeschlossen zu haben schadete auf keinen Fall.

Zum Glück hatten wir beide unsere letzte Klausur am gleichen Tag. Erschöpft fuhren Ann-Kathrin und ich an diesem Montag um die Mittagszeit nach Hause. Endlich Semesterferien und über zwei Monate frei. Die Entspannung, welche wir vor den Lernwochen gesammelt hatten, war dahin. Wir wollten einfach nur abschalten.

Kaum hatten wir das Haus betreten, kam Simon auf uns zu.

»Leider muss ich spontan für ein paar Tage nach Frankfurt. Ein Bekannter hat mir ein gutes Angebot für die Veröffentlichung meiner Videos, Bücher und CDs über Persönlichkeitsentwicklung und Selbstvertrauen in den USA und im englischsprachigen Raum unterbreitet. Inklusive einiger Workshops. Das will ich mir genauer anhören und mich mit einigen daran beteiligten Personen unterhalten. In ein paar Stunden geht mein Zug und ich werde vermutlich erst am Mittwoch gegen Abend zurückkommen.«

»Gratuliere! Ich werde dich sehr vermissen.« Ich hatte mich so auf neue Aufgaben gefreut.

»Ich habe in diesem Briefumschlag ein paar Aufgaben für euch vorbereitet. Öffnet ihn erst, wenn ich weg bin.« Er reichte mir ein blaues Couvert.

Kurze Zeit später stand er mit fertig gepacktem Koffer im Flur.

Er umarmte uns fest »Ich muss los. Wünsche euch ganz viel Spaß. Eine Sache noch. Jetzt haben wir 14 Uhr. Um spätestens 16.30 Uhr erwarte ich eine E-Mail von euch, in der ihr mir bestätigt, den Brief gelesen zu haben.«

Die Tür fiel ins Schloss und es herrschte absolute Ruhe im Haus. Lediglich das laute Ticken der Wanduhr in der Küche war zu hören.

»Nun denn, machen wir das Beste daraus«, lächelte ich Ann-Kathrin aufmunternd zu. »Lust auf Sauna?«

Drei Saunagänge später schlief ich auf der Liege ein und deckte meinen nackten Körper mit einem großen Handtuch zu.

Das dauerhafte Tippen von Ann-Kathrins Finger auf meiner Haut holte mich unsanft aus dem Schlaf.

»Wir müssen den Brief noch lesen. Simon erwartet unsere Rückmeldung.« Sie gab mir den Umschlag und ich öffnete ihn, damit sie endlich Ruhe gab.

»Liebe Ann-Kathrin, liebe Susann,

eure Aufgabe, bis ich zurück bin, ist, selbstbewusst euren Alltag zu meistern und das Haus in Ordnung zu halten. Außerdem bitte ich euch, einen Blick in eure Kleiderschränke zu werfen.

Liebe Grüße

Simon«

»Na das klingt doch ganz entspannt.« Ich hatte deutlich mehr erwartet.

»Wollen wir in die Schränke schauen?«

»Geh du vor, ich muss erst in Ruhe wach werden.«

Kaum hatte ich meine Augen geschlossen und war wieder eingeschlafen, hörte ich Ann-Kathrins aufgeregte Stimme: »Susann, komm bitte ganz schnell.«

Durfte ich denn keine zwei Minuten mal etwas Ruhe haben? Ich stand auf und lief zu Ann-Kathrin.

»Was gibt's denn so Spektakuläres? Sie zog an mir und ich folgte ihr unwillig.

In Ann-Kathrins Zimmer angekommen, öffnete sie ihren Kleiderschrank. Ich blickte in ihren Schrank und sah die große Auswahl ihrer Latexkleidung.

»Sieht doch so wie immer.« Ich hatte keinen Schimmer, was sie mir zeigen wollte.

»Nicht ganz, die Kleidungsstücke ganz links sind alle neu.«

Nun sah ich es auch. Die neuen Kleidungsstücke hingen auf mit kleinen gelben Zetteln nummerierten Kleiderbügeln. Und an einem hing eine weitere, mit Wäscheklammer befestigte Nachricht.

»Was steht denn auf dieser Nachricht?«

Wortlos zog sie die computergeschriebene Nachricht hervor:

»Ganz so einfach kommt ihr mir dann doch nicht davon.

Ich möchte euch daran gewöhnen, Latex längere Zeit zu tragen und in Zukunft tragen zu können. Außerdem sollt ihr euch an Ballettheels gewöhnen und in eurem eigenen Interesse versuchen, darauf laufen zu lernen.

Zieht den mit »1« nummerierten Catsuit an und verschließt die beiden Reißverschlüsse mit dem winzigen Vorhängeschloss. Anschließend zieht ihr den mit Nummer »2« gekennzeichneten Catsuit darüber und verschließt ihn nach dem gleichen Verfahren. Als Letztes zieht ihr die Gummiballettstiefel mit der Nummer »3« an und verschließt diese ebenfalls. Darüber werdet ihr das Latexkleid mit der Nummer »4« tragen, welches ihr zum Schlafen selbstverständlich ausziehen könnt und es deshalb nicht zu verschließen braucht.

Wenn ihr damit fertig seid, macht ihr Bilder von euch mit der kleinen Digitalkamera, die in Susanns Schrank liegt. Ich will sehen, ob ihr alles ordnungsgemäß verschlos-

sen habt. Daher schickt die Bilder an meine bekannte E-Mail-Adresse bis spätestens 16.30 Uhr.

Natürlich hat diese Aufgabe auch einen gewissen Lerneffekt. Ich bin gespannt, ob ihr begreift, worum es geht.

Liebe Grüße

Simon«

Das war echt mal eine Riesenüberraschung. Ballettheels tragen? Ich erinnerte mich daran, wie es am Anfang war, mal welche getragen zu haben. Und dass es mir absolut unmöglich war, damit zu laufen. Mir schwante Böses bei dem Gedanken daran, diese Schuhe für längere Zeit tragen zu müssen.

Hastig und gespannt liefen wir in mein Zimmer, um auch meinen Schrank zu kontrollieren. Mein Blick huschte von rechts nach links über meine Latexkleidung und stoppte schließlich an den gleichen drei beschrifteten Kleidungsstücken.

»Dann sollten wir uns mal umziehen, aber vorher dusche ich mich noch mal kurz ab. Kommst du mit?«

Ann-Kathrin nickte und wir genossen die angenehm prickelnde Dusche. Als ich sie anblickte, merkte ich, wie sehr sie mir ans Herz gewachsen war und wie glücklich ich war, dass es sie gab.

Kaum waren wir mit duschen fertig, rieben wir uns gegenseitig mit Silikonöl ein und begannen zeitgleich, Catsuit Nr.1 anzuziehen. Mein ganzer Körper verschwand im schwarzen Latex des schrittoffenen Catsuits mit angearbeiteter Maske.

Auch Ann-Kathrin hatte mittlerweile den ersten Catsuit angezogen und ich erblickte ihren Körper.

Sanft zog sie den Reißverschluss von meinem Kopf hinunter bis in meinen Nacken und den anderen von meinem Steißbein zum Nacken hinauf. Eng zog sich das Gummi um mein Gesicht und um meinen Körper. Ein Klicken ertönte, als sie die beiden Reißverschlüsse mit dem Schloss verband. Lust durchwanderte meinen Körper bei dem Gedanken, von nun an im Latex gefangen zu sein.

Nachdem ich auch Ann-Kathrin in ihren Catsuit eingeschlossen hatte, machten wir jeweils ein Bild von uns und den Schlössern.

Kaum waren die ersten Bilder fertig, machten wir uns daran, den zweiten Catsuit anzuziehen. Es war ein Catsuit, der aus etwas dickerem, ebenfalls schwarzem Latex gefertigt war. Neben den Händen und Füßen war zusätzlich eine am Catsuit angearbeitete britische S10 Gasmaske befestigt.

Offensichtlich hatte ich mir Simons Erzählungen über das Gasmaskenmodell besser eingeprägt, als ich gedacht hatte.

Im Schritt des Catsuits befanden sich zwei kleinere Reißverschlüsse, sodass man ihn hinten und vorne öffnen konnte. Verschlossen wurde der Catsuit ebenfalls auf Nackenhöhe.

Ich genoss die zwei mich umschließenden Schichten. Das Gefühl der inneren Sicherheit und des abgekapselt Seins von der Außenwelt kehrte zurück, als ich mich durch die dicken Gläser der Gasmaske im Bad umsah. Erregt strich ich über meine glatte Gummihaut und bemerkte, wie mein Blut zu kochen begann.

Als Letztes folgten die schwarzen Ballettstiefel, welche aus einem ähnlich dicken Gummi gefertigt waren wie richtige Gummistiefel.

»Hast du schon mal Balettheels getragen?«, fragte ich neugierig durch meine Maske.

»Zum Glück nur kurz, auch wenn mich das Laufen echt erregt hat.«

Wie gleich wir uns doch waren.

Auf dem Rand der Badewanne sitzend zog ich den Reißverschluss der Stiefel nach oben und verband ihn an einer Metallöse ebenfalls mit dem Schloss.

Vorsichtig stand ich auf, während ich mich an einem Handtuchhalter festhielt, und spürte den Druck meines Körpergewichts auf den Spitzen meiner Zehen. Ich wackelte am ganzen Körper und wäre sofort hingefallen, wenn ich mich nicht festgehalten hätte. Schnell setzte ich mich wieder auf den Rand der Badewanne zu Ann-Kathrin. Der Gedanke, nur durch die dicken Gläser der Gasmaske die Außenwelt sehen können, während ich im Inneren meiner Gummihaut gefangen war, ließ mich vor Erregung erschaudern.

Noch bevor wir jeweils das dunkelblaue, knielange und eng geschnittene Latexkleid anzogen, fotografierten wir uns erneut. Ein Schnappschuss im kompletten Outfit beendet unser Fotoshooting. Es wurde langsam Zeit, dass wir uns bei Simon meldeten.

Schwerfällig hangelten wir uns vom Handtuchhalter über das Waschbecken zur Tür des Bades und weiter an der Wand und den Möbeln entlang ins Wohnzimmer. Andauernd knickten wir weg oder waren einfach zu schwach, unser Körpergewicht auf den Spitzen unserer Zehen zu tragen.

An der Wohnzimmertür angekommen gab es erst einmal nichts mehr, an dem wir uns festhalten konnten. Nach zwei Schritten knickte Ann-Kathrin um und fiel unsanft zu Boden.

Ich sah an mir herunter. »Ich glaube, ich fange besser gleich an zu kriechen.«

Zusammen krochen wir über den Boden des Wohnzimmers bis zum Sofa, an dem wir uns langsam aufrichteten, um uns zu setzten.

Keine zwei Minuten später hatten wir Simon die Bilder gesandt. Simons Antwort folgte auf den Fuß.

»*Gut gemacht,*

euere Rückmeldung kam innerhalb der gewünschten Zeit und ich werde euere Bilder überprüfen, sobald ich wieder vor dem PC sitze. Bis dahin gehe ich davon aus, dass ihr meinen Anweisungen gefolgt seid.

Den Schlüssel für euere Schlösser trage ich bei mir, sodass ihr bis Mittwochabend in eurer Latexkleidung und den Ballettheels eingeschlossen seid. Hier noch ein kleiner Link *zu einem Video, in dem ihr sehen könnt, wie ihr mit der S10 Gasmaske trinken könnt. Ja, ihr habt richtig gelesen:*

Trinken. Feste Nahrung werdet ihr so leider nicht aufneh-
men können. Aber ich habe für euch gesorgt.

Das Haus ist videoüberwacht, ich kann euch jederzeit
sehen, wenn ich mag.

Ab jetzt könnt ihr machen, was ihr wollt. Genießt die
Zeit und lasst es euch gut gehen.

Bis übermorgen.

Liebe Grüße

Simon«

Na toll, nichts essen. Ich hatte den ganzen Tag noch
nichts gegessen und mein Magen knurrte wie wild.
»Aus unserem gemütlichen Pizza Abend wird wohl
leider nichts. Ich schau mal, was uns Simon im Kühlschrank bereitgestellt hat.«

Ich machte mich teils über den Boden kriechend,
teils an der Wand und dem Mobiliar entlang han-
gelnd auf den Weg in die Küche.

»Der Kühlschrank ist leer«, rief ich erschrocken aus.
Ann-Kathrin war mir in die Küche gefolgt.

Ratlos machten wir uns auf den Weg zurück ins
Wohnzimmer und ergaben uns geduldig unserem
Schicksal. Wenn wir eins gelernt hatten, dann war es,
Simon zu vertrauen.

Hungrig lenkten wir uns mit ein bisschen Plaudern ab, als es mit einem Mal an der Tür klingelte. Sollten wir in diesem Outfit an die Tür gehen?

»Oh nein, was machen wir nun?« Entsetzt sah Ann-Kathrin mich an.

»Am besten, wir sehen einfach mal vorsichtig nach.« Ich begab mich von der Couch auf den Boden und kroch Richtung Tür. Durch das Glas neben der Haustür konnte ich einen ersten Blick erhaschen. Ein Mann in unserem Alter hielt einen Karton in der Hand, der offensichtlich für uns bestimmt war.

Erneut klingelte er an der Tür und schaute durch das Glas nach innen.

Ob er mich gesehen hatte? Ich versuchte mich im Türrahmen des Wohnzimmers zu verstecken und hielt meinen Zeigefinger vor den Mundbereich meiner Gasmaske um Ann-Kathrin zu signalisieren, dass sie leise sein sollte.

Ich hoffte, er würde bald verschwinden und fühlte, wie unangenehm es mir noch war, von anderen Menschen so gesehen zu werden, wie ich sein wollte. Ich war noch lange nicht am Ziel meines Weges angekommen. So sehr ich mein Outfit und das Latex liebte, so sehr schämte ich mich zugleich in diesem Moment.

Wieder ertönte die Klingel.

Ganz schön hartnäckig der Kerl. Ich merkte, wie neben der Scham ein Gefühl des Trotzes in mir keimte. Ann-Kathrin lag vor Angst gelähmt auf der Couch.

Erneut blickte ich zur Tür. Der Typ stand seelenruhig da und hielt das Paket in der Hand.

Plötzlich schoss ein unbändiger Wille durch meinen Körper und ich zog mich am Türrahmen hoch. Mein Herz rannte und vor Angst wurde mir schwindelig.

Ich hangelte mich an der Wand entlang, über die Kommode mit der Schlüsselablage bis zur Haustür. Mein Herz klang in meinem Ohr, als ich die Klinke der Haustür nach unten drückte.

Der Mann starrte mich erstaunt an und musterte mich von oben bis unten. Von der selbstbewussten Körpersprache, die er zuvor noch ausgestrahlt hatte, schien nicht mehr viel übrig zu sein. Total perplex und sichtlich überfordert begann er, zu sprechen. »Ähm, ich, ähm bin Privatkurier und soll hier dieses Paket abgegeben. Tut mir leid, dass ich so penetrant war, aber mir wurde gesagt, dass ich unbedingt warten soll, bis jemand aufmacht.« Er hielt mir das Paket entgegen.

»Schon okay.« Ich merkte, dass ich deutlich selbstbewusster war als er.

Meine Scham legte sich, denn es war ihm peinlicher als mir. Er starrte mich an wie ein Alien.

Mit zitternder Hand hielt er mir einen Zettel hin, den ich unterschreiben sollte. Während des Schreibens begutachtete er meine schwarz glänzenden Hände.

»Okay, dann ähm wünsche ich Ihnen ähm noch einen schönen Abend.« Er drehte sich zügig um und lief schnellen Schrittes davon.

Ich schloss die Tür und stellte das Paket erst einmal auf dem Boden ab.

Stolz erfüllte mich, als ich verstand, dass meine Scham an meine Selbstakzeptanz gekoppelt war. Ich allein gab mir das Gefühl, nicht normal zu sein. Und das musste ich nicht. Die soeben erlebte Überwindung brachte mich meinem Ziel einen Schritt näher.

Kriechend schob ich das Paket über den Boden ins Wohnzimmer, wo Ann-Kathrin neugierig auf mich wartete.

»Dem Boten war es unangenehmer als mir«, lachte ich glücklich.

»Allein bei dem Gedanken daran zittern meine Beine.« Ann-Kathrin schien schwer beeindruckt.

»Lass uns das Paket öffnen.«

»Was sind das für Flaschen?«, fragte Ann-Kathrin, als ich den ersten Gegenstand aus dem Paket hob.

»Astronautenkost«, las ich vor und hob einen Zettel aus dem Karton, der sich als Nachricht von Simon entpuppte.

»Hallo ihr beiden,

wie ich sehe, habt ihr euch überwunden, an die Tür zu gehen. Ich hoffe, ihr habt dem Boten keine allzu große Angst gemacht? Die Flaschen enthalten Flüssignahrung. Durch den Trinkanschluss der Gasmaske könnt ihr diese problemlos einnehmen. Hättet ihr die Türe nicht geöffnet, hättet ihr die nächsten Tage ausschließlich Leitungswasser zum Trinken gehabt. Gut, dass ich stets an euch glaube. Schickt mir bitte unmittelbar ein Bild von euch mit einer der Flaschen in der Hand an meine E-Mail-Adresse.

Danke und bis bald,

Simon«

»Lass es uns gleich probieren, ich sterbe vor Hunger. Schoko oder Vanille?« Ich hielt zwei der Flaschen in die Luft. Ann-Kathrin griff sich Vanille.

Schnell machten wir ein Bild von uns mit einer der Flaschen in der Hand und schickten es an Simon. Dann sahen wir uns das Video für die Nutzung der Trinkfunktion der Gasmaske an.

Das war einfacher als gedacht. Genüsslich trank ich kurze Zeit später unser Abendbrot. Es sättigte mich sogar.

Die nächsten Stunden verbrachten wir mit Quatschen, Lachen und Lästern und ließen uns von dem seichten Abendprogramm im Fernsehen berieseln, bis wir uns schließlich auf den Weg ins Bett machten.

Mit Schuhen und Gasmaske im Bett zu sein fühlte sich komisch an. Doch das war nicht das einzige Problem.

Meine erste Nacht in Latex verlief bescheiden. Nur wenige Stunden hatte ich es geschafft, die Augen zu schließen. Die Gasmaske hinderte mich, im Bett meine gewünschte Position einzunehmen und bereits nach kurzer Zeit nervte das feuchtheiße Gummi mich. Die Schuhe waren tatsächlich mein geringstes Problem.

Wie gern hätte ich am nächsten Morgen einen starken Kaffee getrunken. Leider war er leer und so blieb mir nur die Flüssignahrung.

Auch das Zähneputzen musste notgedrungen ausfallen. Ein Ekel überkam mich.

Der Tag verlief ruhig und wir verbrachten ihn die meiste Zeit vor dem Fernseher.

Gegen Abend merkte ich, wie unangenehm die Feuchtigkeit und das Schwitzen im Latex nach langer Zeit werden konnten. Der Wunsch, das Latex ausziehen zu wollen, wurde übermächtig.

Über den Tag verteilt hatten wir geübt und es gelang uns, mehrere Schritte in den Ballettboots zu machen und kurze Distanzen stehend zu überwinden. Es schien, als hätten sich unsere Bänder schon etwas gedehnt. Am Gleichgewicht mussten wir noch arbeiten.

Erneut gestaltete sich die Nacht schwierig. Doch meine Erschöpfung gewann die Oberhand und ich sank in einen tiefen Schlaf.

Der nächste Tag war ausschließlich von dem Wunsch geprägt, endlich das Latex auszuziehen. Meine Haut war aufgeweicht und ich spürte, wie die Reibung sie leicht wund werden ließ.

Ann-Kathrin ging es genauso und gemeinsam zählten wir die Stunden, bis Simon am Abend endlich wiederkam.

Mittlerweile konnten wir die kurzen Wege im Haus, wenn auch mit wackeligem Gang, stehend bewältigen. Und auch die Schmerzen beim Laufen wurden zur Gewohnheit. Einzig meine Haut näherte sich ihrer Belastungsgrenze.

Gegen Sieben klingelte es schließlich an der Tür.

»Das muss Simon sein.« Ohne über mein Outfit nachzudenken, lief ich an die Tür und öffnete.

»Na, Susann. Die Tage gut überstanden? Ich habe dich ganz schön vermisst.« Simon lächelte mich an. Ich war so froh, dass er endlich da war.

Wir gingen ins Wohnzimmer und setzten uns. »Da ich euch über die Webcams ab und an beobachtet habe, erspare ich euch nervige Fragen. Ihr wollt sicherlich aus den Klamotten raus?« Simon konnte wohl Gedanken lesen.

»Und was festes Essen«, ergänzte ich seinen Satz.

»Bevor ich euch befreie: Wie lange habt ihr nun frei? Simon sah uns fragend an.

»Ich habe die nächsten acht Wochen frei und erst in vier Monaten wieder eine Klausur«, rechnete ich ihm vor.

»Dito, nur habe ich schon in 12 Wochen die erste Klausur.« Ann-Kathrin hatte weniger Glück als ich.

»Reichen dir vier Wochen zum Lernen Ann-Kathrin?« Simon sah sie streng an und sie nickte eifrig.

»Das Gespräch in Frankfurt ist gut verlaufen und mein konventionelles Selbsthilfeprogramm soll nun bald auch den USA erscheinen. Die Bücher, DVDs und CDs lassen sich natürlich auch von hier in englischer Sprache neu erstellen, aber ich würde einmal im Jahr eine kleinere Reihe an Liveseminaren abliefern. Geplant ist dafür ein vierwöchiges Tourprogramm.«

»Tourprogramm?«, unterbrach ich ihn.

»Lange Rede, kurzer Sinn: Ich werde morgen Abend in die USA fliegen und dort acht Wochen bleiben. In den ersten vier Wochen werden die Übersetzungen und Anpassungen vorgenommen und danach kommt eine vierwöchige Promotour.« Ich fiel aus allen Wolken.

»Das Ganze ist recht spontan und mein Zeitplan dementsprechend straff. Morgen geht es los.«

»Was bedeutet das nun für uns?«, hakte ich erschüttert nach.

»Ich würde euch in die Hände zweier erfahrener Coaches geben. Natürlich könnt ihr ablehnen und gehen, das könnt ihr ja ohnehin jederzeit. Aber ein Zurück wird es dann nicht mehr geben. Was sagt ihr dazu?«

Ann-Kathrin zögerte nicht lange. »Ich mach es.«

Ich haderte mit mir, schließlich war Simon für mich mehr als bloß mein Coach. Kein Zurück? War ich doch nur eine gewöhnliche Schülerin für ihn?

»Ich mach es auch«, kam es zögerlich und mit betrübter Stimme aus mir heraus. Das Training war mir wichtig und bereicherte mein Leben. Aber mein Herz schmerzte bei dem Gedanken, Abschied von Simon nehmen zu müssen.

»Viel Spaß beim Ausziehen.« Simon reichte Ann-Kathrin die Schlüssel. Hastig lief sie Richtung Badezimmer.

Wie gelähmt von der Nachricht stand ich langsam auf, um ihr zu folgen.

»Susann, warte!« Simon zog mich zu sich herunter.

»Kommst du? Alleine bekomme ich die Schlösser nicht auf«, drängelte Ann-Kathrin.

»Moment«, rief ich ihr zu und sah Simon erwartungsvoll an.

»Susann, du weißt, dass du mir viel bedeutest. Ich muss diesen Schritt gehen, aber ich werde auch wieder zurückkommen. Ich möchte diesen Moment nutzen, um reinen Tisch zu machen. Mein Herz wird immer für dich schlagen.« Oh mein Gott, er wollte mich abservieren, Angst schnürte mir die Kehle zu.

»Als dein Trainer darf ich keine Gefühle für dich entwickeln.« Tränen stiegen mir in die Augen, ich wollte ihn nicht verlieren »Aber es ist passiert.« Was? Ich musste mich verhört haben. Ich hielt den Atem an.

»Wenn ich wiederkomme und dein Training beendet ist, hätte ich dich gern für immer an meiner Seite. Nutze die acht Wochen, um mit dir ins Reine zu kommen. Nur dann werden wir gemeinsam eine erfüllte Zukunft leben können.« Die Tränen liefen nun haltlos über mein Gesicht. Aber nicht Trauer, sondern Glück feuerte sie an.

Benommen vor Freude ließ ich mich in seine Arme sinken und Liebe durchfloss meine Adern.

Simon hob meinen Kopf und ich sah, dass auch er glasige Augen hatte. »Geh nun zu Ann-Kathrin und zieh das Latex aus, damit deine Haut wieder atmen kann.«

Mit kleinen Schritten und sichtlich überwältigt machte ich mich auf den Weg zu Ann-Kathrin ins Bad. Sie sah mein verweintes Gesicht, sagte aber nichts.

Das warme Wasser der Dusche zu fühlen, den Körper zu trocknen und einzucremen war eine Wohltat für meinen Körper. Die frische Luft tat ihr Übriges.

Nackt saßen wir später am Abend mit Simon im warmen Wohnzimmer und unterhielten uns über das, was wir bisher gelernt hatten. Es herrschte eine angenehm losgelöste Atmosphäre.

»Ihr werdet morgen leider umziehen müssen. Mein Fahrer wird euch zu den Coaches fahren. Sie werden erst gegen Abend zu Hause sein, ihr könnt euch also in Ruhe ans neue Heim gewöhnen.« Wir hingen neugierig an seinen Lippen. »Es wird für euch eine anstrengende und lehrreiche Zeit werden. Bestimmt vergeht die Zeit bis zu unserem Wiedersehen wie im Flug.«

Ann-Kathrin und ich nickten. Der wenige Schlaf machte sich nun deutlich bemerkbar. Ann-Kathrin stand auf und ging zum Schlafen nach oben. Ich kuschelte mich an Simon und schlief in seinen Armen ein.

Die durch das Fenster einfallende Sonne weckte mich sanft. Als ich die Augen öffnete, erschrak ich. Ich lag in Simons Bett, er musste mich hineingetragen haben. Simon lag tief atmend und schlafend neben mir. War das sein Abschiedsgeschenk an mich? Ein Zeichen für die Zukunft? Ich lächelte selig.

»Bist du schon wach?« So tief hatte er wohl doch nicht mehr geschlafen.

»Wie komme ich denn hierher?«

»Ich wollte dir einen Vorgeschmack auf unsere Zukunft geben.« Wie romantisch er war.

Er drehte sich um und blickte auf seinen Wecker.

»Weck bitte Ann-Kathrin und macht euch fertig. Der Fahrer wird gleich kommen.«

Eilig lief ich zu Ann-Kathrin und wir begannen, uns anzuziehen.

Eine Stunde später standen wir schließlich fertig im Flur und warteten auf Simon, der beim Packen immer hektischer wurde. Gerade als der Fahrer vorfuhr, schaffte es Simon, sich zu uns zu gesellen.

»Lasst uns den Abschied kurz machen. Ich wünsche euch eine ganz tolle Zeit und bald sehen wir uns wieder.«

Ann-Kathrin lief bereits zum Auto, als Simon mich an der Schulter festhielt. Ein Schauer rannte über meinen Rücken, als sich unsere Lippen berührten und wir uns innig küssten.

»Machs gut, Susann.«

Ich drehte mich um und folgte Ann-Kathrin zum Auto.

Der Umzug

Während der Fahrt kursierten die verschiedensten Gedanken in meinem Kopf. Vor allem aber fühlte ich das Kribbeln meiner Liebe zu Simon in meinem Bauch. Wir gelangen binnen weniger Minuten ans Ziel.

Wir standen vor einer schönen, großen Villa inmitten eines gemütlichen Kölner Viertels voller offensichtlicher Gutverdienender.

»Gegen 18 Uhr werden die beiden zurück sein.« Der Fahrer schloss uns die Haustür auf, drehte sich um und brauste davon.

Da waren wir. Alles, was ich wusste, war, dass wir nicht allzu weit weg von Simons Haus waren. Gespannt traten wir in das Haus und erblickten ein edles Ambiente mit modernen Möbeln und hoher Decken. Direkt vor uns im Flur stand ein kleiner Korb mit einer Nachricht:

»Fühlt euch wie zu Hause, bis wir zurück sind. Im Kühlschrank haben wir einen Sekt zur Begrüßung für euch kaltgestellt. «

»So will ich am liebsten überall willkommen geheißen werden«, lachte Ann-Kathrin.

Ich fühlte mich wohl.

Wir warfen unsere Trenchcoats auf eine Kommode und setzten uns ins Wohnzimmer an einen Glastisch, auf dem ein wunderschöner Blumenstrauß stand. Man sah sofort, dass hier eine Frau wohnte. Alles war farblich aufeinander abgestimmt und dekoriert.

»Ich würde sagen, wir holen mal unser Begrüßungsgeschenk aus dem Kühlschrank.« Ich machte mich auf den Weg und Ann-Kathrin folgte mir.

Noch etwas unsicher liefen wir durch das Haus und sahen uns die Küche an, die ein in Edelstahloptik und mit hochwertigen Geräten ausgestattet war. Ein riesiger Kühlschrank blickte uns entgegen.

Nachdem wir zweimal den falschen Schrank geöffnet hatten, fanden wir schließlich die gesuchten Sektgläser.

Ich hatte mich gerade so an Simons Haus gewöhnt. Melancholie erfasste mich.

Mit der Flasche Sekt bewaffnet setzten wir uns wieder an den Tisch im Wohnzimmer.

»Ich merke den Sekt jetzt schon.« Bereits nach wenigen Schlucken war ich echt mitgenommen. Die Tage ohne feste Nahrung hinterließen ihre Spuren. Ann-Kathrin schien es ähnlich zu gehen.

Fasziniert von der neuen Umgebung unterhielten wir uns angeregt und bemerkten gar nicht, wie die Flasche sich langsam leerte und unser Pegel stieg.

Wir drehten die Stereoanlage im Wohnzimmer laut auf und tanzten wild zur Musik aus dem Radio. Dass wir hier völlig Fremde waren, hatte der Alkohol völlig in Vergessenheit geraten lassen.

In einem Moment der Unachtsamkeit stieß ich mein Sektglas um und der Sekt ergoss sich auf den Boden.

»Ich hole Tücher und schau nach was zu essen.« Ann-Kathrin steuerte Richtung Küche. Wie süß sie war.

»Da ist noch eine Flasche Sekt im Kühlschrank. Meinst du es stört die beiden, wenn wir die auch noch trinken?«, rief sie mir aus der Küche zu.

»Her damit, auf einem Bein kann man nicht stehen«, kicherte ich betrunken.

Mit der neuen Flasche Sekt und einem Joghurt in der Hand kehrte Ann-Kathrin aus der Küche zurück und grinste über beide Ohren.

Je mehr wir tranken, desto ausgelassener wurden wir. Wir feierten mitten am Tag eine wilde Party in einem uns fremden Haus.

Mittlerweile hatten wir auch den Schrank mit Süßigkeiten und Chips geplündert.

Mit trüben Blick, zerzausten Haaren und leichten Kopfschmerzen erwachte ich plötzlich auf der Couch im Wohnzimmer. Ann-Kathrin lag direkt neben mir und schlief. Was war passiert? Ich konnte mich an nichts mehr erinnern.

Verwirrt sah ich mich um. Das Wohnzimmer glich einer Müllhalde. Überall standen leere Flaschen Alkohol und halb volle Gläser herum. Zerbröselte Chips zierten eine große Fläche des Wohnzimmertisches und den Boden darum. Tisch und Boden klebten von den vielen verschütteten Getränken.

Der Blick auf die große Wanduhr verhieß nichts Gutes. Es war bereits Viertel vor sechs. In einer Viertelstunde sollten unsere neuen Coaches kommen.

Mein Herz begann panisch zu rasen und in Windeseile versuchte ich, Ann-Kathrin zu wecken.

»Steh auf Ann-Kathrin, wir müssen das Chaos hier beseitigen, bevor die Coaches kommen.« Auf meine Weckversuche reagierte sie nur bedingt erfreut und mürrisch. Nicht einmal die Tatsache, dass ich panisch vor ihr hin und her sprang, brachte sie dazu, aufzustehen.

Um nicht noch mehr Zeit zu verlieren, begann ich allein mit dem Aufräumen. Gerade als ich ein leeres Sektglas in die Küche brachte, hörte ich, wie sich ein Schlüssel in der Haustür drehte.

Verdammt! Ich lief zu Ann-Kathrin und rüttelte sie hektisch.

Sie schreckte hoch und schaute panisch in meine Augen. Es war zu spät. Wer auch immer gerade zur Tür herein kam, kam in ein Chaos.

Aufgeregt liefen wir in Richtung Tür, in der Hoffnung, den Moment der Entdeckung noch etwas hinauszuzögern zu können.

Notdürftig striegelten wir unsere Haare.

Zwei Frauen traten ein und ich versuchte, meine Überraschung zu verbergen. »Hallo ihr zwei. Freut mich, euch kennenzulernen. Simon hat mir schon einiges über euch erzählt«, begann die eine.

Auf den ersten Blick schienen mir die beiden Frauen sympathisch und nett zu sein.

»Ich bin Natalie und das ist Mareike«, sprach sie weiter.

Natalie war groß, hatte lange dunkle Haare, trug ein hochgeschlossenes, knielanges, schwarzes Kleid und schwarze hochhackige Pumps. Mareike hingegen hatte langes, blondes Haar, welches sie zu einem Pferdeschwanz zusammengebunden hatte. Sie war legerer gekleidet und trug eine Jeans mit weißem Rollkragen Pullover und schwarzen Stiefel. Vom Alter her schätzte ich die beiden auf Mitte dreißig.

Natalie wirkte streng, während man Mareike erst auf dem zweiten Blick ansah, dass auch sie eine dominante Ausstrahlung besaß.

»Unser Sekt hat euch wohl geschmeckt, so wie ihr ausseht und riecht?« Natalie sah uns ernst an.

Ich war sichtlich nervös, denn mir war klar, dass der Anblick des Wohnzimmers binnen Sekunden zur Katastrophe führen könnte.

»Wir haben euch erst in einer Viertelstunde erwartet.« Meine Stimme klang ängstlich.

»Wir waren etwas früher fertig. Kommt mit ins Wohnzimmer. Wir haben Einiges zu besprechen.« Mareike lief voraus in Richtung Wohnzimmer.

Mein Herz überschlug sich. Gleich würde es so weit sein. Was würden sie nur dazu sagen, dass wir das Wohnzimmer so verwüstet haben?

»Wie sieht es denn hier aus?« Wie vom Donner gerührt blickte Mareike ins Wohnzimmer.

»Tut uns furchtbar leid.« Mir wurde heiß und kalt. »Das Ganze mit dem Sekt ist etwas eskaliert und irgendwann sind wir eingeschlafen.« Schuldbewusst sah ich sie an »Wir wollten noch aufräumen, aber wir wussten ja nicht, dass ihr so früh zurück seid.«

»Verstehe«, gab Mareike eisig zurück. »Lasst uns in die Küche gehen. Um das Chaos und die daraus resul-

tierenden Konsequenzen kümmern wir uns später.«
Konsequenzen? Wir legten einen Traumstart hin. Ich
schämte mich.

»Simon hat uns beauftragt, mit euch eine achtwö-
chige Bildungsreise zu unternehmen«, setzte Mareike
an, kaum hatten wir in der Küche Platz genommen.
Bildungsreise? Was das nur wieder bedeutete?

»Unser Training dient der Persönlichkeitsentwicklung. Hin zu mehr Glück und Selbstbewusstsein. Wir
sind seit Jahren für diese Art von Training ausgebildet
und haben es im Zuge der Ausbildung auch selbst
absolviert«, erklärte sie, obwohl mir auch ohne die
Info klar war, dass Simon uns nicht zu Stümpern geschickt hätte.

»Bisher konntet ihr jederzeit gehen. Das wird sich
nun ändern. Entscheidet ihr euch, mitzureisen, bleibt
ihr bis zum Schluss.«

Acht Wochen auf zwei völlig Fremde einlassen,
ohne eine Möglichkeit zu gehen? Zu Simon zu gehen
war ja schon ein riesiger Schritt für mich gewesen.
Und er hatte mir jede Freiheit gelassen zu gehen. Was,
wenn es mir nicht gefiel?

»Wir halten vertraglich fest, dass ihr euch freiwillig
dazu entschlossen habt. Außer bei Krankheiten wird
die Reise unter keinen Umständen unterbrochen.
Überlegt euch also gut, was ihr tut«, schloss Mareike.

Stumm nickten wir.

Natalie reichte uns den Vertrag, der das bestätigte,
was Mareike uns erzählt hatte. Wir erklärten, dass wir
aus freien Stücken mit Mareike und Natalie auf Rei-

sen gingen und uns jeglicher Konsequenz unserer Entscheidung bewusst waren.

»Ihr habt fünf Minuten Zeit für eure Entscheidung. Danach geht das Training los, oder wir verabschieden euch.«

Sie ließen uns allein zurück. Ich war wie erschlagen. Die Reise glich einer Gefangenschaft. Aber war das, was ich tat, nicht genau das, was ich immer wollte? Hin zu Glück und Selbstbewusstsein, mein großer Traum. Mein Entschluss reifte. Ich würde mitreisen, auch wenn mir mein Herz vor Angst in der Kniekehle hing.

Mareike kam zurück und reichte uns einen Kugelschreiber. Ihre Augen strahlten selbstbewusst, sie schien komplett mit sich im Reinen. Wenn dies das Ergebnis der Reise war, war ich bereit.

Während ich meine Unterschrift unter den Vertrag setzte, begann ich vor Aufregung zu lächeln. Mir war klar, dass dieser Vertrag vor Gericht keinen Bestand hatte. Und doch fühlte ich mich in meinem Innersten moralisch fest daran gebunden, ihn einzuhalten.

Wie würde Ann-Kathrin entscheiden? Ich rechnete damit, dass sie zögerte oder aufgab. Doch sie überraschte mich. Forsch nahm sie den Kugelschreiber und unterschrieb.

»Ich sehe, ihr seid entschlossen, eure Ängste zu besiegen. Dann können wir ja starten.« Mareike wühlte in einer Schublade und warf uns zwei Putzlumpen vor die Füße.

»In einer Stunde will ich nichts mehr von eurer Party Eskapade sehen«, mahnte sie uns schroff. »Die Verantwortung für euer Verhalten tragt ihr später.«

Mit schlechtem Gewissen begannen wir demütig, das von uns verursachte Chaos zu beseitigen.

Mareike lehnte im Türrahmen und sah uns zu. Als wir nach einer gefühlten Ewigkeit fertig waren, schien sie etwas besänftigt. »Ich hoffe, ihr werdet in Zukunft mehr an die Folgen eures Handelns denken.«

Wir setzten uns auf die Couch im Wohnzimmer, unterhielten uns angeregt und lernten uns besser kennen.

Irgendwann verschwand Natalie für einen kurzen Moment und kam mit zwei Catsuits mit gesichtsfreier Haube und zwei Paar Gummistiefel zurück. »Zieht das an, wir müssen los.«

Fertig angezogen warteten wir kurz darauf im Flur auf Natalie und Mareike. Sie hatten in der Zwischenzeit das Auto bepackt und lotsten uns nun auf den Rücksitz eines silbernen Vans, auf dem bereits etliche Koffer und Taschen lagen, die wohl nicht in den Kofferraum gepasst hatten.

Natalie reichte uns zwei vollkommen undurchsichtige Schwimmbrillen und ein paar Decken und Kissen.

»Setzt sie auf und schlaft eine Runde. Wo wir hinfahren ist für euch nicht von Belang.« Gehorsam folgten wir und die Fahrt ging los.

An Ann-Kathrins Atem hörte ich, dass sie bereits nach kurzer Zeit fest eingeschlafen war. Ich war so aufgewühlt, dass an Schlaf gar nicht zu denken war.

Nach etlichen Stunden hörte ich plötzlich, wie wir die Autobahn verließen. Meine Aufregung wuchs, als wir auf eine Straße abbogen, die in keinem besonders guten Zustand war. Den ruckelnden Bewegungen nach zu urteilen waren wir auf einen holprigen Feldweg gebogen. Nach einer gefühlten Ewigkeit auf dieser Schotterpiste hielten wir schließlich an.

Laut lachend öffneten Natalie und Mareike unsere Türen.

»Wir sind da. Ihr könnt die Brillen abnehmen.« Natalie klang richtig fröhlich.

Ich legte die Brille ab und blickte mich neugierig um. Die Uhr am Autoradio zeigte halb zehn in der Früh. Wir waren ganz schön lang gefahren.

Draußen regnete es in Strömen, aber die Luft war mild. Ich blickte auf einen großen Bauernhof mit einer Scheune und mehreren Schuppen. Um das Haus herum lagen weite Felder, Äcker und Wiesen.

»Willkommen Zuhause!« Natalie bedeutete uns, ihr zu folgen, als sie Richtung Haus lief.

Aufgeregt liefen wir über den mit zahlreichen Pfützen durchsetzten Hof. Mit einem Knarzen öffnete Natalie die Tür und wir traten ein. Der muffige Geruch eines seit Wochen nicht gelüfteten Hauses schlug mir entgegen.

Die Einrichtung zog mich sofort in ihren Bann. Während das Haus von außen einfach und gewöhnlich aussah, war es innen mit antiken Holzmöbeln ausgestattet. Eine warme Atmosphäre umfing mich. Natalie führte uns in das Wohnzimmer, in dem ein gemauerter Kamin zum Verweilen einlud.

Wir durchquerten das Wohnzimmer und gingen weiter in die Küche. Entgegen meiner Erwartung war diese modern und im amerikanischen Stil eingerichtet.

»Bevor wir euch eure Zimmer und euren Wohnbereich für die nächsten zwei Monate zeigen, sollten wir ausgiebig frühstücken.« Natalie lächelte sanft und deckte den Tisch. »Greift zu, ihr werdet Energie brauchen.«

Das Frühstücken war von absoluter Stille geprägt. Als wir fertig waren, stand Mareike auf und schloss die schwere Metalltüre auf, die sich neben dem Kühlschrank befand. »Hereinspaziert!«

Erstaunt blickte ich Ann-Kathrin an.

Wir folgten Mareike und betraten einen langen, kahlen Flur mit vier Türen. Die Wände waren weiß gestrichen und der Boden war aus kaltem Stein. Als einzige Lichtquelle diente eine mit Spinnennetzen übersäte Leuchtstoffröhre.

Natalie öffnete die erste Tür des Flurs. »Darf ich vorstellen: euer neues Badezimmer.«

Das Bad war riesig, glich aber eher einer Nasszelle. Die weißen Fliesen an Wand und Decke wirkten steril. In der Ecke befand sich eine große Dusche mit mehreren Ringen und Karabinern in der Wand. Sie war umringt von einer Duschkabine aus festen, gefliesten Mauern und einer Glastür aus extra dickem Glas.

Karabiner und Ringe zierten auch die übrigen Wände des Raumes. Lange Wasserschläuche mit verschiedenen Aufsätzen ragten aus der Wand. An einer Wand befand sich ein Metallregal mit Unmengen an

Werkzeugen, Dildos, Plugs, Knebeln, Fesseln und Dingen, von denen ich nicht den Hauch einer Ahnung hatte, wofür sie gut waren. Mitten im Raum stand ein Stuhl aus Edelstahl.

Die Leuchtstoffröhre an der Decke komplettierte das unbehagliche Ambiente.

Mit gemischten Gefühlen verließen wir das Bad und gelangten zur nächsten Tür.

»Das wird dein Zimmer werden Susann, nur zu, tritt ein«, ermunterte Mareike mich.

Mit vor Aufregung zitternden Händen drückte ich die Türklinke der massiven Tür nach unten.

Der Raum war klein, mit einer Edelstahltoilette in der Ecke und einem Waschbecken. Ein mit Latexbettlacken überzogenes Bett mit Latexdecke stand unter einer lose von der Decke hängenden Glühbirne, die für spärliche Beleuchtung sorgte. Ein Fenster gab es nicht. An der Innenseite der Tür fehlte die Türklinke. Es war ein kleines, ungemütliches Verlies.

Natalie schien meine Gedanken gelesen zu haben. »Du bist hier, um zu lernen, nicht, um dich zu erholen«, tadelte sie mich. »Ann-Kathrin, die Tür hinter dir führt dich in dein Reich.«

Ann-Kathrin blickte entsetzt in das Duplikat meines Raumes. Doch schon nach wenigen Sekunden schien sie sich gefangen zu haben und die Angst wich einer leichten Erregung.

Auch ich begann, mich mit den neuen Umständen anzufreunden.

Natalie öffnete die Tür zum letzten Raum. Er war kaum größer als ein Kleiderschrank. »Euer Meditationsraum.« Sie grinste schelmisch.

Schwach fiel das Licht des Flurs in den mit Metallringen an den Wänden übersäten Raum.

Wie soll man da drin meditieren können? Die Luft würde keine zehn Minuten ausreichen und man konnte nur Stehen oder maximal in die Hocke gehen.

»Nun ist es an der Zeit, dass wir es uns gemütlich machen und Ordnung schaffen. Zuerst kümmern wir uns um eure Körperpflege. Folgt mir.« Mareikes Worte rissen mich aus meinen Gedanken.

Schweigend liefen wir Richtung Nasszelle. In mir wuchs die Neugierde auf all das, was uns ab jetzt erwartete.

»Ann-Kathrin, du gehst mit Natalie in die Küche.« Mareike blickte mich fordernd an. »Zieh dich aus!«

Gehorsam folgte ich ihren Worten. Ich empfand nicht den Hauch einer Scham, obwohl Mareike mir fremd war. Wie ich mich doch verändert hatte.

Barfuß und nackt stand ich wenige Minuten später auf den eiskalten Fliesen. Das weiße Licht der Leuchtstoffröhren durchflutete den Raum. Mareike musterte meinen Körper.

»Zieh das an.« Lapidar warf sie eine Latexzwangsjacke, Fußfesseln, einen Ballknebel und ein langes Halskorsett vor meine Füße.

Während ich mich fügte und begann, mich anzukleiden, redete Mareike eindringlich auf mich ein. »Euer Benehmen wird ausführlich protokolliert. Zu gegebener Zeit werdet ihr die Möglichkeit haben, über eure Handlungen nachzudenken, bis ihr versteht, was ihr ändern müsst, und es auch tut.«

Für das Chaos im Wohnzimmer um Vergebung bettelnd sah ich sie an. Mareike blickte starr zurück.

Kaum hatte ich die Zwangsjacke übergestreift, zog sie die Gurte so eng zusammen, dass ich meine Hände nicht mehr bewegen konnte.

»Setz dich!« Sie drückte mich auf den Stuhl und fixierte meinen Oberkörper mit einem Ledergürtel fest an der Lehne, um direkt im Anschluss auch meine Füße an den Beinen des Stuhls zu befestigen. Mein Halskorsett schnürte sie so fest, dass mein Hals in eine aufrechte Position gezwungen wurde.

Aus einer Schublade zog sie eine mir nun schon bekannte, undurchsichtige Schwimmbrille und setzte sie mir auf. Um mich herum wurde es dunkel.

In leichter Panik versuchte ich mich zu bewegen, doch es ging nicht. »Ganz ruhig Susann, vertrau mir, gib dich hin und genieße«, flüsterte Mareike mir zu.

Ängstlich atmete ich tief ein und aus, doch schon beim zweiten Atemzug zog Mareike den Knebel enger um meinen Kopf.

Hastig begann ich, durch die Nase zu atmen und ertastete mit meiner Zunge den strammen Gummiball in meinem Mund.

Angst raubte mir die Sinne und ich wand mich verzweifelt hin und her.

»Alles ist gut.« Mareike streichelte meinen Kopf und langsam beruhigte ich mich und die Angst machte der Spannung Platz.

Im hörte, dass Mareike etwas suchte und dann langsam auf mich zukam. Plötzlich hörte ich ein gleichmäßiges Brummen. Mein Schritt wurde in der Hoffnung auf einen Vibrator feucht.

Ob sie mit einem Vibrator auf mich zukam?

»Was könnte das nur sein? Eine Idee?« Mareike hielt das Brummen direkt an mein Ohr.

Ich versuchte, meinen fixierten Kopf zu schütteln.

»Na gut, ich verrate es dir«, flüsterte Mareike geheimnisvoll in mein Ohr. »Ich werde dir eine Glatze rasieren.«

Mein Körper fühlte sich plötzlich heiß und kalt zugleich an. Das konnte nicht ihr Ernst sein. Ich versuchte, aufzustehen. Heftig rüttelte ich am Stuhl. Alles, nur nicht meine Haare.

Eine Glatze zu haben schien mir der reinste Horror. Ein Sturm tobte in mir. Es würde ewig dauern, bis meine Haare wieder nachgewachsen waren.

»Sie es als eine Chance, Susann. Ich lasse dich mal fünf Minuten alleine.« An ihren Schritten hörte ich, wie sie den Raum verließ.

Als Chance? Wie soll ich das als Chance sehen? War sie verrückt? Ich versuchte, mich zu beruhigen und langsam ein- und auszuatmen. Eine Chance. Ich überlegte. Was bedeuteten meine Haare für mich? Waren sie ein Zeichen meiner Oberflächlichkeit? Trug ich sie, weil es mir gefiel, oder folgte ich nur gängigen Idealen? War mein Gesicht auch ohne Haare attraktiv? In mir arbeitete es.

Es kann eine Chance sein zu einer Erkenntnis über innere Schönheit, ging es mir durch den Kopf. Ich musste es zulassen, vielleicht war es gar keine so schlechte Idee. Und es befreite mich von gesellschaftlichen Normen. Wachsen würden die Haare ja auch wieder. Ich sollte einen neuen Weg beschreiten.

Mit einem Mal hörte ich Mareike zurückkehren.

»Dann wollen wir mal.« Prompt hörte ich erneut das Brummen des Haarschneidegerätes an meinem Ohr.

Mein Körper hatte sich beruhigt und mein Herz schlug angenehm gleichmäßig, als der Haarschneider meine Kopfhaut berührte und die ersten Strähnen zu Boden fielen.

Die frische Luft auf der Kopfhaut fühlte sich kalt an. Ich hatte Angst, aber das Feuer meiner Neugier war entfacht.

Ich spürte, wie Mareike Rasierschaum auf meinen Kopf sprühte und ihn rasierte.

Wenige Minuten später war der Spuk vorbei. Mareike nahm mir die Brille ab und hielt mir einen Spiegel vor das Gesicht. »Gefällt dir dein Anblick?« Sie löste den Riemen des Knebels, der laut zu Boden fiel.

Es war komisch, mich so zu sehen. Aber ich erkannte, dass mein hübsches Gesicht nun noch stärker zur Geltung kam.

»Gewöhnungsbedürftig«, gab ich unumwunden zu. »Aber das Schlimmste waren die Gedanken in meinem Kopf.«

Mareike nickte zufrieden und löste meine Fesseln. Sie befahl mir, ihr schweigend in die Küche zu folgen.

Ann-Kathrin saß mit der schwarzen Schwimmbrille ausgestattet erwartungsvoll am Küchentisch.

»Ihr könnt nun ins Bad.« Mareike sah Natalie an.

Diese führte Ann-Kathrin vorsichtig an der Hand in die Nasszelle, während ich mich mit Mareike an den Küchentisch setzte.

Sekunden später hörte ich aus dem Flur laute, grunzende Geräusche, wie sie nur durch den Knebel entstehen konnten. Offensichtlich schien der Gedanke, ihre blonde Mähne zu verlieren, Ann-Kathrin ebenfalls in Panik zu versetzen. Ich vernahm Natalies beruhigenden Tonfall und schon bald hörte man nichts mehr außer dem gleichmäßigen Brummen des Haarschneiders.

Als das Brummen verstummte und ein wenig Zeit vergangen war, bedeutete mir Mareike, ihr wieder in die Nasszelle zu folgen.

Dort wurden Ann-Kathrin und ich von den Zwangsjacken und den Korsetts befreit und standen nun vollkommen nackt da.

»Unter die Dusche«, befahl Natalie.

Folgsam betraten wir die Duschkabine. Auch sie war, wie unsere Zimmertüren, von innen nicht zu öffnen.

»Viel Spaß.« Natalie lächelte und Mareike drehte an den neben der Eingangstür befindlichen Wasserreglern.

Im Bruchteil einer Sekunde spürte ich, wie ein eiskalter Schauer auf uns hereinbrach.

Ich zuckte zusammen. Das kalte Wasser brannte auf der Haut. Verzweifelt suchten Ann-Kathrin und ich Schutz vor dem kalten Nass von oben, aber das eiskalte Wasser spritze in jeden Winkel.

Erschrocken kreischend sprangen wir in der Duschkabine umher. Als das nichts half, klammerten wir uns aneinander, um uns gegenseitig Wärme zu geben, doch jede Berührung ließ die Haut nur noch stärker vor Kälte brennen.

Verzweifelt versuchte ich die Tür aufzudrücken, aber sie war von außen verschlossen.

Eine gefühlte Ewigkeit später endete schließlich der Wasserstrom und ich spürte das Zittern der Kälte in meinen Muskeln. Durch die Tür sah ich, wie Natalie etwas in ein Notizbuch schrieb.

Sie öffnete die Tür. Mit schlotternden Knien und klappernden Zähnen entstiegen wir der Dusche.

»Stellt euch mit dem Gesicht an die Wand. Arme nach oben und Arme und Beine weit auseinander.« Natalie zeigte an die Wand gegenüber von Mareike.

Mein Wille war durch die eiskalte Dusche gebrochen. Gedankenlos folgte ich den Anweisungen. Wie bei einer Festnahme standen wir an der Wand der Nasszelle.

Plötzlich spürte ich erneut, wie unter Druck kaltes Wasser auf meinen Rücken und meine Beine einprasselte.

»Umdrehen, Augen zu und Arme und Beine weiter spreizen«, befahl Natalie.

Das kalte Wasser verursachte auch auf meiner Vorderseite ein Brennen. Über die Innenseite meiner Oberschenkel wanderte es hinauf über den Bauch, meine Brüste und den Rest meines Körpers. Ich roch das Seifenwasser, das mich an eine Autowäsche erinnerte.

Als der Wasserstrom schließlich endete, öffnete ich vorsichtig meine Augen und sah auf Mareike und Natalie, die sich grünen Watthosen angezogen hatten. In ihren Händen hielten sie zwei große Bürsten, die wie bei einem Besen an langen Stielen befestigt waren.

Mit den Bürsten schrubbten Natalie und Mareike unsere Körper ab. Meine Haut brannte wie Feuer, als die rauen und kratzigen Borsten über meine eiskalte Haut schrubbten. Der Schmerz durchwanderte meinen ganzen Körper. Kräftig biss ich auf meine vor Kälte klackernden Zähne und ließ die Prozedur wortlos über mich ergehen.

Als sie mit dem Bürsten fertig waren, traf uns erneut der harte, eiskalte Strahl des Wassers.

Meine Sinne waren benebelt und in meinem Kopf drehte sich alles, als ich plötzlich das Wasser nicht mehr als Qual, sondern als Anregung empfand und mein Schritt feucht wurde.

»Schau dir Susann an Natalie, sie scheint richtig Spaß zu haben« Mareike schien meine Erregung bemerkt zu haben.

»Trocknet euch ab.« Natalie reichte uns zwei deutlich zu kleine Handtücher.

So gut es ging trockneten wir uns mit den winzig kleinen Handtüchern ab. Zum Glück erforderten meine nicht vorhandenen Haare keine gesonderte Pflege mehr. Mein Körper war knallrot und ich fror entsetzlich. Immerhin war ich mittlerweile trocken, lediglich meine Füße standen noch auf den feuchten Bodenfliesen.

Mareike, die kurz den Raum verlassen hatte, kam mit zwei Plastikstühlen zurück und stellte sie rechts neben die Duschkabine. Sie betätigte einen Schalter an der Tür und über den Stühlen leuchteten Infrarotwärmelampen auf.

»Ihr habt fünfzehn Minuten.« Natalie verließ den Raum.

Mein Herz pochte vor Glück. Zitternd und mit kälteblauen Lippen setzen wir uns wortlos auf die Stühle. Mit jeder Sekunde wurde es unter den Lampen wärmer und Behaglichkeit breitete sich in meinem Körper aus.

»Ihr werdet ab jetzt nur noch Gummikleidung auf euren Körpern tragen. Und ihr werdet nicht mehr miteinander sprechen, ihr werdet mit niemandem sprechen, es sei denn, wir erlauben es euch. Fokussiert euch nur auf euch selbst«, dozierte Mareike.

Natalie und Mareike waren gerade ein paar Stunden unsere neuen Coaches, doch bereits nach dieser kurzen Zeit wehte ein deutlich rauerer Wind als in den vorherigen Monaten. Das Training hatte kräftig an Fahrt aufgenommen und war intensiver denn je. Was mich in diesem Augenblick am meisten faszinierte, war die Tatsache, dass es mir gefiel.

Mit jedem Augenblick nahmen in meinem Körper nicht nur durch die Wärme der Lampen die heißen Gefühle zu.

»Zieht das an!« Natalie war zurück und hängte auf den Bügeln und Kleiderhaken unmittelbar vor unserer Wärmeecke Kleidungstücke auf. Außerdem stellte sie zwei Pumpsprayflaschen mit Silikonöl sowie eine Tube Gleitgel auf den Boden.

»In fünf Minuten werden die Lampen von selbst ausgehen. Anschließend habt ihr eine Viertelstunde Zeit, um euch umzuziehen. Die linken Sachen sind für Susann, die rechten für Ann-Kathrin. Denkt an das Sprechverbot.« Mit diesen Worten verließen die beiden den Raum.

Stumm saßen Ann-Kathrin und ich auf unseren Stühlen. Kaum war ich wieder aufgewärmt, hatte ich das dringende Bedürfnis, mich mit Ann-Kathrin auszutauschen, bereits nach so kurzer Zeit fiel es mir schwer, das Redeverbot einzuhalten. Ob es ihr hier auch so gefiel wie mir?

Mit einem leisen Klicken gingen die Lampen aus und sofort wurde es wieder kühler.

Neugierig ergriff ich meine Kleidungsstücke. In meiner Hand hielt ich einen schwarzen Analdildoslip mit Reiznoppen an der Vorderseite, einen schwarzen Latexcatsuit aus relativ dünnem Latex ohne Handschuhe und Füßlinge, ein gelbes Latexkorsett, ein gelbes Halskorsett sowie einen weiteren schwarzen Latexcatsuit aus dickerem Latex, welcher mit angearbeiteten Handschuhen, Füßlingen und einer Latexmaske versehen war. Mein Herz schlug wie wild.

Ich legte die Kleidungsstücke auf den Plastikstuhl, auf dem ich zuvor gesessen hatte und begann, den Analdildo mit etwas Gleitgel zu versehen.

Genüsslich zog ich den Slip an und ließ den Dildo mit einem stöhnenden Ausatmen in mich gleiten. Erregt strich ich von außen mit meinen Händen darüber, sodass ich das angenehme Kribbeln der Reiznoppen spürte. Als Nächstes ergriff ich den dünnen Latexcatsuit, der nur Minuten später meinem Körper überzog, gefolgt von den beiden Korsetts.

Mit meinem Blick signalisierte ich Ann-Kathrin, mir zu helfen, die beiden Korsetts zu schnüren. Wortlos zog sie die Korsetts eng zusammen, sodass meine Taille schmal wurde und mein Kopf in eine aufrechte Haltung gerückt. Anschließend folgte der zweite Catsuit aus dickerem Latex, der sich wie eine Hülle über das komplette Outfit legte.

Es fühlte sich herrlich an und ich spürte, wie die Erregung in mir mehr und mehr zu wachsen begann.

Ich half Ann-Kathrin beim Schnüren ihrer Korsetts, bis ihr Körper schließlich vom gleichen Outfit überzogen war.

»Das waren fünf Minuten zu viel.« Mareike war mittlerweile zurückgekehrt und sah uns ungeduldig zu. Sie klappte ihr Notizbuch auf und schrieb. »Ihr solltet euch morgen besser mehr anstrengen.«

Natalie kam mit zwei S10 Gasmasken mit Hauben aus Latex zur Tür herein. Sie zog mir eine der Gasmasken über den Kopf und schloss sie. Das Latex presste sich fest auf mein Gesicht.

»Anziehen!« Mareike gab mir kniehohe Ballettboots mit gigantischen Absätzen.

Vorsichtig ließ ich meine Füße in das dicke Gummi der Ballettboots gleiten.

Mit mehreren Schlössern sicherte Mareike den Reißverschluss der Stiefel, des Anzuges und der Gasmaskenhaube. Den Schlüssel sperrte sie in eine

Art Geldkassette. Lediglich den kleinen Verschluss in meinem vorderen Schrittbereich ließ sie geöffnet.

Ann-Kathrin war genauso gekleidet worden wie ich.

Mein Körper kribbelte. Alleine das enge Gefühl des Gummis und der Dildo in mir brachten mich beinahe zum Höhepunkt. Die Gasmaske gab mir das Gefühl, in einem goldenen Käfig gefangen zu sein. Die Feuchtigkeit in meinem Schritt wuchs, während ich mein sanftes, gleichmäßiges Atemgeräusch genoss.

»Aufstehen!« Mareike schien kein Freund großer Worte. Mit einer Gerte fuhr sie sanft durch meinen Schritt.

Erschrocken zuckte ich zusammen und stand innerhalb eines Augenblickes straff vor ihr. Mein gesamtes Körpergewicht drückte auf meine Zehenspitzen.

Mareike lief zum Regal und holte weitere Latexsachen, einen flaschenähnlichen Behälter mit einem Schlauch und einer Art Latexrucksack hervor.

Sie reichte uns ein Bündel. Es entpuppte sich als ein kurzes, schwarzes Dienstmädchenkleid mit weißen Rüschen und einer kleinen, weißen Schürze. Gierig schlüpfte ich in das enge Latexkleid, während ich in meiner Fantasie bereits die spannendsten Vorstellungen hatte, was uns gleich erwarten würde.

In der Zwischenzeit hatte Mareike die Flasche mit etwas Wasser gefüllt, schraubte sie zu befestigte sie am Schraubgewinde des Gasmaskenschlauchs.

Kaum machte ich den ersten Atemzug, merkte ich einen noch größeren Widerstand beim Einatmen. In der Flasche blubberte es.

Panik keimte in mir auf, als ich merkte, wie schwer mir das Atmen durch den Filter fiel und nur langsam gewöhnte ich mich daran.

»Deine Atemluft wird nun zuerst durch das Wasser in der Flasche geleitet, was deine Luft etwas befeuchten und zugleich das Atmen etwas erschweren soll«, grinste Mareike zufrieden.

Atemzug für Atemzug hörte ich das Blubbern in der Flasche, die Mareike in den Latexrucksack packte, den sie mir aufsetzte.

Da stand ich nun, ein vollkommen in Latex verpacktes Dienstmädchen mit einem Rucksack auf dem Rücken, aus welchem ein Schlauch bis zu meiner Gasmaske ragt.

Das enge Korsett, das Halskorsett und die steilen Ballettboots schränkten meine Bewegungen ein, was mich wahnsinnig erregte.

Großreinemachen

»Ihr werdet nun das ganze Haus putzen. Bevor das nicht geschafft ist, wird heute auch nicht geschlafen.« Streng blickte Mareike uns an.

»Es wird nicht geschludert«, setzte Natalie nach. Zweimal pro Woche werdet ihr in Zukunft diese Reinigung durchführen.« Sie drückte uns jeweils einen Eimer in die Hand, in welchem sich verschiedene Lappen und Wischtücher befanden.

»Folgt uns!« Mareike eilte voraus. Mit staksigen Schritten liefen wir Mareike so gut wir konnten hinterher. Gut, dass wir so viel geübt hatten.

In der Küche stoppte sie. »Ich gehe davon aus, dass ihr schon ein paar Mal in eurem Leben geputzt habt und ich euch insofern nicht sagen muss, was zu tun ist?«

Mit einem Nicken wollte ich ihre Aussage bestätigen, doch das Halskorsett hielt meinen Kopf fest in Position.

»Einen Wischmob werdet ihr von uns nicht bekommen, stattdessen werdet ihr den Boden auf den Knien schrubben. Ich erwarte von euch ein perfekt geputztes Haus. Euer Wohnbereich kommt ganz zum Schluss. Den Keller und den Dachboden könnt ihr auslassen. Ihr dürft beginnen.«

Das ausdauernde Stehen auf meinen Zehenspitzen schmerzte schon jetzt, sodass der Gedanke, gleich auf Knien den Boden zu schrubben, mir gar nicht so schlimm erschien. Am Spülbecken füllte ich den Eimer mit Wasser und bemerkte den stechenden

Schmerz in meinen Fußspitzen, als ich ihn anhob und weitere Kilos an Gewicht auf meine Zehen drückten.

Ann-Kathrin fing bereits an, die Möbel und Schränke zu entstauben. Wir verstanden uns auch ohne Worte. Kniend schrubbte ich den Boden, bis nach kurzer Zeit auch meine Knie zu schmerzen begannen.

Weder Stehen noch Knien war noch angenehm, doch meine Erregung ließ mich den Schmerz vergessen.

Bei jeder Bewegung knackte das Latex und ich genoss den Anblick meines gummierten Körpers in der glänzenden Edelstahloberfläche des Kühlschranks.

Kaum war die Küche gereinigt, widmeten wir uns dem im antiken Stil eingerichteten Wohnzimmer.

Der dunkle, leicht rötliche Kirschholzfußboden verlieh dem Zimmer eine angenehme Wärme und eine mysteriöse Erotik.

Mysteriöse Erotik? Sprach da wirklich mein Verstand oder war es die glühende feuchtwarme Hitze, die meinen Schritt zum Kochen brachte?

Ann-Kathrin säuberte den Fußboden, während ich mich um das Entstauben der Möbel kümmerte.

Bei jedem Schritt spürte ich die Reibung der Reiznoppen in meinem Schritt und den großen Dildo in meinem Hintern. Der Schmerz meiner Zehen wurde mittlerweile vollständig von meiner Lust überdeckt.

Erregt sah ich Ann-Kathrin zu, wie sie kniend den Boden schrubbte.

Wie es ihr wohl gerade erging? Schade, dass ich sie nicht fragen konnte. Ihr Anblick brachte mein Blut zum Kochen.

Dem Wohnzimmer folgte die Reinigung des wunderschön cremefarbenen Bades im Erdgeschoss mit großer Eckbadewanne.

Wie es so frisch geputzt wohl roch? Mit tiefen Atemzügen versuchte ich, den Duft zu erhaschen, doch das blubbernde Wasser verhinderte jegliches Durchkommen. Stattdessen nahm ich den Duft des Gummis meiner Gasmaske wahr, der meine Nippel steif werden ließ.

Auf Knien putzend kontrolliert und unterdrückt zu sein versetzte mich in erotische Spannung.

Der Blick auf die Baduhr katapultierte mich in die Realität zurück. Hatten wir wirklich zwei Stunden für das Bad, die Küche und das Wohnzimmer gebraucht? Ich tippte Ann-Kathrin an und sie sah erschrocken auf die Zeit.

Hatte ich bisher eher gemächlich gearbeitet, so versuchte ich nun, die Treppe und den Flur trotz der starken Ablenkung durch meine kochende Erregung, schneller zu putzen.

Kaum hatte ich damit begonnen, wurde mir heißer. Und mir fiel auf, dass der Widerstand der Flasche verhinderte, dass ich schneller atmen konnte. Um nicht zu ersticken, setze ich mich und wartete, bis ich mich beruhigt hatte und wieder ausreichend Luft bekam.

Das Erdgeschoss war fertig. Wir würden nun zum ersten Mal das obere Stockwerk betreten.

Neugierig blickte ich mich in dem Dank vieler Dachfenster angenehm hellen Flur im ersten Stock um und sah, dass er nur drei Türen hatte.

Hinter der ersten Tür lag ein riesiges Schlafzimmer. Durch die vielen, dünnen, weißen Vorhänge, das mit hellen, zarten, rosa Stoffen bespannte Himmelbett und das sanft einfallende, helle Tageslicht hatte der Raum etwas Himmlisches.

Wir begannen zu putzen und die Reibung der Reiznoppen in meinem Schritt ließ die Luft erotische Funken schlagen. Ich begann zu zittern. Schweiß sammelte sich unter meiner engen Latexhaut, während die Gläser meiner Gasmaske beschlugen, sodass ich kaum mehr etwas erkennen konnte. Ich explodierte schier, und doch konnte ich mir bei unserem Arbeitstempo keine Pause leisten.

Meine Geilheit machte mich zusehends unkonzentrierter, ich vergaß Sachen und arbeitete langsamer.

Ich stand kurz vor einem Höhepunkt, der nur darauf wartete, dass ich mich meinen Gefühlen komplett hingab. Nur mein Pflichtbewusstsein ließ mich noch mehr schlecht als recht weiterarbeiten. Doch je mehr Zeit verging, desto schwieriger wurde es.

Meine Lust erreichte ein gigantisches Ausmaß. Unerbittlich reizten die Noppen meine Lustperle.

Wie fremdgesteuert glitten meine Latex umhüllten Hände über meinen vollkommen gummierten Körper und berührten meine hochsensiblen Brüste. Meine Emotionen begannen, meinen Körper wie eine Welle zu überrennen.

Ich verlor die Kontrolle. Wild bebend sank mein Körper auf das eben noch von mir frisch bezogene Bett.

Meine Geilheit durchzog mich mit einer nie da gewesenen Wucht.

Mein Zeitgefühl war vollkommen verloren und ich fühlte mich inmitten eines über Stunden dauernden Höhepunktes.

Lauthals stöhnte ich die Wellen orgastischer Energie aus mir heraus. Der glitschige Saft meiner Möse erhitze meinen Schritt, als die Lust langsam abebbte.

Meine Haut war übersensibel und jede noch so kleine Berührung fühlte sich beinahe schmerzhaft an. Völlig erschöpft versuchte ich, mich aufzurichten.

Die Noppen reizten meinen stark durchbluteten Kitzler und ließen mich vor Schmerzen zusammenzucken.

Langsam kehrte mein Verstand zurück und ich erblickte Ann-Kathrin, die in einem bequemen Korbsessel saß und mich beobachtete. Sie strich mit ihren Händen über ihren Körper. Ich stand auf, brachte das Bett so gut es ging wieder in Ordnung und lief aufgewühlt mit Ann-Kathrin in den nächsten Raum.

Auch er verbarg ein Schlafzimmer, welches jedoch eher aus einem schlechten achtziger Jahre Film entsprungen zu sein schien. Das große Doppelbett aus hellem Holz und der die gesamte Wand bedeckende Schrank wurden durch auf beiden Nachttischchen befindliche Radiowecker mit heller, roter LED Anzeige komplettiert. Eifrig putzten wir auch dieses Zimmer und liefen dann in Richtung Bad.

Kaum hatte ich die Tür geöffnet, musste ich vor Begeisterung nach Luft schnappen.

Wie gern ich in der Wanne mit Sprudeldüsen ein Bad genommen hätte, um dann in die angrenzende Sauna zu verschwinden. Schnell holte ich mich ins Hier und Jetzt zurück. Wir mussten fertig werden.

Irgendwann hatten wir es tatsächlich geschafft und mussten uns nur noch um unseren Wohnbereich kümmern.

Wir liefen die Treppe herunter und sahen durch die geöffnete Wohnzimmertür Natalie und Mareike, die sich angeregt unterhielten. Sie bemerkten uns gar nicht, als wir an der Wohnzimmertür vorbeigingen.

Kaum war alles bis auf die Nasszelle fertig, kam Natalie, um nach uns sehen.

»Ihr seid ja immer noch nicht fertig. Ich bin sprachlos«, rief sie, zückte das Notizbuch und verschwand.

Als wir endlich alles geschafft hatten, liefen wir eilig ins Wohnzimmer.

»Besser spät als nie. Kommen wir zur Kontrolle.« Natalie begann mit der Inspektion, während wir schweigend in einer Ecke des Wohnzimmers zurückblieben.

Zu stehen war für meine Zehen mittlerweile eine Qual, wann kam ich endlich aus den Schuhen?

Ich sah Natalie zu, wie sie alles inspizierte und eifrig Notizen machte.

»Die Sauberkeit vom ersten zum letzten Raum lässt nach. Ich stelle einen Mangel an Gewissenhaftigkeit fest.« Natalie sah Mareike an und würdigte uns keines Blickes.

188

»Für heute seid ihr fast fertig. Packt noch unsere Sachen in den Koffern in die Kleiderschränke im Zimmer mit dem Himmelbett. Um eure Kleidung kümmern wir uns.« Natalie sah uns ernst an.

Ich schluckte. Auch das noch. Ich wollte doch aus den Schuhen raus. Es half nichts, ich biss meine Zähne zusammen und wir machten uns ans Werk.

Um Mitternacht hatten wir endlich alle Aufgaben erledigt. Ich war fix und alle.

»Was meinst du Natalie, lassen wir die beiden endlich schlafen gehen?«, fragte Mareike frech.

»Die Konsequenzen für die heutigen Fehler vertagen wir ohnehin, also los, folgt mir in euer Badezimmer.« Natalie ging voraus.

Ich musterte Ann-Kathrin durch meine Maske. Mir fehlte eine andere Meinung, auch wenn ich meine inneren Selbstgespräche immer mehr genoss und sie mir halfen. War ich etwa auf dem Weg, meine eigene beste Freundin zu werden?

Im Bad angekommen öffnete Natalie die Schlösser an unserer Kleidung. Ein befreiendes Gefühl machte sich in mir breit, als ich endlich die Stiefel ausziehen konnte, auch wenn ich nun barfuß auf den kalten Fliesen stand.

Natalie und Mareike wiederholten das Waschritual von heute Morgen. Als ich mich mit dem Minihandtuch endlich abgetrocknet hatte, wollte ich nur noch ins Bett.

»Ab in eure Zimmer!« Mareike lief in den Flur.

Ich betrat vollkommen nackt den winzigen, fensterlosen Raum.

Die flackernde Glühbirne nervte und ich hoffte, sie würde möglichst bald den Geist aufgeben.

Bis zum Kopf zog ich die Latexbettdecke über mich. Die Wärme tat so gut und es fiel es mir schwer, die Augen offen zu halten.

Ich kämpfte gegen meine Müdigkeit, zu der sich ein großer Hunger gesellte. Plötzlich hörte ich, wie Ann-Kathrins Tür ins Schloss fiel.

Natalie stellte mir, ohne ein Wort zu verlieren, ein graues Tablett mit zwei Sandwichs und einem Glas auf den Boden und verschloss auch meine Tür.

Hastig schlang ich das Abendessen in mich hinein und trank einige Gläser Wasser aus dem Hahn. Ich hatte ja den ganzen Tag nichts getrunken.

Mit einem Mal hatte ich das Bedürfnis, nachzusehen, ob ich wirklich eingeschlossen war. Ich sammelte meine letzten Kräfte, lief zur Tür und drückte mich dagegen. Nichts tat sich, ich war gefangen.

Gefangen an einem Ort, den ich nicht kannte. Inmitten der Natur, fernab der Zivilisation. Mir wurde flau im Magen.

Aber Simon vertraute Mareike und Natalie. Und ich vertraute Simon. Außerdem liebte ich jede der neuen Erfahrungen, die ich bisher gesammelt hatte. Alles war gut. Beruhigt schlief ich ein.

Sportliche Betätigung

Nach wenigen Stunden Schlaf erwachte ich unsanft und noch sichtlich erschöpft aus meinen Träumen, als plötzlich das Licht anging und Mareike im Raum stand.

»Aufgestanden Faulpelz!« Sie zog ruckartig meine Decke weg.

Mit müdem Blick sah ich sie in einem langen, schwarzen Latexkleid und spitzen Stiefeln mit dünnen, hohen Metallabsätzen vor mir. Ihr Anblick erinnerte mich an eine Domina.

»Putz deine Zähne, iss und sei in einer halben Stunde im Bad!« Sie stellte ein Tablett mit Kaffee und zwei Brötchenhälften mit Erdbeermarmelade auf den Boden.

Vor lauter Hunger schmeckte mir sogar der viel zu starke Kaffee trotz fehlender Milch. Hastig aß ich mein Frühstück und fand mich pünktlich auf die Sekunde in unserer Nasszelle ein.

Der starke Kaffee brachte zusammen mit der eiskalten Dusche meinen Kreislauf schnell auf Touren. Ohne Murren ließ ich die Reinigung mit eiskaltem Wasser über mich ergehen.

Kaum hatte ich mich mit dem winzigen Handtuch abgetrocknet, reichte Mareike mir das Silikonöl und eine schwarze Latex Hotpants mit schwarzen Latex Sport BH.

Statt weiterer Latexkleidung gab sie mir ein Paar schwarzer Turnschuhe und rief anschließend Ann-Kathrin zu sich.

Wenige Minuten später stand auch Ann-Kathrin in Hotpants und Sport BH vor mir. Sie hatte einen wahnsinnig tollen Hintern in den Pants. Ob ich da wohl mithalten konnte? Prüfend sah ich meinen Hintern an und strich darüber.

»Natalie wird's schon richten.« Mareike hatte meine kritischen Blicke bemerkt. Sie ging los, um Natalie zu holen.

In ihrem weißen, knallengen Tenniskleid aus Latex hatte Natalie einen Wahnsinnskörper und tolle Bauchmuskeln. Ihre Beine waren durchtrainiert. In ihrer Hand hielt sie eine Reitgerte.

»Ab jetzt gibt es vier Mal in der Woche Sport. Das ist gesund und macht einen sexy Körper. Folgt mir!« Natalie zwinkerte uns zu.

Wir liefen die Treppe hinauf in den ersten Stock, wo Natalie mit einem an einem Stab befestigten Haken die Treppe zum Dachboden aus einer Tür an der Decke herunterließ.

Ich rechnete mit viel Staub, Dreck und herunterhängenden Isoliermatten, doch ich wurde eines Besseren belehrt. Wir betraten einen sauberen, komplett ausgebauten Dachstuhl.

Er hatte beinahe die Größe eines Fitnessstudios. Dutzende Gewichte, Hometrainer, Rudergeräte und Laufbänder standen darin.

In den letzten Jahren hatte ich Sport reichlich vernachlässigt, dennoch glaubte ich, dass die meisten Übungen mir nicht allzu viel anhaben konnten. Doch mein bis dato noch herrschendes Selbstbewusstsein über meinen körperlichen Fitnesszustand sollte schon bald auf eine harte Probe gestellt werden.

»Lasst uns herausfinden, wie fit ihr seid!«

Während Natalie uns einige Dehnübungen zeigte, stand Mareike aufmerksam mit einem Notizblock hinter uns und beobachtete, ob wir die Übungen auch richtig absolvierten.

Man sah, woher Natalie ihren durchtrainierten Körper hatte, als sie uns vollkommen routiniert durch die Übungen führte.

Ich spürte Natalies Reitgerte auf meinem Körper. Sie strich über meinen Schritt und meinen Hintern und war bereit, bei einem Fehler sofort zuzuschlagen.

Vor der Gerte hatte ich großen Respekt und strengte mich daher doppelt an. Es war ein ambivalenter Zustand. Denn neben Respekt erzeugte die Gerte zwischen meinen Beinen auch eine gewisse Erregung.

Bei den Liegestützen merkte ich, dass meine körperliche Fitness weit weniger gut war, als ich dachte. Kaum hatte ich zehn hinter mich gebracht, ging mir die Kraft aus und ich stoppte.

Nur Sekunden später knallte die Gerte fest auf meinen Hintern und ein Lustschmerz durchzog meinen Körper.

»Streng dich gefälligst mehr an«, fauchte Natalie, während Mareike etwas in ihr Buch notierte.

Mit letzter Kraft beendete ich die Einheit und folgte Natalie aufs Rad.

Drei Stunden später beendete Natalie das Training schließlich.

»Euch fehlt es sowohl an Kraft als auch an Ausdauer. Und eindeutig an Motivation. Ich bin gar nicht zufrieden.«

War ich wirklich nicht an meine Leistungsgrenze gegangen? Ich hatte mich doch so angestrengt. Aber wenn ich ehrlich war, hatte Natalie recht. Ich war immer nur so weit gegangen, bis es anstrengend wurde, und hatte dann aufgegeben. Meine Grenzen hatte ich sicher nicht erreicht. Ich musste meine sportliche Einstellung überdenken. Und in dem Zuge gleich die zu meinem Leben.

Wir wurden gereinigt und in unsere Zimmer geschickt. Zu meiner großen Verwunderung gab es ein richtiges warmes Mittagessen mit Fleisch. Ich genoss jeden Bissen, legte mich erschöpft auf mein Bett und schlief ein.

»Der Fitnessraum muss gereinigt werden, den Rest des Tages habt ihr frei. In einer Minute sehe ich dich oben«, weckte Mareike mich unsanft.

Ich hatte wirklich dringend Erholung nötig, das Sportprogramm hatte mich geschafft.

Als der Fitnessraum gereinigt war und ich in mein Zimmer kam, brauchte ich daher keine Minute, um wieder in einen tiefen Schlaf zu sinken.

Meditationsstunden

Es hämmerte an der Tür, bevor sie sich mit einem Ruck öffnete und das helle Licht mich aus dem Schlaf riss.

»Aufgestanden! In einer halben Stunde sehen wir uns im Bad.« Mareike stellte das Frühstückstablett auf den Boden.

Frisch gereinigt, abgetrocknet und mit Silikonöl besprüht stand ich in der Ecke der Nasszelle und begann, das neue Outfit anzuziehen. Jeder Muskel meines Körpers schmerzte vom Sport.

Glitschig vom Silikonöl glitten meine Beine in den Krageneinstieg des aus dünnem, schwarzem Latex gefertigten, im Schritt offenen Catsuits.

Lust füllte meinen Körper, als ich den riesigen Analplug sah. Mit ausreichend Gleitgel massierte ich meinen Hintern und ließ erregt meinen Zeigefinger in mich gleiten. Ich nahm den Plug in die Hand, beugte mich vor und begann, ihn in mich zu drücken. Für einen kurzen Augenblick stockte mein Atem, als die dickste Stelle sich ihren Weg bahnte. Zügig flutschten die restlichen Zentimeter in mich, als mein Schließmuskel eng die Verjüngung des Plugs umklammerte.

Schnell zog ich den blauen, zweiten Catsuit über meinen Körper, bis schließlich die nachgebildeten Latexschamlippen mit kondomloser Öffnung eng in meinem Schritt saßen.

»Das israelische Gasmaskenmodell Nr. 4 steht dir.« Mareike zog den Reißverschluss von meinem Kopf hinunter bis zu meinem Steißbein. Die Enge der Maske lies lustvolle Energie in meinem Körper ansteigen.

Mareike befestigt einen langen Atmungsschlauch an meiner Gasmaske.

Auf den spiegelnden Edelstahloberflächen sah ich meinen Anblick. Eine Mischung aus Alien und Elefant mit langem Rüssel. Nicht sexy, doch je länger ich mich so sah, desto mehr gefiel mir der Anblick und ließ mich zugleich in meiner Fantasie Achterbahn fahren.

»Du wirst nun genug Zeit bekommen, über deine Verfehlungen nachzudenken. Sieh es als Chance, dass du es ohne Ablenkung tun kannst. Komm mit!« Mareike lief voraus in Richtung des winzigen Raumes am Ende des Flurs.

Sie öffnete die Tür und ich spürte Angst in mir aufkeimen.

»Wie lang du in diesem Raum bleibst, wird von der Zahl deiner Verfehlungen abhängen. Denk in Zukunft also gut darüber nach, ob du nicht lieber mit mehr Bedacht handelst. Wir können dir hier viel Zeit zum Nachdenken verschaffen.« Sie schob mich in den Raum.

Ich konnte in dem Raum nur stehen. Es war nicht möglich, die Arme auszustrecken, aber zumindest bewegen konnte ich sie. Auf den Fliesen des Bodens befand sich in der Mitte ein kleiner Abfluss.

Mareike begann, den Schlauch meiner Gasmaske an einem Schraubgewinde in der Wand zu verschrauben.

»Bekommst du Luft?« Ich nickte.

»Mit dieser Fernbedienung kannst du uns im Notfall rufen. Du musst den Knopf drei Sekunden drücken.« Sie befestigte die Fernbedienung an meinem Handgelenk. »Ich denke, ich muss dir nicht erklären, was kein Notfall ist«, zischte sie.

»Du wirst in vollkommener Dunkelheit sein. Die Tür ist schall- und lichtdicht. Siehst du den Abfluss im Boden?« Wieder nickte ich. »Wenn es nicht mehr geht, lass laufen.« Die Tür schloss sich.

Wie angewurzelt stand ich in dieser winzig kleinen Kammer. Stille und Dunkelheit umfingen mich. Nur das Geräusch der Luft, die ich durch den Schlauch sog, durchbrach die Stille.

Angst breitete sich in mir aus und wandelte sich in Panik. Sollte ich den Knopf drücken? Tief ein und ausatmen. Mareike hatte mir deutlich klar gemacht, dass Aufgeben für sie kein Notfall war.

Meine Beine zitterten. Ich war in Sicherheit, versuchte ich mir klarzumachen. Wenn es wirklich einen Notfall gab, konnte ich Hilfe rufen. Ich musste vertrauen, ich konnte vertrauen. Meine Atmung beruhigte sich langsam.

Dunkelheit und Stille ließen mich jegliches Zeitgefühl verlieren.

Ruhig stand ich da und versank mehr und mehr in Gedanken. Mit einem Mal wechselte die Angst sich in Lust.

Die Situation erzeugte tatsächlich Lust in mir und ich begann, mich wohlzufühlen.

Meine Gedanken schweiften in eine hypnotische Trance ab. Außer mir und der Stille schien nichts zu existieren.

Schweiß sammelte sich im engen Latex und begann, meine Haut aufzuweichen. Das ausdauernde Stehen machte sich an meinen Fußballen bemerkbar.

Ich hatte das Gefühl, verrückt zu werden. Einatmen, ausatmen. Langsam aber sicher wurde mir klar, dass ich keiner realen Bedrohung ausgesetzt war. Meine Fantasie spielte mir einen Streich.

Plötzlich kam mir eine Idee: Wenn negative Emotionen so was können, dann sollte es doch auch mit positiven funktionieren.

Mit aller Kraft versuchte ich, mich an schöne Momente zu erinnern. Nur Sekunden später begann mein Körper, vor Glück zu kribbeln.

Es klappte. Warum war mir die Idee nicht früher gekommen? Und warum sollte es nicht auch im Alltag möglich sein? Ich selbst war meines Glückes Schmied. Nicht nur durch mein Handeln, auch durch meine Gedanken.

Wie oft ließ ich mir Chancen aus Angst entgehen? Und nie war sie real.

Ich reflektierte mein Leben und stellte mir Situationen vor, die ich aus Angst gemieden hatte. Ich überlegte, wie sie geendet wären, wenn ich Mut bewiesen hätte.

Die Erkenntnis durchfuhr mich wie ein Blitz. Die Betrachtung der gleichen Situation mit einem anderen Gefühl zeigte mir, dass meine Angst nie real gewesen war. Schon jetzt bereute ich die vielen verlorenen Chancen.

Auf der anderen Seite merkte ich, wie oft ich im Übermut gefährlich oder fahrlässig gehandelt hatte. Beim Kennenlernen mit Simon zum Beispiel. Alles war gut gegangen, aber einfach so zu einem fremden Mann zu ziehen hätte auch anders enden können. Das würde mir nie wieder passieren.

Die Fähigkeit, mich so in Situationen einzufühlen und sie durchzuspielen würde mir von nun an die Möglichkeit geben, freier zu entscheiden.

Genug übers Leben gegrübelt. Um mir die Zeit in der Dunkelheit nun etwas zu versüßen, dachte ich an heiße Momente meiner Vergangenheit. Mein Körper füllte sich mit lustvoller Erregung.

Ich griff mit gummierten Händen in meinen Schritt. Sanft kreisten meine Finger über meinen von feuchter Lust umgebenen Kitzler. Die Luft begann zu brennen, als ich meine Finger in mich gleiten ließ.

Ein Höhepunkt bahnte sich an, als ich mit meinen Händen begann, meine Brüste und ihre erregt abstehenden Brustwarzen zu massieren.

Im Rausch meiner Lust vergaß ich, wo ich war. Mein Atem wich lustvollem Stöhnen und Zittern erfasste meinen Körper, ich schrie meinen nicht enden wollenden Orgasmus heraus.

Gefühlte drei Stunden später sank ich erschöpft in die Hocke.

Erschrocken fuhr ich zusammen, als ich mit einem Mal einen winzigen Streifen Licht durch die Tür fallen sah.

»Ich öffne langsam die Tür. Mach die Augen zu und nur vorsichtig wieder auf, um dich an das Licht zu gewöhnen.«, ertönte Mareike durch den kleinen Türschlitz.

Sie öffnete behutsam die Tür. Bereits das wenige Licht blendete mich extrem und ich kniff die Augen zu einem kleinen Spalt zusammen.

Nur zögerlich schlug ich die Augen auf und erblickte Mareike. Ohne große Worte löste sie den Atmungsschlauch von dem Gewinde in der Wand und von meiner Gasmaske.

Ich folgte ihr in die Küche, in der noch das ganze Geschirr und die Tabletts vom Frühstück standen. Mareike nahm mir die Fernbedienung vom Handgelenk.

»Ann-Kathrin hat oben geputzt. Auf dich warten das Erdgeschoss, euer Wohnbereich und die Wäsche. Mach dich an die Arbeit.«

Die Stunden in der kleinen Kammer hatten mich ganz schön erschöpft. Meine Oberschenkel schmerzten vom langen Stehen.

Gemütlich begann ich mit der Reinigung und arbeite mich vom Wohnzimmer durch die Küche in unseren Wohnbereich. Die Tür zu der kleinen Kammer war geschlossen und durch die Luftöffnung in der Wand hörte ich Ann-Kathrin atmen.

Während ich unsere Schlafkammern reinigte, lauschte ich ihrem Atem. Die ersten Minuten war er hektisch, wurde aber zunehmend gleichmäßiger. Ich konnte mir lebhaft vorstellen, was sie gerade durchmachte und erlebte.

Als ich gerade mit der Reinigung der Latexkleidung fertig war, kamen Natalie und Mareike zu mir. »Ich werde nachsehen, wie gut du gearbeitet hast und du folgst Natalie«, befahl Mareike mir.

Natalie führte mich in die Nasszelle. »Zieh dich aus, leg den Plug ab und zieh das hier an!« Sie reichte mir die Hotpants, den BH und die Turnschuhe von gestern. »Wir machen einen Ausdauerlauf.«

Wir verließen den Bauernhof und liefen über kleine, wenig befestigte Feldwege, vorbei an Äckern, in einer großen Runde um den Bauernhof.

Mein Schweiß floss in Strömen, obwohl ich kaum etwas trug und es höchstens fünfzehn Grad hatte. Der Lauf brachte mich an meine sportlichen Grenzen.

»Ausziehen!« Wir waren wieder am Haus und Natalie deutete auf meine Füße.

Ich stülpte die schlammigen Schuhe ab und folgte Natalie barfuß in den Fitnessraum. Ein erneutes Krafttraining stand an.

»Du warst schwächer als gestern«, ließ Natalie mich nach der Einheit wissen. »Morgen trainieren wir erneut. Nun geh deine Schuhe putzen!«

Mittlerweile wurde es draußen schon dunkel. Als alles erledigt und ich gewaschen war, kehrte ich für mein Abendessen in mein Zimmer zurück. Ann-Kathrins Atem klang noch immer durch die Lüftung.

»Nun kommt Ann-Kathrin an die Reihe.« Natalie verschloss die Tür hinter mir.

Ich legte mich ins Bett und kaum hatte ich mich zugedeckt, schlief ich erschöpft ein.

Der Weinkeller

Als Mareike mich weckte, schmerzte mein ganzer Körper dank des intensiven Sportprogramms. Wie sollte ich heute nur noch eine Einheit überleben? Langsam trottete ich in die Nasszelle.

Ann-Kathrin stand bereits dort und ich gesellte mich zu ihr, als Natalie den Raum betrat. Sie trug ein sportliches Tenniskleid aus olivgrünem Latex, das ihren durchtrainierten Körper perfekt zur Geltung brachte. Ich wurde richtig neidisch.

»Bereit für die nächste Sporteinheit?« Zeitgleich nickten wir, in Wahrheit war mir alles andere als nach Sport zumute.

Das Sportprogramm fiel mir deutlich schwerer als gestern, meine Muskeln brannten. Akribisch notierte Natalie unsere Leistungen, ohne eine Wort zu verlieren, bis unser Training schließlich zu Ende war.

»Morgen wird regeneriert, sonst kommt ihr gleich zu Beginn ins Übertraining«, erklärte sie.

Zum ersten Mal erfreute ich mich am eiskalten Nass der Dusche. Leider hielt die Freude nur Sekunden an, bevor es wieder unangenehm wurde.

Natalie geleitete uns in unsere Zimmer und schloss die Türen. Genüsslich verschlang ich das Sandwich, das auf dem üblichen Tablett auf mich wartete, und schlief kurz darauf übermüdet ein.

Als ich wieder erwachte, fiel mein Blick gedankenverloren an die Wand. Auch wenn mein Muskelkater schmerzte, so fühlte ich mich doch zufrieden. Ich dachte weder an die Zukunft noch an die Vergangenheit. Die Gegenwart war alles, was für mich zählte. Das und der sehnliche Wunsch, jeden Moment mit allen Sinnen zu genießen.

Mit einem Klopfen wurde ich aus meinen Gedanken gerissen. Kaum eine Sekunde später öffnete sich die Tür. Mareike kam in einem knielangen, roten Latexkleid mit schwarzen, hochhackigen Pumps in mein Zimmer.

»Kommst du?« Mareike lief in die Nasszelle und ich folgte ihr. »Über dem Bügel hängen deine Sachen.« Sie griff zum Silikonöl und sprühte mich ein.

Ich griff mir den schwarz glänzenden Catsuit und betrachtete ihn vor dem Anziehen. Mir gefiel, was ich sah. Neben den üblichen Gadgets wie Handschuhe und Maske hatte er zwei in seinem Inneren angearbeitete Kondome.

Als meine Beine in das Latex eintauchten, erinnerte ich mich daran, einen ähnlichen Anzug auf der Party in Berlin getragen zu haben. Ich wurde feucht.

Ich füllte Gleitgel in mich ein, bevor ich mich komplett anzog. Mareike sah mir zu und half mir beim Reißverschluss.

Ungeduldig reichte sie mir einen Dildoslip mit einem innen liegenden Vaginal- und Analdildo. Wortlos sah sie zu, wie ich die beiden Dildos mit etwas Gleitgel bestrich und sie langsam von beiden Seiten in mich kommen ließ. Als ich sie in ihrer kompletten Größe in mir spürte, stockte mein Atem.

»Hier, deine Schuhe«, drängelte Mareike. Einen Moment später stand ich schließlich um zwanzig Zentimeter gewachsen in meinen schwarzen, kniehohen Plateaustiefeln vor ihr.

»Folg mir!« Wir gingen in den Flur zu einer Tür, von der ich mich schon oft gefragt hatte, was sie verbarg.

Mareike schloss sie auf und wir blickten auf eine Kellertreppe.

»Pass bitte an der Treppe auf, sie ist recht alt.«

Mit kleinen Schritten lief ich die bröselige Steintreppe hinunter und hielt mich dabei am Geländer fest.

Das schwache Kellerlicht passte zu der düsteren Ausstrahlung des Raumes, in den wir gelangten. Es roch nach morschem Holz. Überall in den Ecken hingen staubige Spinnweben und die Decken waren mindestens fünf Meter hoch. Einzig einige steinige Mauern beschränkten die Sicht durch den Raum. Es war ein Weinkeller. Nicht zuletzt wegen der Kühle war es kein Ort, an dem ich ewig bleiben wollte, wenngleich auch eine gewisse Erotik vom Ambiente ausging.

»Zieh das an!« Sie hielt eine Zwangsjacke aus schwerem Leder in der Hand, die sie aus einem der staubigen Holzschränke geholt hatte.

Ich schluckte, folgte aber ohne Zögern. Mareike schnürte die Lederriemen eng zusammen und befestigte sie in den Schnallen, sodass ich mich keinen Millimeter mehr bewegen konnte.

Meine Hände waren auf meinem Rücken fixiert und das hohe Gewicht des schweren Leders brachte mich auf meinen hohen Absätzen fast ins Wanken.

Nur mit viel Muskelanspannung konnte ich mich stabilisieren. Als Mareike an meinen Oberschenkeln und Knöcheln Lederfesseln befestigte, wurde mein Schritt feucht.

»Kannst du mir vertrauen und dich mir hingeben?«
Ich bekam eine Gänsehaut, als mein Körper vor Schreck erschauderte. Doch mein Herz antwortet für mich. Ich nickte.

»Gut.« Mareike zog eine eigenartig aussehende Latexmaske ohne Augen- und Nasenöffnungen mit einem kleinen Atemröhrchen am Mund hervor und begann, sie mir überzuziehen.

»Wenn ich sie gleich über deinen Mund gezogen habe gib mir Bescheid, wenn du keine Luft bekommst!« Ich nickte erneut.

Ein leicht erhöhter Widerstand beim Atmen ließ meine Erregung wachsen. Mareike befestigte den Riemen der Maske, der einem breiten Halsband glich, in der Schnalle.

»Ich werde dich nicht mehr fragen, ob alles gut ist. Sollte etwas wirklich Wichtiges sein, sag »Stopp« und ich höre auf.«

Meine Emotionen kochten vor Neugier, bis mich ein lautes, brummendes Geräusch vor Angst zusammenzucken ließ.

Mareike machte sich an meiner Maske zu schaffen.

Unmittelbar an meinem Kopf ertönte plötzlich ein lautes Zischen und ich bemerkte einen Druck, als würde mein Kopf zusammengedrückt werden. Fest presste sich das Innere Latex an mein Gesicht. Ich konnte spüren, wie sich der Rest wie ein Luftballon ausdehnte.

Abrupt stoppte das Zischen. Mein Kopf musste riesig sein. Jedes Geräusch von außen hallte laut im Inneren der Maske.

Ich fühlte mich wie in einem anderen Universum, das nur aus Gummi bestand. Mein Körper begann zu kribbeln.

Ich vernahm ein Klicken. Dem Geräusch nach zu urteilen ein Karabinerhaken, den Mareike an meinem Rücken befestigte.

Es war wieder still. Das einzig hörbare Geräusch war das Klackern ihrer Absätze.

Plötzlich vernahm ich ein Surren ähnlich eines Elektromotors und das Klimpern von Metallketten erfüllte den Raum. Mit einem Ruck verlor ich den Boden unter den Füßen. Etwas zog mich an der Zwangsjacke nach oben.

Mein Herz begann, schneller zu schlagen. Wenn das Leder der Jacke mich nicht halten könnte, würde ich ungebremst auf den Boden knallen.

Unerwartet stoppte der Elektromotor und eine gespenstische Stille kehrte ein. Wie hoch hang ich wohl? Einen Meter? Fünf?

Blut rauschte in meinen Ohren. Die Angst, durch meine Bewegungen ins Pendeln zu geraten und abzustürzen lähmte meinen Körper. Ich bewegte mich keinen Millimeter.

Auf einmal spürte ich, wie zwei Hände den Dildoslip vorsichtig nach unten zogen, bis die beiden Dildos mit einem lauten Ploppen aus mir herausfielen. Über meine Stiefel zogen die Hände den Slip schließlich aus. Ein lautes metallisches Klimpern gefolgt vom Klicken eines Karabinerhakens ertönten an meinen Knöcheln und auf einer Höhe einige Zentimeter über meinem Steißbein.

Was hatte das alles nur zu bedeuten? Der Elektromotor setzte wieder ein und ich hielt den Atem an. Mit einem Ruck wurde ich an den Beinen in die Waagerechte gezogen. Wehrlos spürte ich, wie ich mit gefesselten Händen nach vorne überkippte.

Mein Herz raste panisch, die Maske machte mein hektisches Atmen zu einer Qual. Einzig die Hoffnung, dass alles gut ging, und das Vertrauen in Mareike verhinderten, dass ich völlig verrückt vor Angst wurde.

Ich war Mareike ausgeliefert.

Mit einem Mal griff sie fest an eine meiner Pobacken und entzündete damit eine warme Glut in mir.

Meine Gedanken wandelten sich von Angst in genießende Demut. Ich ließ mich treiben. Wie schon so oft in den letzten Monaten war ich frei von Verantwortung.

Kräftig knetete Mareike meine Pobacken. Mit ihrem Zeigefinger strich sie über das Latex an meinem Po, bis dieser vollkommen widerstandslos tief in mir versank.

Lustvoll kribbelte mein Körper, als sie auch ihre anderen Finger hinzunahm. Mit der anderen Hand streichelte Mareike meine glühende Lustperle und drang auch vorne mit mehreren Fingern in mich ein.

Pendelnd schwang mein Körper in der vor Erotik knisternden Luft.

Ein zischender Schlag mit der flachen Hand auf mein vom Latex überzogenes Hinterteil ließ das Feuer in mir noch heller brennen und beendete zugleich die Serie ihrer angenehmen Berührungen.

Zwei sich berührende Metallrohre erklangen und ließen meine Neugierde wachsen.

Sanft, aber bestimmt zog sie meine Oberschenkel auseinander und befestigte etwas an den Lederfesseln. Es fühlte sich wie eine Stange an, die meine Beine gespreizt auseinanderhielt.

Der Gedanke, ungeschützt von beiden Seiten begehbar zu sein, ließ ein tief erregendes Gefühl der Demut in mir anwachsen.

Erneut glitten Mareikes Hände über meinen Körper. Sanft strich sie von den Waden über meine Oberschenkel bis hinauf zu meinen Pobacken. Meine Lust wuchs, als hätte sie einen imaginären Regler auf die höchste Stufe geschoben.

Unmittelbar an meiner aufgeblasenen Maske hörte ich ein weiteres Mal das klickende Geräusch eines Karabinerhakens. Es folgte das Geräusch eines Seiles, welches durch Metallringe gezogen wurde. Ich spürte einen sanften Zug an meinem Kopf, der auch ihn in die Waagerechte brachte.

Mit einem Mal bahnten sich zwei wirklich große Dildos ihren Weg durch die Latexkondome in mich. Sie drangen in mich ein und füllten mich komplett aus.

Mein Körper wurde durchflutet von Geilheit. Die Luft schlug Funken, als die beiden Dildos begannen, mich mit gleichmäßigen Bewegungen zu penetrieren.

»Viel Spaß mit der Fickmaschine«, lachte Mareike und endlich begriff ich, was mit mir geschah.

Kraftvoll und gleichmäßig kamen die beiden Dildos abwechselnd tief in mich. Das erregte Zittern der Abermillionen Muskeln in meinem Körper wurde mit jeder Sekunde stärker.

Es gab nur noch mich und die Erregung. Die Funken prasselten auf mich ein und raubten mir den Atem. Wie bei der Explosion eines Sternes, einer grell leuchtenden Supernova, dehnte sich der heiße Feuerball meiner Lust in mir aus. Die Schockwelle erfasste meinen gesamten Körper und schließlich meine ganze Welt.

Ungeheure Energien wanderten in einem Beben durch mich und ließen mich jegliche Kontrolle über meinen Körper verlieren.

Mein Herz rannte, während meine Stimme in einem lustvoll erregten Schreien aus mir kam. Hektisch atmend spürte ich meinen Körper in einer noch nie da gewesenen Bewusstheit. Erst ganz allmählich wurden die hell leuchtenden Flammen kleiner und wandelten sich in eine sinnlich entspannte Wärme.

Es war ein perfekter Moment, als die Penetrationen der Dildos schließlich stoppten und ich einfach nur so da hing.

Als Mareike mich schließlich herunterließ, stand ich erschöpft und mit weichen Knien vor ihr. Während sie mich entkleidete, war mein Kopf angenehm gedankenleer und auf das Wesentliche reduziert.

Als ich abends im Bett den Tag Revue passieren ließ, wurde mir klar, wie dankbar ich Simon sein konnte. Er hatte mich aus der Tristesse meines Lebens befreit und mir gezeigt, dass ich meinen Wünschen Gehör schenken und sie leben musste. Überglücklich machte ich die Augen zu.

Sportlicher Ehrgeiz

Hellwach lag ich an diesem Morgen auf der Couch im Wohnzimmer und blickte an die Decke.

Es war einige Zeit ins Land gegangen. Ich hatte keine Ahnung, welcher Tag heute war oder wie lang wir schon auf dem Bauernhof lebten, aber es war mir auch egal.

Ich hatte so viel erlebt und dazugelernt. Das Sportprogramm half mir, nicht nur geistig, sondern auch körperlich frei und vital zu werden.

Zum ersten Mal in meinem Leben liebte ich meinen Körper und verstand mich und meine Gedanken.

Jeden Tag überschritt ich neue Grenzen, die offensichtlich nur in meinen Gedanken existiert hatten. Aber das Wichtigste war, dass ich bei jeder Aufgabe, egal wie anstrengend sie war, großen Spaß empfand und mich glücklich fühlte.

Das in mir Ruhen und Schweigen hatte mir die Chance gegeben, mein eigenes Glück zu finden.

Im Alltag war ich nur selten wirklich aufmerksam mir selbst und meinem Leben gegenüber gewesen. Ich hatte mich mit Internet und Co. davon abgelenkt, mir zuzuhören.

Zum Glück hatte ich mittlerweile gelernt, wie wertvoll ich mir selbst als beste Freundin war. Ich nahm mich jede Sekunde bewusst wahr.

Ob ich das auch in meinem Alltag beibehalten konnte? Umgeben von begrenzten Menschen mit vorgegebenen moralischen Vorstellungen? Und den ganzen Ablenkungen, die die Welt da draußen für mich bereithielt?

Ich stand auf, zog mich an und ging nach draußen. Der Frühling war gekommen und die Natur erwachte aus dem Winterschlaf. Aufmerksam lauschte ich den Geräuschen des Waldes und spürte das Moos unter meinen Gummistiefeln.

Die Frühlingssonne lachte mich an und strahlte mit meinem gelben Catsuit um die Wette. Mareike hatte mir einen täglichen Spaziergang empfohlen. Auch wenn das für mich alte Leute Sport war, hatte ich ihren Rat befolgt und war glücklicher denn je.

Nun wusste ich, wie schön es sein konnte, dem Gesang der Vögel und dem Rascheln des warmen Frühlingswindes in den Blättern der Bäume zu lauschen. Ein tiefer Atemzug der sauberen Luft ließ das Glück in mir weiter wachsen.

Aufmerksam sah ich mich um, als ich auf der Kuppe eines kleinen Hügels stand, der den Blick auf die gesamte Landschaft freigab.

Um mich herum sah ich die blühenden Farben der Pflanzen und beobachtete das noch müde Treiben der Insekten. Der kupferrote Wetterhahn auf dem Dach unseres Bauernhofes blitzte aus der Entfernung in den Strahlen der Sonne auf.

Wie es Simon wohl erging? Ich wünschte mir sehnlich, diesen Augenblick mit dem Menschen, den ich liebte, teilen zu können.

Ich vermisste ihn, aber ich hatte auch gelernt, das Hier und Jetzt zu genießen und so kehrte ich in die

Gegenwart zurück und machte mich auf den Heimweg.

»Zieh dich um, der Sport mit Natalie startet gleich«, empfing mich Mareike an der Tür des Bauernhofes.

Mit Natalie und Mareike verband mich mittlerweile eine tiefe Freundschaft. Und das, obwohl wir nur am Anfang wirklich miteinander gesprochen hatten. Was uns verband war vielmehr ein tiefes Vertrauen und eine Sympathie, die den Raum füllten, wenn wir wortlos Tausende unausgesprochene Worte wechselten.

In einen brustfreien Latexbody gekleidet stand ich kurz darauf Natalie im Fitnessraum gegenüber. Was hatte dieses außergewöhnliche Outfit nun wieder zu bedeuten?

»Die Arbeit scheint sich auszuzahlen.« Natalie strich mit ihrer Gerte über meinen Körper. Die kleinen, durchsichtigen Körperhärchen auf meinem Körper stellten sich auf.

Sie fuhr mit ihrer Gerte sanft unter meine Brust und hob diese leicht an. Anschließend kreiste und strich sie um und über meine Brustwarzen, bis diese vor Erregung begannen, steif abzustehen.

»Das gefällt dir, was?« Mit ihren Fingern drehte und drückte sie leicht schmerzhaft meine Brustwarzen, bevor sie von ihnen abließ und eine Schachtel aus der Kommode holte.

Erleichtert atmete ich auf, ohne zu wissen, was als Nächstes folgen sollte.

Schmerzerfüllt biss ich meine Zähne zusammen, als Natalie ein Metallkettchen mit Krokodilklemmen von meiner linken zu meiner rechten Brustwarze spannte. Lächelnd drehte sie die Schrauben der Klemmen weiter rein, wodurch sich diese fester in meine Haut bissen.

Sanft strich sie über meine Brustwarzen und der Schmerz wanderte weiter durch meinen Körper.

Je mehr ich mich an den unangenehm zwickenden Schmerz gewöhnte, desto mehr begann er, mich zu erregen.

»Ab heute werde ich dir etwas Feuer unterm Hintern machen und dich zu neuen Höchstleistungen antreiben. In dir steckt mehr, als du denkst. Es will nur herausgekitzelt werden.« Natalie hakte mit einem Karabinerhaken eine längere, dünne Metallkette mittig in dem Kettchen ein, das meine Brustwarzen verband.

Schmerzerfüllt verkniff ich mein Gesicht, als ich durch das Eigengewicht der Kette den Zug an meinen Brustwarzen spürte.

Ein quietschender Schmerzlaut kam aus meinem Mund, als Natalie sanft, aber bestimmt an der Kette zog. Sie lächelte zufrieden.

»Ab aufs Laufband mit dir! Ich will dich arbeiten sehen. Mangelt es dir an Motivation, wird das Gewicht an deinen Brustwarzen erhöht. Du siehst mir nicht so aus, als würde dir das gefallen.« Grinsend befestigte sie ein tropfenförmiges Metallgewicht am Kettchen und der Schmerz nahm zu.

Hoffentlich leierten meine Nippel nicht aus. Langsam gewöhnte ich mich zwar an das Gewicht, aber ein konstanter Schmerz blieb. Natalie hatte recht. Um nicht noch mehr Gewicht tragen zu müssen, würde ich mich mehr denn je ins Zeug legen.

Das Laufband startete. Aufmerksam beobachtete Natalie meine Schritte und hielt dabei die Kette in der Hand. Die Geschwindigkeit war auf zehn Kilometer in der Stunde eingestellt, mein normales Pensum.

Durch meine Bewegung pendelte das Gewicht und führte zu einem schmerzhaften Ziepen.

Mit einem Mal erhöhte Natalie die Geschwindigkeit auf fünfzehn Kilometer, was mich körperlich sichtlich forderte. Sie begann, mich kritisch zu mustern und straffte die Kette. »Das kannst du besser«, gab sie mir zu verstehen.

Zum Schmerz in meinen Brustwarzen gesellte sich Schmerz in meinen Beinen. Natalie verlangsame das Band auf zehn Kilometer und ich atmete erleichtert aus.

Viermal noch wiederholte sich das gleiche Spiel, doch bereits nach dem zweiten Mal war ich so erschöpft, dass ich mich kaum auf dem Laufband halten konnte.

Natalie zeigte keine Gnade, wenn ich zu versagen drohte, erhöhte sie den Zug an der Kette. Durch den Schmerz wurde die Anstrengung irgendwann zweitrangig und ich mobilisierte meine letzten Kräfte, um Natalie dazu zu bringen, den Zug zu verringern.

Am Ende meiner Kräfte biss ich meine Zähne zusammen und rannte gegen den Schmerz und die Anstrengung an, bis das Laufband endlich langsamer wurde.

»Lauf ganz langsam aus und bleib nicht gleich abrupt stehen«, riet Natalie mir.

Am liebsten wäre ich direkt vom Band gesprungen und hätte mich erschöpft auf den Boden geworfen. Aber ich folgte gehorsam und lief langsam aus.

Kaum hatte Natalie die Klemmen von meinen Brustwarzen gelöst, ballte ich schmerzerfüllt meine Fäuste. Der Schmerz, nachdem sie weg waren, überbot den Schmerz, als Natalie daran zog, um Längen.

Es dauerte mehrere Minuten, bis er nachließ und meine Brustwarzen nur bei unmittelbarer Berührung schmerzten. Auch meine Atmung hatte sich wieder normalisiert und langsam aber sicher erholte ich mich wieder.

»Trink erst mal was!« Natalie reichte mir Wasser. »Hättest du vorher geglaubt, dass du so etwas leisten kannst?« Erschöpft schüttelte ich den Kopf.

»Nun noch ein paar Kraftübungen und dann hast du den Rest des Tages frei.«

Jeder Muskel meines Körpers schmerzte, als ich nach dem Sport und der diesmal wirklich erfrischenden, kalten Dusche auf einer Holzbank im Garten lag. Es war bereits mitten am Nachmittag und ich genoss die wärmende Sonne auf meinem kurzen, blauen Latexkleid.

Ich hatte eine weitere Grenze überwunden und fühlte mich unglaublich leicht. Dass mein Körper mittlerweile durchtrainiert und sexy war, war für mich nicht im Ansatz so bedeutend wie das Glück, das mich bei jeder genommenen Hürde durchströmte.

Die Wanderung

Was war nur aus dem wunderschönen Wetter der letzten Wochen geworden? Ich sah aus dem Fenster und beobachtete die an die Scheibe prasselnden Regentropfen.

Draußen goss es wie aus Eimern. Ich war froh, im Haus sein zu dürfen. Froh darüber, das letzte Fenster endlich fertig geputzt zu haben. Heute stand der Großputz für das gesamte Haus an.

Ich betrat die Küche und blickte auf die Uhr: kurz nach neun. Ann-Kathrin war offensichtlich einige Minuten vor mir mit ihrer Aufgabe fertig geworden. Während sich Natalie und Mareike bei einer Tasse Kaffee unterhielten, stand sie schweigend in einer Ecke.

»Susann, auf dich haben wir gewartet. Dann kann es ja gleich losgehen.« Mareike sah mich an.

Losgehen? Mit was denn? Ich stellte mich stillschweigend neben Ann-Kathrin in die Ecke.

»Ich trinke noch meinen Kaffee aus, Natalie wird euch vorbereiten.«

Brav folgten wir Natalie in unsere Nasszelle und es folgte die wohlbekannte Prozedur, die ich mittlerweile fast lieb gewonnen hatte.

Als wir gerade fertig geduscht waren, kam Mareike mit zwei Latexcatsuits über ihrem Arm zu uns. Im Vergleich zu Natalie und uns war Mareike wirklich die Unsportlichste, fiel mir bei einem Blick auf ihren Körper auf.

Sie reichte uns die schwarzen, schrittoffenen Catsuits mit Maske und verschwand.

»Kommt in den Flur, wenn ihr fertig seid«, befahl Natalie und folgte Mareike.

Wir taten, wie uns geheißen, und liefen fertig angezogen Richtung Flur.

Vom Geländer der Treppe hingen zwei lila-schwarze Latexanzüge und daneben noch einer in blaugelb. Mit ihren Gasmasken, Handschuhen und Gummistiefeln sahen sie aus wie Schutzanzüge.

»Das sind Anzüge aus zwei Millimeter dickem Latex. Susann, hilft mir, Ann-Kathrin anzuziehen. Die Dinger sind ganz schön schwer.«

Mareike hatte nicht gelogen, was das Gewicht anging. Gemeinsam hielten wir den bereits eingeölten Anzug so hin, dass Ann-Kathrin nur noch einsteigen musste.

Der Einstieg war nicht leicht, denn das dicke Latex war starr und kaum dehnbar. Das erklärte auch, warum der Anzug nicht eng, sondern eher weit geschnitten war.

Wie er sich wohl auf der Haut anfühlte? Ann-Kathrin war mittlerweile vollständig im Anzug und Mareike versah den Reißverschluss mit einem Schloss.

Ann-Kathrin sah aus wie die Ärzte im Fernsehen, die in Gegenden mit Viruspandemien arbeiteten.

»Nun du, Susann.« Mareike und Ann-Kathrin halfen mir.

Langsam ließ ich meine Arme in das dicke Latex gleiten, bis schließlich auch meine Finger vom Latex der Handschuhe umhüllt waren. Das schwere Gewicht des Anzugs lastete auf meinen Schultern. Kaum war ich vollständig im Anzug, zog Mareike den Reißverschluss zu und verschloss ihn ebenfalls. Die Gasmaske presste sich fest an mein Gesicht.

Trotz seiner Steifheit war der Anzug auf eine faszinierende Weise angenehm weich. Das Latex übte einen leichten Druck auf die Haut aus und ließ einen nicht vergessen, dass man es trug.

Ich fühlte mich sicher, unverwundbar und gegen jegliche äußeren Einflüsse geschützt.

Lange betrachtete ich mich im Spiegel des Flurs und musste einsehen, dass auch ich wie eine Mitarbeiterin des Seuchenschutzes aussah. Mein Schritt wurde feucht, mein Anblick machte mich tatsächlich an.

Natalie kam die Treppe herunter und griff sich den blaugelben Anzug.

»Helft ihr mir bitte beim Anziehen?«

Meine Gedanken rasten vor Verwunderung, als Natalie mit unserer Hilfe den blaugelben Anzug aus dickem Latex anzog. Ihren Reißverschluss zierte kein Schloss.

»Mareike, bringst du uns bitte die Rucksäcke mit unserem Reiseproviant?« Natalies Stimme hatte durch die Gasmaske einen wahrlich betörenden Klang bekommen.

»Heute könnt ihr zeigen, wie fit und durchtrainiert ihr mittlerweile wirklich seid. Wir gehen 20 Kilometer wandern«, erklärte Natalie an uns gerichtet. »Streckt eure Hand aus. Handfläche nach oben.«

Verwundert folgten Ann-Kathrin und ich Natalies Worten und sie ließ nacheinander eine murmelgroße, goldene Metallkugel in unsere Hand fallen.

»Schaut sie euch genau an«, befahl sie.

Neugierig hielt ich die Murmel vor die Gläser meiner Gasmaske und sah, dass mein Name eingraviert war.

»Packt sie in eure Rucksäcke und passt gut auf, dass ihr sie nicht verliert!« Mareike war mit den Rucksäcken zurückgekehrt.

Gerade als ich die Murmel in meinen Rucksack packte, sah ich, dass sich darin lediglich zwei Trinkflaschen mit einem isotonischen Sportgetränk befanden.

Natalie öffnete die Haustür und lief mit ihrem Anzug hinaus in den strömenden Regen. Auf eine Wanderung bei dem Wetter war ich echt gespannt und lief Natalie hinterher.

Laut prasselte der Regen auf meinen Anzug, während ich mit meinen Gummistiefeln durch die Pfützen lief. Das Laufen war in ihm wirklich anstrengend, aber zumindest schütze er mich vor dem Regen.

Es gab hier kaum befestigte Wege. Inmitten der Natur liefen wir über weite Felder mit hohen Gräsern. Alles um uns herum war nass und schmutzig.

Mittlerweile waren wir in einem Waldstück angekommen und machten eine kurze Pause, in der Natalie etwas durch den Trinkaufsatz ihrer Gasmaske trank.

Der Boden im Wald war aufgeweicht und bei jedem Schritt versanken meine Gummistiefel zentimetertief im schlammigen Boden. Wir kamen nur langsam vorwärts. Das hohe Gewicht des Anzugs und die eingeschränkte Beweglichkeit machten mir zu schaffen.

Plötzlich stürzte Ann-Kathrin direkt vor mir über einen Ast. Da ich dicht hinter ihr lief, stolperte ich ebenfalls. Gemeinsam flogen wir in den schlammigen Waldboden und durch die Gläser meiner Gasmaske sah ich alles nur noch in Braun.

Ein lautes, herzhaftes Lachen erklang. »Ihr wolltet wohl unbedingt prüfen, ob die Anzüge auch dicht sind, was?«

Mit ihren Handschuhen und etwas nassem Laub säuberte Natalie die Gläser unserer Gasmaske.

Mein Anzug war von oben bis unten nass und mit Schlamm verschmiert, doch im Inneren war ich vollkommen trocken. Ann-Kathrin sah ebenfalls aus wie ein Schlammmonster und ihr schlurfender Gang zeigte mir, dass auch sie an ihrer Leistungsgrenze angekommen war.

Während wir liefen, spülte der Regen einen großen Teil des Schlammes von unseren Anzügen und klärte zunehmend die Sicht durch die Gläser der Maske.

Der Weg war mit Gestrüpp und Sträuchern zugewachsen. Mit ihrer Hand schob Natalie die kleinen Äste zur Seite und wir folgten ihr.

»Da sind wir.« Wir hatten das Gestrüpp hinter uns gelassen und waren mitten im Wald auf einer Fläche mit einem Felsen in Kleinwagengröße.

Endlich am Ziel. Ich war erleichtert.

Wir setzen uns auf einen umgestürzten Baum. »Solange wir hier sind, erlaube ich euch zu reden. Meine einzige Bedingung ist, dass ihr euch nicht über eure Erfahrungen austauscht. Das hier ist der Ort, an den jeden das Coaching irgendwann führt«, erklärte Natalie uns.

»Gehört der Bauernhof euch?« Ann-Kathrin nahm die Gelegenheit wahr, das erste Mal seit Wochen reden zu dürfen.

»Er ist gemietet. Entdeckt habe ich ihn damals, als ich noch mit Simon zusammen war und wir zusammen die Welt von Latex und SM erforschten.«

Ich hatte mich wohl verhört? Natalie war Simons Ex? Die Ex, mit der alles angefangen hatte. Die, mit der Simon alle seine Erfahrungen gemacht hatte? Eifersucht begann in mir zu brodeln.

Simon gehörte mir und so sehr ich Natalie auch mochte, die Vorstellung, wie er mit ihr zusammen in die Fetischwelt abgetaucht war, machte mich verrückt. Ich versuchte, mir nichts anmerken zu lassen und mich zu beruhigen, auch wenn in meinem Kopf der Gedanke kreiste, dass ich im Leben nicht mit Natalie konkurrieren konnte.

»Irgendwann kamen wir auf die Idee, einen Fetisch- und SM-Urlaub zu machen. Über ein Internetforum hatte uns ein bekanntes Pärchen diesen Bauernhof empfohlen. So kamen wir schließlich zum ersten Mal hier her.« Natalie schwärmte fast.

»Als wir uns trennten, verloren wir uns aus den Augen. Irgendwann trafen wir uns auf einer Party wieder und die alte Vertrautheit keimte auf. Seitdem sind wir freundschaftlich verbunden.« Freundschaftlich verbunden? Mir wurde schlecht.

»Als Simon mich fragte, ob wir für ihn euer Coaching übernehmen können, hab ich nicht lange gezögert. Ich finde seine Idee, Menschen mit Leidenschaft in unsere Welt einzuführen, sehr reizvoll.«

»Warum habt ihr euch denn getrennt?«, rutschte es mir heraus, noch bevor ich darüber nachdenken konnte.

»Wegen Mareike.«

Wegen Mareike? Bitte nicht auch noch Mareike. In meinem Magen drehte es sich im Kreis.

»Eine verrückte Geschichte. Zwischen Simon und mir lief es irgendwann im Bett nicht mehr rund. Wir hatten so viel zusammen erlebt und doch kehrte irgendwann Langeweile ein. Um unsere Sexleben zu retten, luden wir Mareike ein.« Ich wollte diese Geschichte nicht hören und doch hang ich wie gebannt an Natalies Lippen.

»Wir trieben es mit ihr wie die Irren, aber irgendwann merkte ich, dass ich Mareike für mich allein haben wollte. Simon war mir völlig egal. Als ich es ihm beichtete, war er erleichtert, denn auch er wollte zu neuen Ufern aufbrechen. Das machte es für mich natürlich viel einfacher. Seit dieser Zeit sind Mareike und ich ein Paar.«

Die beiden waren ein Paar? Wie blind war ich eigentlich? Natalie liebte Mareike. Ich war erleichtert. Und Simon war kein armer, enttäuscht zurückgelassener Mann, er hatte die Trennung auch gewollt. Er war im Kopf und Herzen frei für mich. Mein Herz machte einen Sprung.

»Du meintest vorhin, dass jeder, der das Coaching macht, irgendwann hier landet. Was meintest du damit?« Ann-Kathrin schien es gar nicht aufgefallen zu sein, wie mich die Geschichte mit Simon mitnahm.

»Kommt mit, ich zeig es euch.« Aus ihrem Rucksack holte Natalie eine kleine Schaufel und drückte sie Ann-Kathrin in die Hand.

»Grab an genau dieser Stelle ungefähr zwanzig Zentimeter tief!« Natalie zeigte auf eine Stelle am Boden, auf der ein fußballgroßer Stein lag.

Nachdem Ann-Kathrin die dicke Laubschicht mit ihren Händen zur Seite geschoben hatte, begann sie, im aufgeweichten Waldboden zu graben.

Schon nach kurzer Zeit schien sie auf etwas gestoßen zu sein. Sie grub einen metallischen Gegenstand frei, bis wir schließlich erkennen konnten, dass es sich um eine kleine Kiste handelte. Mit etwas feuchtem Moos machte Natalie die Kiste sauber.

Natalie öffnete die Kiste und endlich konnte ich sehen, was sich darin verbarg. Es waren goldene Murmeln. Sie glichen denen, die wir heute Morgen bekommen hatten.

»Darf ich sie mir mal ansehen?«, fragte ich vorsichtig.

Natalie hielt mir die Kiste hin.

Mareike, Martin, Natalie, Linda, Simon, Nina, Niklas, Ina und Sabrina waren nur einige der Namen auf den zahlreichen Murmeln in der Kiste. Wer Natalie, Simon und Mareike waren, war klar.

»Wer sind denn die Anderen?« Meine Neugierde war geweckt.

»Menschen wie ihr. Simon und mir wurde recht schnell klar, dass das, was wir gemeinsam erlebten, uns zu vollkommener Freiheit führte. Um uns herum war so viel Unglück, dass wir unser Glück gerne teilen wollten.« Natalie lächelte gedankenverloren.

»Wir entwickelten das Coaching und begannen mit der Suche nach Schülern. Als wir uns trennten, zog Simon das Coaching alleine weiter durch. Vor drei Monaten erzählte er mir von dir, Susann. Und als er nach Amerika musste, war es nur logisch, dass ich einsprang. Ich war furchtbar neugierig auf die neue Frau in seinem Leben.« Sie zwinkerte mir vielsagend zu.

Ich war die neue Frau in Simons Leben und seine Exfreundin wollte mich kennenlernen? Hatte sie das gerade ernst gemeint? Mein Herz klopfte bis zum Hals.

»Was hat es mit den Murmeln auf sich?« Ann-Kathrin riss mich aus meinen Gedanken. Sie schien gar nicht erstaunt darüber, zu hören, was Simon und mich verband.

»Holt eure Murmeln mal aus dem Rucksack!« Wir folgten ihren Worten. »Ballt eure Hand mit der Murmel zu einer Faust und denkt an euer altes Leben, eure damaligen Sorgen und Gefühle!«

Der Regen prasselte auf meinen Körper, während mein Leben an mir vorbeizog. Ich sah mich in meiner oberflächlichen Welt. Meine langweiligen Kommilitonen. Meine Eltern, deren Lebensentwurf für mich kaum Freiraum bot. Ich sah mich, unzufrieden, unglücklich und ohne Selbstbewusstsein.

Je mehr ich mich daran erinnerte, desto mehr alte Gefühle kamen auf. Angst, zu versagen, Angst, nicht den Normen zu entsprechen, Angst davor, meine Träume zu leben und nicht zuletzt Trauer, weil ich nicht ich selbst sein konnte.

»Fühlt sich furchtbar an, oder?« Natalie schien Gedanken lesen zu können. »Und nun lasst all die Gedanken in die Murmel fließen.«

Ich drückte die Murmel fester und tatsächlich fühle es sich so an, als würde sie die schlechten Energien aus mir heraussaugen.

Neben mir hörte ich Ann-Kathrin laut schluchzen und fragte mich, was sie wohl gerade für Situationen aus ihrer Vergangenheit durchlebte.

Nach einer gefühlten Ewigkeit blickte ich auf.

Natalie nickte uns zu. »Werft eure Murmeln nun zu den anderen in die Kiste und erzählt mir, was ihr gelernt habt, wie ihr euch fühlt und was ihr von der Zukunft erwartet! Fang du an, Susann!«

»Ich weiß jetzt, dass ich meiner eigenen Moral vertrauen kann. Die Meinungen und Konventionen Anderer beeinflussen mein Handeln nicht mehr. Ich entscheide alleine, was für mich gut ist und was nicht. Um wahre Liebe zu finden, muss ich mich nicht verstellen, ich kann ich selber sein. Ich fühle mich frei, glücklich, selbstbewusst und voll Energie. Von der Zukunft erwarte ich nur eins: all meine Träume zu leben.« Ich warf die Murmel in die Kiste.

Mein Blick ging zu Ann-Kathrin und auch Natalie sah sie erwartungsvoll an.

»Ich sehe, wie viel Positives in mir steckt und dass ich viel zu oft nicht meinem Weg gefolgt bin. Es macht mich traurig, dass ich erst jetzt sehe, wer meine wahren Freunde sind und wer in meiner Familie es wirklich gut mit mir meint. Zum ersten Mal wird mir bewusst, wie schlecht ich oft behandelt wurde.« Ann-Kathrins Stimme stockte.

»Ich fühle mich nun stark genug, mein Leben nur mit Menschen zu teilen, die mich bereichern und nicht einschränken. Ich kann meine Träume wahr machen, wenn ich nur will. Susanns Ziel ist auch meins.« Ann-Kathrin gab ihrer Murmel einen Kuss und legte sie sanft in die Kiste.

»Man kann sein altes Leben nicht zerstören, es ist ein wichtiger Baustein eures Seins. Aber man kann es an einen Ort ablegen, an dem es sicher verwahrt ist. Wir vergraben nun euer altes Leben und besiegeln den Neustart.«

Natalie legte die Kiste wieder in das Erdloch und wir schütteten Erde darauf. Am Ende traten wir die Erde mit unseren Gummistiefeln wieder fest und legten Laub darüber, sodass mit bloßem Auge nicht sichtbar war, was wir getan hatten.

»Ich bin stolz auf euch«, schloss Natalie die Zeremonie ab.

Die Schritte unserer Gummistiefel knackten und raschelten im feuchten Unterholz, als wir langsam aufstanden.

Aufmerksam und gedankenleer lauschte ich den Regentropfen, dem Zwitschern der Vögel und dem Rascheln der Blätter im sanften Wind.

Meine Seele fühlte sich frei und erleichtert an, als hätte ich wirklich eine große Last vergraben. In meinem Bauch kribbelte eine erfüllende innere Ruhe und Glück durchströmte mich.

Auf dem Rückweg liefen wir offensichtlich eine andere Route, denn urplötzlich standen wir vor einem beruhigend dahinplätschernden Bach mit kristallklarem Wasser.

»Das wir an diesem Bach vorbei laufen ist nicht ganz ungeplant«, erklärte Natalie uns.

»Betrachtet ihn als das Sinnbild. Es ist ein Hindernis auf eurem Weg. Und ihr werdet es nun überwinden. Es gibt weit und breit keine Brücken, um Heimzukehren müssen wir dennoch auf die andere Seite gelangen. Susann, du gehst als Erste.« Sie sah mich auffordernd und erwartungsvoll an.

Mit aufgeregt klopfendem Herzen stieg ich vorsichtig in meinem schweren Anzug das Ufer hinunter und trat schließlich in den Fluss. Das Wasser ging knapp bis über meine Knie und ich spürte die Strömung des Wassers an meinen Beinen zerren. Jetzt bloß nicht hinfallen. Wackelig balancierte ich über das steinige Flussbett. Trotz des Anzugs spürte ich die Kälte des Wassers an meinem Körper. Zum Glück erreichte ich zügig das andere Ufer.

Ann-Kathrin folgte mir tapfer und Natalie durchquerte als Letzte den Bach. Nach einiger Zeit hatten wir schließlich den Wald hinter uns gelassen und liefen über weite, grüne Wiesen, bis irgendwann am Horizont der Bauernhof erkennbar war.

Natalie, die bisher vorausgegangen war, ließ sich plötzlich zurückfallen, bis sie auf meiner Höhe angelangt war.

»Hey Susann, ich hoffe, dass ich mit Simon zusammen war, hat dich nicht allzu sehr aus dem Konzept gebracht? Das ist schon ewig her.« Prüfend sah sie mir in die Augen und ich schüttelte leicht den Kopf. Es störte mich wirklich nicht mehr. »Simon ist sehr verliebt in dich. Mehr als das sogar, er sieht in dir seine Seelenverwandte.«

Ich hielt den Atem an und mein Herz begann zu rasen. Was hatte Natalie da gerade gesagt? Verliebt? Seelenverwandt? Ich traute meinen Ohren kaum. In meinem Kopf drehte sich alles. Ich hatte die ganze Zeit gehofft, dass er meine Gefühle erwiderte, dass unsere Nähe Liebe bedeutete. Sein Zugeständnis vor seiner Reise nach Amerika hatte diese Hoffnung geschürt, aber ich hatte es nicht zu glauben gewagt. Ich hatte Angst, er würde es sich noch einmal überlegen. Er, der große Coaching Star und ich, die kleine, unsichere Studentin. Träum weiter, Susann. Aber Natalies Worte überwältigten mich.

»Danke Natalie, für alles. Danke für deine Ehrlichkeit in Bezug auf deine Beziehung zu Simon. Es war wichtig für mich, es von dir zu hören und zu spüren, dass deine Worte echt waren. Natürlich war ich zuerst erschrocken. Aber ich vertraue dir und weiß, dass du mir gesagt hättest, wenn du ihn noch lieben würdest.

Jeder hat seine Geschichte.« Ich schluckte und atmete tief durch.

»Nach dem, was du gerade gesagt hast, bin ich sprachlos vor Glück. Dass er mich liebt, mich, die kleine Susann. Ich liebe ihn auch so sehr«, sprudelte es aus mir heraus. Natalie sah mir tief in die Augen und ich wusste, dass sie glücklich war über meine Worte. Glücklich, dass Simons Liebe erwidert wurde.

Natalie drehte sich lächelnd um und ging zu Ann-Kathrin, die einige Meter vor uns lief, und ließ mich hinter sich zurück. Auch mit ihr sprach sie eine Weile, aber ich verstand nur Bruchstücke.

Als wir auf dem Bauernhof ankamen, ließ der Regen etwas nach und die Sonne strahlte zwischen den Wolken hervor. Mit einem Gartenschlauch spritzte Natalie unsere Anzüge vom vielen Schlamm und den Grasresten sauber.

»Bitte zieht die Anzüge vor der Tür aus. Das Redeverbot ist weiterhin aufgehoben«, sagte sie und begann, sich den Anzug auszuziehen.

Eine Stunde später lag ich frisch geduscht in meinem Zimmer und ließ den Tag noch etwas Revue passieren. Ich fragte mich schon jetzt, was mich in den letzten Tagen wohl noch alles erwarten würde.

In fremden Betten

Die Zeit auf dem Hof näherte sich dem Ende, übermorgen sollte es wieder zu Simon zurückgehen. Auf der einen Seite war ich froh, denn ich konnte es kaum erwarten, ihn endlich wiederzusehen. Wenn ich an ihn dachte, merkte ich, wie ich ihn vermisste. Gleichzeitig blickte ich auch wehmütig auf die wunderschöne Zeit, die vielen tollen Erlebnisse und Erfahrungen zurück, die ich hier gesammelt hatte. Gerne wäre ich noch eine Weile länger geblieben. Aber es nutzte nichts, die Mietzeit lief aus, ich wollte zu Simon und mein Studium rief mich ebenfalls zeitnah wieder zurück.

Zum Glück blieben mir noch zwei Tage. Ich genoss die in mir aufflammende Vorfreude.

Mit einem Klopfen öffnete sich meine Zimmertür und das weiße Licht des Flurs leuchtete grell in mein vollkommen dunkles Zimmer.

Mit zusammengekniffenen Augen blickte ich von meinem Bett in Richtung Tür und sah Mareike vor mir. »Aufstehen Susann, du hast heute lange genug geschlafen. In dreißig Minuten treffen wir uns zum Duschen.« Sie stellte mir mein Frühstückstablett auf den Boden und verließ mein Zimmer wieder.

»Ich werde pünktlich sein«, versprach ich. Es war so schön, endlich wieder reden zu dürfen.

Gemeinsam mit Ann-Kathrin stand ich nach dem Duschen in der Küche, wo Mareike und Natalie entspannt bei einer Tasse Kaffee am Küchentisch saßen und in ihren Zeitschriften blätterten. Unsere Anwesenheit schien sie nicht weiter zu beeindrucken.

Wir hatten heute wieder mal Ballettboots an. Ann-Kathrin sah toll aus in ihrem schwarzen, schrittoffenen Catsuit und ich hoffte nur, dass mir das Outfit ebenso gut stand. Unsere Hintertürchen zierte wie immer ein wunderschöner Plug.

Natalie stand auf. »Folgt mir nach oben in den ersten Stock, aber passt mir an der Treppe mit euren Absätzen auf, nicht dass es kurz vor Schluss noch Verletzte gibt.«

Wie eine Ballerina stand ich auf der Spitze meiner Zehen und doch konnte ich nach der langen Zeit der Übung mittlerweile besser laufen als so manch ungeübte Frau mit recht niedrigen Absätzen. Nur eine Sache hatte sich nicht geändert: Wirklich bequem würden sie niemals für mich werden.

Mit kleinen Schritten folgten wir Natalie in ihrem dunkelblauen Latexminikleid und den schwarzen hochhackigen Plateausandaletten die Treppe hinauf. Trotz ihrer Schuhe und den zwei schweren Gasmasken in ihrer Hand lief sie recht zügig.

Natalie öffnete die Tür zum achtziger Jahre Schlafzimmer. Erstaunt blickte in den Schlafraum, den wir schon so oft gereinigt hatten.

Auf dem Doppelbett mit getrennten Matratzen lagen zwei komplett mit Latex überspannte Rohrrahmen. Auf Kopfhöhe ragte aus ihnen je ein kleines Plastikrohr mit dem Durchmesser eines Schnorchels. Neben dem Bett standen links und rechts zwei komisch aussehende, elektrische Geräte, welche über einen Schlauch mit den Rahmen verbunden waren.

Natalie grinste. »Habt ihr eine Vorstellung, was das sein könnte?«

»Ich habe keinen blassen Schimmer«, erwiderte ich ratlos.

Ann-Kathrin schien so verwirrt wie ich und schüttelte heftig ihren Kopf, als wolle sie meinen Worten damit mehr Nachdruck verleihen.

»Das sind zwei Vakuumbetten.« Vakuum was? Ich verstand kein Wort.

»Im Prinzip sind dies zwei aufeinanderliegende Latexschichten, die um einen Rahmen gespannt sind. Dieser Rahmen besitzt auf der Innenseite zwischen den beiden Schichten Löcher, über welche sich mittels dieser Vakuumpumpen die Luft zwischen den beiden Latexschichten absaugen lässt.« Sie zeigte auf die elektrischen Geräte.

Es war also quasi eine Luftmatratze, die mal mehr, mal weniger Luft haben konnte? Wo lag da der Sinn? Ich schaute Natalie fragend an.

»Zwischen den beiden Latexschichten ist am Rand ein luftdichter Reißverschluss, durch den man sich zwischen die beiden Latexschichten legen kann.« Langsam wurde es interessant. »Luft bekommt man anschließend über diesen kleinen, herausragenden Schnorchel. Mit einem Schraubgewinde auf der Innenseite wird der Schnorchel mit eurer Gasmaske verschraubt, sodass nichts verrutschen kann und eure Luftzufuhr gesichert ist.«

Je länger Natalie erklärte, desto mehr Respekt bekam ich vor dem Bett.

»Dann wird die Luft zwischen den beiden Latexschichten abgesaugt. Man ist zwischen den Latexschichten völlig unbeweglich eingeschlossen. Wer von euch möchte anfangen?«

Ann-Kathrin und ich standen wortlos nebeneinander.

»Keine Lust oder Angst?«, stichelte Natalie.

Ann-Kathrin erwachte als Erste aus ihrer Starre. »Um ehrlich zu sein, habe ich schon ein bisschen Schiss.«

Natalie schüttelte den Kopf und sah mich an. »Dann mache ich eben den Anfang«, kam es aus mir heraus, bevor ich es bereuen konnte. Mutig machte ich einen Schritt nach vorne.

»Ach wisst ihr was, wir schicken euch einfach gleichzeitig auf die Reise. Setzt die hier schon mal auf und kontrolliert, dass sie gut sitzen.« Natalie reichte uns die Gasmasken.

Während wir die Masken anlegten, öffnete Natalie die Reißverschlüsse der Vakuumbetten und klappte jeweils die obere Latexschicht zur Seite.

»Susann, du legst dich auf die linke Seite und Ann-Kathrin, du gehst auf die rechte.«

Locker legte sie bei offenem Reißverschluss die Latexschicht über mich und begann, den Plastikschnorchel über das Gewinde mit meiner Gasmaske zu verschrauben.

»Bekommst du gut Luft?«, fragte sie mich. Ich nickte kurz. »Und die Gasmaske sitzt auch fest?« Wieder nickte ich.

Langsam zog Natalie den Reißverschluss zu, bis ich schließlich zwischen den beiden luftdichten Latexschichten gefangen war.

»Ann-Kathrin, bist du bereit?« Ich hörte, wie Natalie sich an Ann-Kathrin wendete.

Mit piepsiger Stimme bejahte Ann-Kathrin ihre Frage. Die Angst war ihr deutlich anzumerken.

Um mich herum war es komplett dunkel und es fühlte sich beklemmend an. Die Latexschichten lagen nur locker um mich, aber ich fühlte schon jetzt eine gewisse Enge.

Ich konzentrierte mich auf meine Atmung, um ruhig zu bleiben und meine aufkommende Panik wegzuatmen. Es gelang mir zum Glück relativ gut.

Mit wachsender Ruhe begann auch das Gefühl der Lust wieder in mir anzuwachsen und mischte sich mit dem erregenden Gedanken, dass alles um mich herum aus nichts als Latex bestand. Es verströmte einen wundervollen Gummiduft und raschelte verführerisch.

Natalie zog Ann-Kathrins Reißverschluss zu. »Seid ihr bereit?«

Nachdem wir beide diese Frage bejaht hatten, ertönte ein sanftes und gleichmäßiges Brummen aus den Vakuumpumpen neben dem Bett.

Die zuvor noch losen Latexschichten zogen sich von beiden Seiten fester an meinen Körper heran. Jedem Hohlraum wurde die Luft entzogen.

Es fühlte sich an, als wäre ich ein Teil des Latex geworden. Wie eine Puppe, die im Regal auf den Verkauf wartete, war ich in meiner engen Verpackung vollkommen bewegungsunfähig in das Latex eingeschweißt.

Es war ein erregendes Gefühl, vom Latex ummantelt zu sein. Der Luftschnorchel war mein einziger Kontakt zur Außenwelt. In mir brodelte es.

Ich versuchte, meinen kleinen Finger zu krümmen, er rührte sich keinen Millimeter. Das Vertrauen, das ich Natalie und Mareike entgegenbrachte, ließ mich diesen Moment als wahnsinnig erregend empfinden.

Jemand betrat den Raum. »Da bist du ja. Wie gefallen dir die beiden?«

Plötzlich spürte ich die Berührung einer Hand auf meinem Körper. An meinen Beinen wanderte sie hinauf über meinen Bauch bis hin zu meinen Brüsten. Mein Körper kribbelte, als ich die Berührung einer zweiten Hand und kurze Zeit später eine Dritte und Vierte auf meinem Körper fühlte.

In meinem Kopf fühlte es sich an, als wären tausend Hände gleichzeitig auf mir.

Von allen Seiten strichen sie über meinen Körper und massierten mit festem Griff meine Brüste. Das Umkreisen meiner hochsensiblen Brustwarzen entfachte ein emotionales Feuerwerk in mir.

Ein zartes Brummen kam näher auf mich zu. Kaum berührte mich der Gegenstand im Schritt, spürte ich intensive Vibrationen, die meinen gesamten Körper erfassten und ihn mitsamt meiner Gedanken mitrissen.

Ich näherte mich mit Hochgeschwindigkeit einem Orgasmus, doch kurz bevor er sich ausdehnen konnte, stoppte die Vibration abrupt.

Mit kribbelnder Haut blieb ich verdutzt und unbefriedigt zwischen den Latexschichten zurück, während ich neben mir hörte, wie Ann-Kathrin lustvoll aufstöhnte. Auch bei ihr stoppte das Summen, kurz bevor sie in Ekstase explodierte.

Sie kamen wieder zu mir und die Vibrationen breiteten sich von meinem feuchten Schritt über meinen gesamten Körper aus. Erneut strichen gefühlte tausend Hände über meinen Körper und meine Brüste. Kleine elektrische Funken, die sich wie Millionen winziger, erregender Nadelstiche anfühlten, prasselten auf mich ein.

Ich schrie meine Geilheit heraus, als die Vibration und die Berührungen abermals stoppten. Ann-Kathrins Stöhnen nahm wieder zu.

Natalies und Mareikes Spiel hatte gerade erst so richtig begonnen. Die beiden trieben mich wiederholt nahe an meinen Höhepunkt heran, um dann kurz vorher aufzuhören. Mein Körper drohte zu platzen und mein Verlangen, endlich zu explodieren, war unbändig.

Jede Berührung ließ meine Haut brennen und meine Sinne verschwommen.

Ein Zischen durchbrach meine Gedanken und der Raum zwischen den beiden Latexschichten füllte sich wieder mit Luft. Langsam lösten sich die eng auf meinem Körper aufliegenden Latexschichten von mir ab. Selbst die geringe Menge des einfallenden Lichtes blendete meine an die Dunkelheit gewöhnten Augen, als sich der Reißverschluss weiter öffnete.

Statt die Gasmaske von dem Schnorchel abzuschrauben, merkte ich, wie mir jemand die komplette Gasmaske an den Gummiriemen vom Kopf zog und die obere Latexschicht anschließend von mir runter zur Seite legte.

Es war Mareike. Sie kniete direkt neben mir. Sie sah bezaubernd in ihrem knappen, pinken Latexkleid aus. Ihr Anblick ließ meine Erregung wachsen.

»Komm mit!« Sie zog mich förmlich aus dem Bett heraus.

Das Bett neben mir war leer und Ann-Kathrin verschwunden.

Mareike führte mich in ihr Schlafzimmer nebenan, in dem Ann-Kathrin mit erregtem Blick im Bett auf mich zu warten schien.

»Viel Spaß ihr beiden.« Natalie grinste, während ich wie fremdgesteuert Ann-Kathrin ins Bett folgte.

Das schwarze Latex ihres Catsuits glänzte im einfallenden Tageslicht und verlieh ihrem wunderschönen Körper ein magisches Funkeln.

Lustvoll leuchteten ihre Augen, als sich unsere Zungen berührten und unsere Körper übereinander glitten. Die erste Berührung ihrer Brustwarzen durch meine Latex umhüllten Finger brachte mein Herz zum Rasen und die Luft zum Brennen.

Unsere Begierde war greifbar. Erregt umkreiste ihre Zunge meine steif abstehenden Brustwarzen und ließ mich erschaudern.

Lüstern folgte ich ihrem Beispiel und meine Zunge leckte ihre erregten Knospen. Langsam wanderte ich in tiefere Regionen.

Glühende Hitze erwartete mich, deren köstliche Nässe mich zum Wahnsinn trieb. Ihr geschwollener Kitzler war das Leckerste, was ich je genossen hatte.

Ann-Kathrins Atmen wurde lauter und mündete in erregtem Stöhnen. Mit einem Mal wechselte sie hastig die Position und begann mit ihrer Zunge meinen Kitzler zu liebkosen.

Ihre Finger kamen in mich und ich drohte, erneut die Kontrolle über meine Sinne zu verlieren.

Mareike und Natalie sahen uns zu. Und hatten sie sich gerade noch selbst befriedigt, so begannen sie jetzt, sich wild zu küssen.

Natalie stand auf und zog Mareike mit ins Bett, wo wir begannen, auch sie in unser Liebesspiel aufzunehmen.

Es gab keine Moral, keine Zweifel und keine Bedenken. Stattdessen regierte unbändige Geilheit unser Tun.

Im Rausch der Lust verschwand die Welt um mich herum. Gigantische Wellen wanderten durch meinen Körper, ohne dass eine von ihnen mir meinen sehnlich gewünschten Höhepunkt bescherte.

Mit einem sanften Zug löste Natalie den Plug aus meinem Hintern. Um ihre Hüfte hatte sie einen großen Dildo geschnallt, welchen sie lustvoll mit ihren Händen voller Gleitgel rieb, als wäre es ihr echter Penis.

Vorsichtig drang sie in mich ein, bis ihre kräftigen Stöße meinen Körper erfassten.

Neben mir ritt Ann-Kathrin auf Mareike, die ebenfalls einen Dildo umgeschnallt hatte. Ihre Bewegungen waren gierig. Sekunde um Sekunde wurde ihr Atem hektischer, bis er in einem lustvollen Schrei endete, der ihren Körper unkontrolliert beben ließ.

Ihr Anblick versetzte mich in Ekstase.

Während Ann-Kathrin Bewegungen langsamer wurden, befand ich mich in einem Sog. Natalie glitt aus mir und ich setzte mich auf den noch warmen Dildo um Mareikes Hüften.

Wie elektrisiert ritt ich sie und wie eine Schockwelle erfasste mich die Explosion eines noch nie zuvor erlebten Orgasmus. Mein Körper stand unter Starkstrom und schwappte von Explosion zu Explosion. Nur langsam merkte ich, dass der ekstatische Schrei, den ich vernahm, aus mir heraus glitt. Erschöpft ließ ich mich fallen und schlief ein.

Als ich erwachte, lag ich allein im Bett. Hatte ich das alles geträumt? Ich sah mich verwirrt um. Nein, ich hatte nicht geträumt, das zerzauste Bett und die herumliegenden Dildos holten mich zurück in die Realität. Es war tatsächlich passiert.

Ich sammelte all meine Kraft und lief vorsichtig auf meinen Ballettboots die Treppe hinunter.

»Kaffee?« Natalie lächelte mich an, als ich in die Küche kam.

»Ich muss erst mal aus den Sachen raus.« Ich drehte mich um und ging.

Geduscht und umgezogen saßen wir zum ersten Mal zu viert bei einer Tasse Kaffee zusammen am Küchentisch. Auch wenn wir seit der Wanderung miteinander reden durften, was den Austausch über unsere Erfahrungen anging, galt für Ann-Kathrin und mich weiterhin das Schweigegelübde.

»Ihr habt euch heute erneut euren Wünschen hingegeben, ohne auf Konventionen oder Moral zu achten. Ihr solltet dies zu einem festen Bestandteil eures Lebens werden lassen. Nicht nur beim Sex. Nur dann wandelt sich euer stumpfes Dasein in ein Freies voller intensiver Emotionen.« Natalie nippte gedankenverloren an ihrem Kaffee.

»Danke, dass ihr uns auf dieser Reise begleitet habt.« Meine Worte kamen aus tiefstem Herzen.

Den restlichen Tag verbrachten wir mit tollen Gesprächen, bis wir schließlich übermüdet einschliefen.

Der letzte Tag war angebrochen, und obwohl es ein wunderschöner Frühlingstag war, fühlte ich die Melancholie in meiner Seele.

Das Gefühl des Abschieds wurde durchmischt von meiner Sehnsucht nach Simon. Und so stieg mit jeder vergehenden Minute auch meine Vorfreude.

Ich hatte mich ein letztes Mal in meinen quietschgelben Latexsachen auf einen Spaziergang durch den liebgewonnen Wald gemacht.

Es war früh am Morgen und die Luft roch sauber und frisch. Die Frühlingssonne wärmte mit ihren Strahlen meinen Körper und meine Seele. Alleine mit meinen Gedanken zerfloss ich in der Achtsamkeit des Momentes und lief so langsam, als wollte ich mich von jedem Baum, jeder Blume und jedem Grashalm verabschieden. Ich dankte ihnen für die traumhafte Zeit, die mein Leben in allen Grundzügen auf den Kopf gestellt hatte. Mein Körper war mit Glück beseelt.

Es lag ganz allein in meiner Verantwortung, dieses Glück mit nach Hause zu nehmen und nicht mehr loszulassen.

Als ich vom Spaziergang zurückkehrte, war Ann-Kathrin bereits seit über einer Stunde mit dem Hausputz beschäftigt.

»Fräulein Faulpelz ist also auch wieder zurück«, empfing Mareike mich. »Die Arbeit wartet.«

Schnell hatte mich umgezogen und begann mit dem Putzen. So komisch es klang, aber irgendwie hatte ich hier alles fest in mein Herz geschlossen und verabschiedete mich in meiner Vorstellung von jedem einzelnen Gegenstand, über den ich wischte. Wie in einem Film wanderten die Erlebnisse der letzten Wochen durch meinen Kopf. Ob ich jemals wieder herkommen würde stand in den Sternen und doch würde ich den Ort niemals vergessen.

Erst gegen Abend wurde ich mit dem Hausputz fertig. Nun mussten noch die Koffer gepackt werden, denn Natalie wollte schon heut Abend das Auto beladen.

Erschöpft schloss ich einige Stunden später zum letzten Mal die Augen in dieser Umgebung.

Vergangenheit und Zukunft

»Aufstehen Susann, es geht nach Hause«, weckte Mareike mich unsanft am nächsten Morgen.

Die letzte kalte Dusche stand an. Auch sie würde ich zukünftig vermissen. Meine Lebensgeister kehrten zurück.

Ich wischte die Fliesen unserer Dusche und zog unsere Betten ab.

In Gedanken vertieft stand ich kurz darauf in meinem knielangen, türkisfarbenen Latexkleid mit dem schwarzen Catsuit darunter vor dem Spiegel und strich zart mit meinen Fingern über das enge Latex. Ich hatte mich nicht nur mental verändert. Ich liebte mich.

»Kommst du endlich?« Mareike holte mich aus meinen Tagträumen. Sie sah ungewöhnlich sportlich aus in ihren schwarz glänzenden Latexleggins und dem dunkelblauen Latexminikleid drüber.

Natalie stand neben dem Auto und glich Mareike in ihrer Kleiderwahl. Die Beiden trugen genau das richtige Outfit für eine lange Reise.

Das Auto war so beladen, dass ich kaum mehr hineinpasste. Ich machte mich so klein wie möglich und quetschte mich zu Ann-Kathrin in ihrem apfelgrünen Latexkleid auf die Rückbank.

Eine Träne kullerte über meine Wange, als wir über den geschotterten Feldweg den Bauernhof verließen. Auf der Rückbank wurden wir im Auto ganz schön durchgeschüttelt, bis wir schließlich eine richtige Straße erreichten.

Straßenschilder in fremder Sprache zogen an mir vorbei. »Wir sind in Frankreich?«

»Oui, Mesdames«, antwortete Natalie vom Beifahrersitz und zwinkerte mir zu.

Ein bedächtiges Schweigen kehrte in das Auto ein, bis schließlich nach ein paar Minuten die Handys von Natalie und Mareike zu klingeln und piepsen begannen, um auf all die verpassten Nachrichten und Anrufe hinzuweisen, die sich in der Zeit ohne Netzempfang angehäuft hatten. Wie schön es doch ohne diese Dinger gewesen war.

Mir wurde zum ersten Mal bewusst, wie wenig mich die meisten meiner über hundert Kontakte in meinem Handy bereicherten. Sie lenkten mich stattdessen von meinem wirklichen Leben ab. Warum hatte ich sie überhaupt in meinem Handy? Aus Angst vor dem Alleinsein?

»Ich habe leider eine schlechte Nachricht von Simon bekommen«, durchbrach Natalie meine Gedanken. »Er wird doch nicht wie geplant heute zurückkommen, sondern erst in einer Woche.«

»Das ist ein Witz, oder?« Ich war entsetzt.

Natalie schüttelte den Kopf. »Er hat einen Haustürschlüssel hinterlegt. Genießt die Zeit zu zweit. Für die Verpflegung ist gesorgt.«

Ann-Kathrin drückte meine Hand und sah mich aufmunternd an. »Lass uns das Beste daraus machen. Mir eine Wohnung suchen, zum Beispiel. Wenn Simon wieder da ist, würde ich gern ausziehen. Ich will ja nicht das dritte Rad am Wagen sein.« Sie lächelte mir vielsagend zu.

Dankbar, dass sie mich versuchte aufzumuntern, lächelte ich zurück.

Natalie drehte sich zu uns herum. »Mareike und ich sind selbstverständlich für euch da, wenn ihr irgendwas braucht.«

Ich blickte verträumt aus dem Fenster. Aus mir war ein völlig neuer Mensch geworden. Ich war so frei, dass ich vor Leichtigkeit und Glück schwebte.

»Wach auf, Susann, wir sind zu Hause«, rüttelte Natalie an meiner Schulter. Ich musste für Stunden eingeschlafen sein.

Zu viert standen wir kurz darauf neben dem Auto im Hof vor Simons Haus und unterhielten uns angeregt zum Abschied. Wenn ich eine Sache wusste, dann, dass ich die beiden gern gewonnen und sich mittlerweile eine richtige Freundschaft zwischen uns entwickelt hatte.

Der Gedanke an Mareikes Strenge und Natalies Pingeligkeit brachte mich zum Schmunzeln. Ich hätte mir keine besseren Lehrerinnen für die Wochen auf dem Hof vorstellen können. Und Ann-Kathrin war ohnehin wie eine Schwester für mich. Wir verstanden uns blind ... und stumm.

Was mich in den Augen der Anderen wohl auszeichnete? Was auch immer sie dachten, ich hatte gelernt, dass Ecken und Kanten einen Menschen machten, nicht Konformität.

Wir verabschiedeten uns und gingen ins Haus.

Mit einem tiefen Atemzug sog ich die Luft in Simons Haus ein und nahm seinen männlichen Duft, der aus jeder Pore des Hauses strömte, in mich auf.

Durch den vielen Schlaf während der Fahrt war ich wach und ausgeruht und hätte am liebsten die Nacht durchgequatscht. Aber Ann-Kathrin konnte ihre Augen kaum aufhalten und ging sofort ins Bett.

Zum ersten Mal nach acht Wochen schaltete ich den Fernseher ein und merkte, dass er mich überhaupt nicht berührte. Also machte ich ihn wieder aus und ließ mir ein schönes, warmes Schaumbad ein, bevor auch ich mich schlafen legte.

Was? Schon so spät? Überrascht blickte ich auf den Wecker neben meinem Bett. Ich konnte mich wahrlich nicht daran erinnern, wann ich zuletzt über vierzehn Stunden am Stück geschlafen hatte.

Erst mittags aufzustehen war für mich ganz schön ungewohnt und irgendwie fühlte es sich an, als wäre der Tag bereits fast um. Ohne lange zu zögern, lief ich nach unten, um mir erst einmal eine leckere Tasse Kaffee zu machen.

Ann-Kathrin saß grinsend auf der Wohnzimmercouch. »Na, auch endlich aufgestanden?«

Ich nickte müde. »Ich glaube, mein Gehirn brauchte die lange Ruhe, damit sich die Nervenzellen neu vernetzen konnten«, überlegte ich. Ann-Kathrin nickte zustimmend.

Mit meinem Kaffee bewaffnet setze ich mich zu ihr und wir tauschten uns stundenlang über die Erlebnisse der letzten Wochen aus. Ann-Kathrin schien dieselben Emotionen gehabt und ähnliche Erfahrungen gemacht zu haben wie ich. Wie ähnlich wir uns doch waren.

»Erinnerst du dich noch an die Murmeln im Wald?«, fragte Ann-Kathrin ganz unvermittelt. Natürlich erinnerte ich mich. »Hast du die Murmel gesehen, auf der Martin stand?«, bohrte sie weiter.

Martin? Ich kramte in meinem Hirn aber wirklich erinnern konnte ich mich nicht.

»Mein Coach in den ersten Wochen hieß Martin und ich denke, dass es seine Murmel war.« Das würde Sinn machen, wie zur Bestätigung nickte ich eifrig.

»Ich würde ihn gern wiedersehen, er ist heiß.« Sie grinste verschmitzt.

»Sollen wir mal schauen, ob wir ihn online finden? So schwer kann das ja nicht sein, die Welt ist doch ein Dorf. Kennst du seinen Nachnamen?« Ich holte den Laptop und schaltete ihn ein.

»Ich war in seinem Haus, der Name stand an der Klingel«, gab Ann-Kathrin mir zu verstehen.

Sie tippte den Namen in den Laptop und wir durchforsteten die sozialen Netzwerke.

Treffer! »Ist er das?«, fragend drehte ich den Laptop in Ann-Kathrins Richtung. Es bedurfte keiner Antwort, Ann-Kathrins Augen begannen zu strahlen.

»Der ist ja echt heiß und schau mal, der Knabe ist Single«, ließ ich sie wissen.

Ann-Kathrin riss mir förmlich den Laptop aus der Hand.

»Schreib ihm doch«, schlug ich ihr vor.

Ich gab ihr den Laptop und um sie nicht weiter zu stören, schnappte ich mir meinen Latexbikini und machte mich auf den Weg in den Poolbereich. Das Schwimmen entspannte mich. Bahn für Bahn nahm meine Erholung zu und nach ein paar Saunagängen war ich gelassen und hungrig. Etwas zu kochen hatte ich keine Lust. Und so schlug ich vor, eine Pizza zu bestellen.

Als wir an diesem Abend im Wohnzimmer saßen und ich bei einer lustigen Komödie meine Pizza verspeiste, tippte Ann-Kathrin neben mir wie eine Geisteskranke auf den Laptop ein. Martin hatte sich wohl tatsächlich bei ihr gemeldet.

Plötzlich sprang sie auf. »Ich habe ein Date am Montagabend«, sang sie freudestrahlend und hüpfte wie verrückt im Wohnzimmer umher.

Ich beobachtete sie schmunzelnd und freute mich für sie.

»Nun brauche ich aber noch ein schönes Kleid, denn in Latex werde ich sicherlich nicht beim ersten Date erscheinen.«

»Warum nicht? Er kennt dich doch schon so.« Ann-Kathrin verwirrte mich. Was war aus »sei du selbst« geworden?

»Ich hätte schon Lust auf ein Nümmerchen mit ihm, aber ich will den Jäger in ihm wecken und mich nicht gleich auf dem Silbertablett servieren.«

Daher wehte der Wind also. Na das sollte doch zu machen sein. Ich hatte bei meinen Dates mit Simon unzählige schöne Kleider getragen. Wir würden schon das Passende finden. Ich nahm ihre Hand und wir gingen nach oben.

Als ich meinen Schrank öffnete, stand in der Mitte eine kleine Box mit der Aufschrift »Lust auf was Neues? Schau in den Keller!« In der Box befand sich ein Schlüssel.

In Windeseile rannten wir in den Keller und öffneten die Tür, welche ich bis dahin immer für den Eingang zum Heizungskeller gehalten hatte.

Mit einem zarten Knarzen öffnete sie sich und ein Paradies tat sich vor uns. Die Luft war vom süßen Duft des Gummis geschwängert und ich erblickte Regale über Regale voll mit Kleidungsstücken. Alles war sortiert nach Hosen, Oberteilen, Kleidern, Röcken, Catsuits, Strümpfen und Handschuhen in verschiedenen Farben und Schnitten. Zum größten Teil waren sie aus Latex, aber es gab auch gewöhnliche Kleidung. Dazu normale Masken und Gasmasken. Zusätzlich waren alle Sachen noch mit meinem oder Ann-Kathrins Namen versehen. Simon hatte echt an alles gedacht.

High Heels, Stiefel und Ballettheels sowie eine große Auswahl an Perücken und Spielzeugen wie Dildos, Vibratoren, Lederfesseln und Peitschen füllten eine ganze Wand.

Hier hatte Simon also die ganze Zeit unsere Outfits zusammengestellt. Zum ersten Mal konnten wir nun in diesem Paradies unsere Kleider selbst auswählen.

»Irgendwie ist nicht das Richtige dabei«, rief Ann-Kathrin verzweifelt aus, nachdem sie bereits zwanzig Minuten in ihrer Kleidung gewühlt hatte. »Ich hätte gern ein rotes Kleid.«

»Lass uns doch am Montagnachmittag shoppen gehen«, schlug ich vor. Ann-Kathrin grinste begeistert über beide Ohren.

Der Sonntag unterschied sich nicht groß vom Samstag. Wir redeten viel und ließen es uns einfach gut gehen.

Am Montag weckte mich Ann-Kathrin ganz aufgeregt. Sie wollte unbedingt los in die Stadt.

Zum ersten Mal seit Langem nahm ich mein Portemonnaie wieder in die Hand. Seit ich bei Simon war, hatte ich es kein einziges Mal gebraucht. Ich zog meinen Ausweis heraus und blickte auf das Bild. Das sollte ich gewesen sein? Mein Bild kam mir fremd und auch ein bisschen bemitleidenswert vor.

»Lass uns nachher noch einkaufen gehen, ich hab mal Lust auf was richtig Gesundes«, schlug ich Ann-Kathrin vor. Der Kühlschrank war zwar gefüllt, aber mir war nach knackig frischem Salat.

Wir gingen in den Keller, um uns an unserem neuen Kleiderschrank zu bedienen. Spontan griff ich zu einer blauen Latexjeans und einer zart rosafarbenen Stoffbluse. Mitsamt weißer Latex Unterwäsche machte ich mich auf den Weg ins Bad.

Anerkennend betrachtete ich mich im Spiegel. Jede Sporteinheit der vergangenen Wochen wurde durch die knallenge Jeans perfekt betont. Ich hatte einen Hammer Hintern und sexy Schenkel. Nur mein bisher ungeschnittenes, einfach nur nachgewachsenes Haar machte mich noch unglücklich. Deswegen hatte ich mir vorsichtshalber eine Perücke mitgenommen. Ich musste unbedingt einen Friseurtermin ausmachen.

Fertig gestylt lief ich von meinem Zimmer hinunter in den Hausflur, in dem ich Ann-Kathrin in einem braunen, knielangen Strickleid auf mich wartete. An ihren Handgelenken und Beinen glänzte das schwarze Latex eines Catsuits. Sie sah bezaubernd aus.

»Hättest du dir jemals vorstellen können, dass ich solche Schuhe freiwillig zum Shoppen anziehen würde?« Sie zog sich gerade braune Ankleboots mit megahohen Stilettoabsätzen an.

Ich lachte laut auf »Der Storch im Salat ist Geschichte für uns. « Ich schlüpfte in meine kniehohen, schwarzen Stiefel und hakte mich bei Ann-Kathrin ein.

Kaum hatten wir das Haus verlassen, spürte ich, wie schön es war, nach Wochen der Einsamkeit endlich mal wieder unter Leuten zu sein. Ein Gefühl, das selbst für mich neu war. Früher hatten mich Menschenmengen eher geängstigt als erfreut, denn jeder Blick eines Fremden hatte sich unangenehm angefühlt. Ich konnte es damals einfach nicht glauben, dass mich jemand als hübsch empfand oder mich gar um mein Auftreten beneidete. Schließlich tat ich es selber nicht.

Heute war alles anders. Mein Blick auf mich selbst hatte sich gewandelt. Ich mochte mich und war stolz auf meinen schönen, trainierten Körper. Die Blicke der fremden Menschen verloren ihre Bedrohung und fühlten sich wie Komplimente an.

Die ganze Bahnfahrt über quatschte ich mit Ann-Kathrin, die sichtlich aufgeregt wegen ihres Dates am heutigen Abend war. Wenn sie schon meine Worte nicht beruhigen konnten, so hoffte ich doch, dass sie durch das Shoppen etwas Ablenkung finden würde.

In der warmen Frühlingssonne gönnten wir uns das erste leckere Eis des Jahres und bummelten gemütlich über die Shoppingmeile. Wir genossen unseren Ausflug und ich merkte, dass Ann-Kathrin gelöster wurde. In einer kleinen Boutique in einer Seitenstraße fanden wir schließlich ein Kleid, das Ann-Kathrins Wünschen entsprach. Es war rot, knielang und mit toller Rüschchenverzierung an den kurzen Ärmeln und dem Dekolleté. Schon bei der Anprobe strahlte Ann-Kathrin über beide Ohren, dieses Kleid war wie für sie gemacht. Um ein Kleid reicher verließen wir die Boutique.

Wortlos gingen wir am Rhein spazieren, als mir die Blicke der Männer auffielen. Ich genoss die Begierde in ihren Augen und fühlte mich wie eine Göttin. Auf meinem Hintern im knallengen Gummi konnte ich ihre Blicke förmlich brennen spüren. Was für ein schönes Kompliment für das harte Training der letzten Wochen.

Mir gefiel der Gedanke, Objekt ihrer sexuellen Fantasien zu sein und nichts dagegen tun zu können. Ich stellte mir vor, wie diese Männer mich in ihren Gedanken auszogen und ihre wildesten Wünsche mit mir auslebten.

Ob der Kerl, der uns gerade entgegen kam, wohl davon träumte, wie ich ihm zuerst lustvoll einen blase und anschließend wild auf ihm reite? Oder mag er es lieber von hinten? Meine Gedanken fuhren Achterbahn. In meinem Schritt fühlte ich die feuchte Hitze, die diese Achterbahn in mir auslöste und ich begriff, dass ich keinen Deut besser war als diese Männer, denn sie wurden Teil meiner Fantasien.

Die Gedanken fesselten mich und es fiel mir schwer, mich auf die Gespräche mit Ann-Kathrin zu konzentrieren. Nur langsam gelang es mir, wieder in das Hier und Jetzt zurückzukehren.

»Lass uns schnell einkaufen gehen, dein Date ist ja schon in drei Stunden und du willst dich ja sicher in Ruhe umziehen.«

Vollbepackt wie zwei Lastesel machten wir uns nach dem Einkauf auf den Weg zur Bahn. Sexy sahen wir gerade ganz sicher nicht mehr aus.

Zu Hause angekommen machte ich mir einen Salat mit Putenstreifen und merkte, wie sich mein Körper nach zwei Tagen Pizza und Kaffee über die Vitamine freute. Nach den Stunden im Trubel der Kölner Innenstadt war ich heilfroh, Zuhause Ruhe zu haben. Und mehr denn je wurde mir bewusst, wie ich mich an die Abgeschiedenheit gewöhnt hatte.

Ann-Kathrin wuselte aufgeregt durch das Haus. »Meinst du, ich sollte heute Abend die Perücke tragen oder lieber mit meiner echten Frisur gehen?«, fragte sie mich kritisch.

»Wenn du eine Frisur hättest, würde ich mit der gehen«, gab ich voller Ironie zurück.

Sie verdrehte lachend die Augen und verschwand für eine halbe Ewigkeit im Bad.

»Denkst du, ich kann so gehen?« Ann-Kathrin sah bezaubernd aus in ihrem Kleid, das perfekt zu ihrer schulterlangen, blonden Perücke passte. An den Füßen trug sie rote Pumps.

»Ich würde dich nehmen«, versuchte ich sie zu beruhigen. »Holt er dich ab?« Sie nickte eifrig.

Als ich sie gerade fragen wollte, wie es ihr geht, klingelte es an der Tür.

»Er ist da! Er ist da!« Ann-Kathrin sprang wie ein Gummiball durch den Raum.

»Viel Glück und viel Spaß«, rief ich Ann-Kathrin hinterher, die binnen Sekunden aus dem Haus gestürmt war.

Um den Rest des Abends nicht nur in Gedanken zu schwelgen, zog ich noch ein paar Bahnen im Pool und ging dann recht früh ins Bett. Je schneller die Tage vergingen, desto eher würde Simon wieder da sein.

Am nächsten Morgen rief ich als Erstes meine Friseurin an und schaffte es mit viel Charme, sie davon zu überzeugen, mich noch am gleichen Tag zwischen ihre Termine zu quetschen.

Die kurzen Haare standen mir gar nicht mal schlecht, dachte ich mir, als meine Friseurin mit mir fertig war. Ich gefiel mir.

Ann-Kathrin schlief noch, als ich vom Friseur zurückkam. Sie war nachts so spät Heim gekommen, dass wir bis jetzt noch nicht miteinander gesprochen hatten. Als ich eine Stunde später gerade zu kochen angefangen hatte, kam sie in die Küche.

»Deine Haare sind echt gut geworden. Ich muss mich auch um einen Termin kümmern. Ich sehe ... «

»Wie war es?«, unterbrach ich sie. Was juckten mich ihre Haare?

»Martin ist ein echter Gentleman. Und er mich ständig zum Lachen gebracht. Alles war perfekt, aber irgendwie sind die ganz großen Emotionen ausgeblieben. Ich finde ihn sympathisch und begehrenswert, aber gekribbelt hat es nicht. Verstehst du, was ich meine? Vielleicht kommt das ja noch, ich weiß es nicht«, erzählte sie mir und klang dabei leicht zerknirscht.

»Wer weiß, was noch kommt? Aber selbst wenn nicht, hast du in jedem Fall einen guten Freund gewonnen, und wenn du ihn so attraktiv findest und er sogar die gleichen Vorlieben hat, kann man sich ja auch in dieser Hinsicht ergänzen«, versuchte ich sie aufzumuntern und konnte ihr sogar ein Lächeln entlocken.

Während ich kochte, erzählte mir Ann-Kathrin, dass sie für morgen erneut verabredet war.

Nach dem Essen gönnte ich mir schließlich einen Schönheitsschlaf und anschließend zusammen mit Ann-Kathrin einen ganzen Nachmittag Entspannung im warmen Pool. Gegen Abend ging Ann-Kathrin zum Friseur und kam mit einem sportlich modernen Kurzhaarschnitt zurück.

Am nächsten Morgen standen unsere ersten Vorlesungen des neuen Semesters an. Inhaltlich war es noch seicht, dafür kamen faszinierend viele bekannte und befreundete Kommilitonen auf mich zu, die offensichtlich nicht nur meine neue Frisur, sondern auch meine neue selbstbewusste Ausstrahlung wahrgenommen hatten.

Bei einer Tasse Kaffee am Nachmittag berichtete mir Ann-Kathrin von ähnlichen Erlebnissen, was mich umso mehr darin bestärkte, eine wirklich eindrucksvolle Verwandlung durchgemacht zu haben.

Plötzlich ließ Ann-Kathrin ihre Tasse sinken. »Mist, es ist schon Mittwoch und wir haben uns noch gar nicht nach einer neuen Wohnung für mich umgesehen.« Sie klang so verzweifelt, dass ich sofort zum Laptop griff, um sie bei der Suche zu unterstützen.

Bis zum Abend hatten wir einige E-Mails geschrieben und fleißig herumtelefoniert. Leider hatten wir nur Absagen kassiert. In Köln eine Wohnung zu finden war schlimmer als die berühmte Suche nach der Nadel im Heuhaufen.

Ann-Kathrin ließ den Hörer sinken. »Mir reicht es für heute. Ich mache mich jetzt für mein Date mit Martin fertig, wir treffen uns bei ihm daheim. Für den Fall der Fälle zieh ich mir sexy Latexwäsche an. Und jetzt, wo ich beim Friseur war, kann ich ja sogar die Perücke weglassen.« Sie grinste frivol.

Kaum hatte sich Ann-Kathrin umgezogen, war sie auch schon verschwunden und ich blieb alleine mit meiner Sehnsucht und meinen Gedanken an Simon zurück. Selbst das Surfen im Internet konnte mich nicht ablenken und ich begann, die Zeit bis zu unserem Wiedersehen in immer kleineren Zeiteinheiten zu berechnen, bis Schlaf mich übermannte.

Zum Glück erwachte ich am nächsten Morgen recht früh. Auch an diesem Vormittag standen einige Vorlesungen für mich an. Hastig machte ich mich auf den Weg ins Bad.

Seit unserer Rückkehr trug ich zu Hause ausschließlich Latex, das wollte ich mir nicht mehr nehmen lassen. In der Uni hingegen trug ich es unter meiner normalen Kleidung. Ich wollte während der Vorlesungen niemanden mit einem übersteigerten Individualitätsbedürfnis belästigen.

Als ich fertig war, schaute ich vorsichtig nach, ob Ann-Kathrin schon wach war. Wir hatten verabredet, zusammen zur Uni zu fahren. Ihr Zimmer war leer. Ich musste grinsen und machte mich alleine auf den Weg zur Uni.

Um sicherzugehen, dass alles Okay war, schrieb ich ihr eine SMS. Einige Minuten später antwortete sie, dass es spät geworden war und der Wein sie abgehalten hatte, heimzukommen.

Beruhigt brachte ich die Vorlesungen hinter mich und freute mich auf das verabredete Mittagessen mit ihr bei uns zu Hause.

Gespannt auf das, was sie zu erzählen hatte, fuhr ich an diesem für Mitte April ungewöhnlich warmen Tag mit der Bahn nach Hause. Die frühsommerliche Hitze ließ mich mit dem Latexcatsuit unter meiner Kleidung schwitzen und ich fragte mich, wie das wohl im Sommer werden würde.

»Ich hatte keine Lust zu kochen«, empfing mich Ann-Kathrin mit Essen vom Chinesen. Wir machten es uns auf der Couch gemütlich.

»Unser Abend war super, wir haben zusammen ein leckeres Wolfsbarschfilet gezaubert. Dazu gab es den passenden Wein und irgendwann führte Eins zum Anderen.« Ihre Augen glänzten. »Martin wusste genau, was er tun musste.«

Ein Liebhaber nach meinem Geschmack, ich war gespannt auf mehr Details.

»Martin ist ein großartiger Liebhaber, aber das war es auch schon. Nennen wir es Freundschaft plus.«

»Ich hoffe, er hat sich nicht verliebt?«

Sie schüttelte den Kopf. »Alles geklärt.«

»Draußen ist wunderschönes Wetter. Sollen wir was unternehmen? Eine Radtour? Ich hab in der Garage zwei Mountainbikes gesehen.«

Ann-Kathrin war begeistert von meiner Idee. Ohne lange zu zögern, machten wir uns auf den Weg in die Garage und überprüfte die Fahrräder. »Also so wie ich das sehe, kann es losgehen. Lass uns aber noch die Latexradlerhosen mit den Reiznoppen anziehen, die ich gestern im Schrank gefunden hab«, schlug ich vor. Schließlich sollte die Radtour ja Spaß machen.

Eng umschloss das Latex meine Haut und ich freute mich über die Reiznoppen, die meinen Schritt bei jeder Bewegung feuchter werden ließen.

Einige Meter hinter Simons Haus begann ein wunderschöner Radweg, der inmitten der Natur entlang führte. In der warmen Sonne rekelten sich die erwachten Blüten der Pflanzen und füllten die Luft mit einem einzigartigen Duft. Es roch nach Aufbruch.

Bei jedem Tritt in die Pedale genoss ich das Prickeln der Reiznoppen an meiner Lustperle.

Ann-Kathrins Blick sprach Bände, auch sie ließ sich von den Noppen antreiben. Hypnotisch hüpften ihre Pobacken im engen Latex auf und ab. Die Jogger und Radfahrer, die uns auf unserem Weg begegneten, sahen uns mit großen, gierigen Augen an. Ob sie wohl merkten, wie erregt ich gerade war?

Jeder Meter trieb meine Lust in ungeahnte Höhen, bis mein ganzer Körper von einem Kribbeln erfasst wurde. Meine Geilheit trübte meine Sinne und es wäre sicher ratsam gewesen, abzusteigen. Doch ich konnte nicht anhalten und wollte es auch gar nicht, denn nichts sollte die Lust in meinem Körper unterbrechen.

Urplötzlich standen wir wieder vor Simons Haus: Von den letzten Metern hatte ich so gut wie gar nichts mitbekommen.

Mit erregten Augen sah mich Ann-Kathrin an und rieb mit ihrer Hand über ihren Schritt. »Schade, dass wir schon da sind. Allerdings ist mein Schritt schon ganz wund.«

Ich wusste genau, was sie meinte. Mit der ganzen unbefriedigten Lust in mir sehnte ich mich noch mehr nach Simon. Nach seiner Stimme, seinem Duft und seinen kräftigen Händen. Und dank der Radtour sehnte ich mich mehr denn je nach seinem harten Schwanz.

Frisch geduscht und umgezogen saßen Ann-Kathrin und ich keine Stunde später auf der Wohnzimmercouch und ließen den Abend ausklingen. Sie war die tollste Freundin der Welt. Ich sah sie an und Tränen des Glücks liefen meine Wangen hinunter.

Die Erfüllung

Der große Tag war gekommen - Simon kam nach Hause. Bereits früh am Morgen raubte mir die Vorfreude den Schlaf.

Hellwach blieb ich in meinem Bett liegen und rollte mich fest in meine kuschelig warme Decke ein. In meinen Träumen sah ich die Bilder meiner Zukunft mit Simon vor mir. Unser Wiedersehen und traumhafte Reisen um die Welt, bei denen wir an den schönsten Orten leckeres Essen und köstlichen Wein genossen, während wir uns fest in unseren Armen hielten und die Geborgenheit und das Vertrauen unserer Liebe spürten. Ich war betrunken vor Glück.

Irgendwann riss mich mein knurrender Magen aus meinen Träumen und ich ging in die Küche, wo Ann-Kathrin schon beim Frühstück saß.

Wehmütig sah ich sie an. »Hast du dir schon mal die Frage gestellt, ob wir jemals wieder hier so zusammensitzen, wenn du ausgezogen bist?«

Ann-Kathrin schaute auf. »Ohne dich wäre ich nicht hier. Ich verdanke dir so viel und du wirst immer ein Teil von mir sein. Ich weiß, dass wir auch in der Zukunft zusammenhalten werden.«

Meine Augen wurden glasig vor Rührung und ich nahm sie in den Arm. »Deine Anwesenheit hat mir so viel Kraft gegeben, danke Ann-Kathrin.« Wir fingen beide an zu weinen.

»Weißt du, wann Simon heute Heim kommt?« Ann-Kathrin löste sich aus der Umarmung.

»Ich bereite uns ein tolles Abendessen zu, er wollte gegen sechs hier sein«, erwiderte ich. Natalies Worte im Wald waren eindeutig gewesen. Aber ich wollte von Simon hören, dass er mich wirklich liebte. Ich brauchte Gewissheit.

»Was ein Glück, dass ich mich heute mit Martin verabredet habe«, zwinkerte sie mir frech zu. Wenn das nicht die beste Freundin der Welt war. »Wir haben zusammen richtig viel Spaß«

»Magst du mir gleich noch helfen, ein paar Sachen für das Essen einzukaufen? Es gibt Coq au Vin.« Ich sah sie fragend an.

»Cock? Wie passend meine Liebe.« Ann-Kathrin lachte lauthals los.

»Also hilfst du mir nun? Ich muss das Fleisch vorher noch einlegen und bin ein bisschen unter Zeitdruck.« Lachend schüttelte ich den Kopf.

»Oui Madame, wir werden den Cock schon eingelegt bekommen.« Sie kam aus dem Lachen gar nicht mehr heraus.

Als sie sich endlich beruhigt hatte, zogen wir uns an und gingen los.

Schon eine Stunde später waren wir vom Einkaufen zurück. Ich legte das Huhn ein und machte mich daran, die Zutaten zu schneiden. Als endlich alles fertig vorbereitet war, wurde es auch schon Zeit, sich für Simon hübsch zu machen.

Ich streifte unentschlossen durch den Raum mit der ganzen Latexkleidung. Zwar hatte ich genau im Kopf, was ich wollte, doch jedes Mal warf der Anblick eines noch besseren Kleides meine vorherige Entscheidung über den Haufen.

Schließlich fand ich ein wunderschön rot strahlendes Latexkleid, dessen schmal geschnittene, knöchellange Silhouette mich sofort verzauberte. Was bei Ann-Kathrin auf Martin gewirkt hatte, konnte bei Simon nicht verkehrt sein. Mit den passenden roten Pumps rannte ich die Treppe hoch ins Bad. Die Zeit drängte.

Gerade noch zupfte ich mir die Haare zurecht, als ich hörte, wie von außen ein Schlüssel in die Haustüre gesteckt wurde und diese sich langsam öffnete.

»Ich bin wieder da«, schallte Simons kräftig männliche Stimme durch das Haus.

Mein Herz schlug mir bis zum Hals. Ich lief, so schnell es das enge Kleid und meine hohen Schuhe zuließen, die Treppe hinunter und fiel ihm in die Arme.

Die Zeit blieb stehen, während mein Herz Purzelbäume schlug. Unendliche Geborgenheit durchströmte mich.

»Ich hab gekocht und hoffe, du hast Hunger mitgebracht?« Ich hatte mich nach einer gefühlten Ewigkeit aus der Umarmung gelöst. Simon begann, vor Freude zu strahlen. »Es gibt Coq au Vin«, ergänzte ich.

Er verschwand unter der Dusche und mir blieb genug Zeit, das Essen fertig vorzubereiten.

Lächelnd nahm er am gedeckten Esszimmertisch Platz. Romantisch flackerten die drei roten Kerzen in ihrem goldenen Kerzenständer und verbreiteten ein Flair purer Sinnlichkeit.

Als ich die liebevoll dekorierten Teller mit dem Essen hereintrug, öffnete Simon routiniert die Flasche Wein, die ich mit viel Liebe ausgewählt hatte.

Wir sahen uns tief in die Augen, als wir mit unseren Gläsern anstießen. Die Magie des Momentes breitete sich in meinem Körper aus.

Sichtlich erleichtert stellte ich fest, dass mir das Essen richtig gut gelungen war.

»Unglaublich, wie sehr du dich entwickelt hast, Susann. Du strahlst vor Selbstbewusstsein«, unterbrach Simon die Stille und in seinen Augen sah ich, wie stolz er auf mich war. »Kommt Ann-Kathrin gar nicht zum Essen?«

»Die ist bei Martin«, erwiderte ich grinsend.

»Bei DEM Martin? Na sauber, wie schön«, lächelte er schelmisch. »Dann sind wir ja allein?! Ich habe viel über uns nachgedacht.« Genüsslich trank er einen Schluck Wein, während mir der Atem stockte.

»Es ist, als würde ich dich schon mein ganzes Leben kennen. Schon vom ersten Moment an wusste ich es. Aber mein berufliches Ethos hielt mich davon ab, es wahrzunehmen. Ich und eine Schülerin, das ging einfach nicht.« Meine Knie wurden weich und ich bekam Angst. »Auf meiner Reise begriff ich, dass es der größte Fehler aller Zeiten wäre, dich gehen zu lassen. Susann, ich liebe dich.«

Ich brach vor lauter Glück in Tränen aus. Noch nie zuvor hatte ich mich so glücklich und so geliebt gefühlt. »Und ich liebe dich«, schluchzte ich.

Simon stand auf, ging um den Tisch, zog mich zu sich hoch und ich sank in seine starken Arme. Mit einer Serviette wischte er meine Tränen ab und küsste mich lange und zärtlich auf meine Stirn, bis sich mein Weinen langsam legte.

Unsere Lippen fanden sich und das überwältigende Gefühl der tiefen geistigen Verbindung ließ meinen Körper erschaudern, als sich unsere Zungen berührten.

Simons Hände auf meinem Körper streichelten meine Seele.

Draußen war es dunkel geworden und einzig das Flackern der Kerzen erhellte den Raum. Unsere Körper verschmolzen, während im spärlichen Kerzenschein unsere Sinne schärfer wurden.

Simon roch so männlich und stark. Das Verlangen, ihm noch näher sein zu wollen, wurde unbändig. Ich wollte eins mit ihm werden.

Eng rieben unsere Körper aneinander, während ich in seinem Schoß saß und unsere Hände über unsere Körper wanderten.

Sanft öffnete Simon den Rückenreißverschluss meines Kleides.

Die Hitze in mir wuchs, als meine Brüste freilagen und Simon sie leidenschaftlich umfasste. Seine Zunge auf meinen Brustwarzen ließ mich lustvoll erschaudern.

In voller Härte drückte seine Erregung durch den Schritt seiner Hose und ließ keinen Zweifel an seiner Begierde aufkommen.

Unter tausenden Küssen erhoben wir uns vom Stuhl. Wie im Rausch befreite mich Simon aus meinem Kleid. Seine Augen glänzten bei dem Anblick meiner nackten Weiblichkeit. Langsam öffnete ich die Knöpfe an seinem Hemd und bestaunte seinen männlichen Oberkörper, bis ich schließlich von meiner Leidenschaft getrieben begann, seinen Gürtel und die Knöpfe an seiner Hose zu öffnen.

Massiv und kraftvoll stand sein Penis vor mir, während der Lusttropfen auf seiner prall geschwollenen Eichel im schummrig flackernden Kerzenschein wie ein Diamant funkelte. Lustvoll und gierig ging ich vor ihm in die Knie und wünschte mir nichts sehnlicher, als ihn endlich zu schmecken und mit meiner Zunge seine volle Härte zu erfühlen.

Genüsslich leckte ich den glänzenden Lusttropfen von Simons Eichel und verfiel vollständig dem köstlichen Geschmack seiner Erregung. Mit all meinen Sinnen wollte ich mit ihm verschmelzen und ihn ganz nah bei mir, ganz tief in mir spüren. Simons Atem wurde schneller, je fester ich ihn mit meinem kräftigen Saugen und meiner kreisenden Zunge verwöhnte.

Sanft zog er mich nach oben, hob mich hoch und setzte mich auf den Esszimmertisch.

Ein zartes Stöhnen entglitt mir, als er mit seiner Zunge zart meine glühend rote Lustperle und meinen mittlerweile vollkommen feuchten Schritt verwöhnte. Ich versank im Rausch der sinnlichen Lust, als Simon mich leckte und mit seinen Fingern tiefer in mich eindrang. Die Welt um mich herum verschwand und Simon wurde zum Zentrum meiner Wahrnehmung.

Entspannt hatte er sich auf einem der Stühle niedergelassen und blickte mir tief in die Augen. Sein prachtvoller Schwanz stand erregt nach oben. Langsam und genüsslich ließ ich mich im gierigen Verlangen auf ihm nieder. Es fühlte sich an, als würden sich unsere Seelen berühren, als wir unsere Ekstase miteinander teilten. Er drang tiefer in die feuchte Hitze meines elektrisierten Körpers ein und ließ meine Welt in hell lodernden Flammen erstrahlen.

Unsere Bewegungen verschmolzen zu einer Einheit, welche sich mit dem gleichmäßigen Klang unseres Atmens mischte.

Ich genoss die Explosion des Höhepunkts und wünschte mir, er würde niemals aufhören. Heiß ergoss sich Simons pure Lust in mir, während ich tief in mir das wilde Zucken seines Penis spürte.

Vollkommen außer Kontrolle bebte jeder Muskel in meinem Körper. Alles in mir kribbelte, bis ich schließlich erschöpft und glücklich, gehalten von Simons liebevollen Armen, langsam wieder zu Sinnen kam. Mit verwirrtem Blick sah ich in Simons glänzende Augen.

»Du bist alles, was ich will.« Innig küsste er mich. Zu erschöpft zum Reden nickte ich.

Nachdem wir etwas zu Atem gekommen waren, ließen wir uns ein angenehm warmes Bad ein, die Lämpchen an der Decke strahlten wie ein Sternenhimmel.

»Ich würde mich freuen, wenn du zu mir ziehst«, sagte Simon nach einer Weile der Stille.

»Bei dir sein ist alles, was ich will«, erwiderte ich, ohne zu zögern.

Als das Wasser langsam kalt wurde, stieg ich vorsichtig aus der Badewanne und trocknete mich mit einem großen Handtuch ab. In diesem Moment fühlte ich mich angekommen. Alles, was mir wichtig war, war in diesem Raum vereint.

»Wo willst du denn hin?«, rief Simon mir hinterher, als ich in Richtung meines Zimmers verschwand. »Du schläfst ab jetzt bei mir, bei uns.« Freudestrahlend lief ich zu seinem Bett, legte mich hin und war eingeschlafen, noch bevor Simon das Zimmer betrat.

Am nächsten Morgen weckte mich Simons sanfter Kuss. Er hatte mir ein Frühstückstablett voller Leckereien gebracht und gesellte sich zu mir.

»Sag mal, hat Ann-Kathrin schon eine Bleibe?« Mit einem Bissen Croissant im Mund schüttelte ich den Kopf. »Sie könnte doch deine alte Wohnung übernehmen, ihre Kisten sind ja ohnehin schon da«, sprudelte es plötzlich aus ihm heraus.

Was für eine grandiose Idee. Dann hätte die lästige Suche ein Ende.

Wir lächelten uns an und ich war glücklich, wie perfekt sich alles fügte. Meine Gedanken schweiften in die vergangenen Wochen und ich merkte, dass ich Simon noch gar nicht gefragt hatte, wie sein Trip in die USA gewesen war. Er erzählte mir, wie erfolgreich alles gelaufen war und dass er alle Verträge zu seiner Zufriedenheit unter Dach und Fach gebracht hatte.

»Musst du dann regelmäßig in die USA?«, hakte ich vorsichtig nach.

Simon schaute mir tief in die Augen. »Ein bis zwei Mal im Jahr.« Ich schluckte.

»Ich dachte mir, ich reise in deinen Semesterferien und du begleitest mich.« Diesen Mann musste man einfach lieben. Ich war erleichtert.

Als wir fertig gefrühstückt hatten, rief ich aufgeregt Ann-Kathrin an, um ihr von unserer Idee zu erzählen. Sie war hellauf begeistert und wir verabredeten uns gleich für den Nachmittag an meiner Wohnung, um alles Weitere zu besprechen.

»Hast du Lust, mitzukommen?«, fragte ich Simon und er nickte. Ein paar Stunden später standen wir auch schon zusammen vor der Tür des Hauses, in dem sich meine alte Wohnung befand, und warteten auf Ann-Kathrin.

»Ganz ohne Martin?«, fragte Simon neckisch, als Ann-Kathrin um die Ecke kam.

»Hey Simon, ich freu mich auch, dich wiederzusehen«, grinste Ann-Kathrin schelmisch. »Martin hat sein eigenes Leben. Wie war die Reise?«

Auf dem Weg nach oben erzählte Simon von seiner Reise.

Ich schloss meine Wohnungstür auf.

Alte Gefühle und Erinnerungen kamen in mir hoch, als ich mein Zuhause betrat. Nichts in der Wohnung spiegelte mein wahres Ich wieder und ich erinnerte mich an all die verschwendete Lebenszeit, die ich hier einsam und gefrustet verbracht hatte. Ich war Simon so dankbar, dass er mich befreit hatte. Und unendlich stolz, dass ich den Schritt gewagt hatte.

»Die Wohnung gefällt mir wirklich super, preislich ist alles im Rahmen und auch bis zur Uni sind es nur ein paar Minuten zu Fuß. Und meine Sachen sind auch schon da, was will ich mehr? Ich bin dabei«, holte Ann-Kathrin mich aus meinen Gedanken.

»Ich werde dem Vermieter gleich mal eine E-Mail schreiben«, erwiderte ich eifrig.

Obwohl ich mir sicher war, dass ich Ann-Kathrin schmerzlich vermissen würde, war ich froh, als ich in den darauffolgenden Tagen alles mit dem Vermieter geklärt hatte und Ann-Kathrins Übernahme der Wohnung fix war. Endlich hatten Simon und ich das Haus für uns. Sie hatte sogar meine Möbel übernommen und so musste ich lediglich mit Sack und Pack zurück zu Simon.

Zwei Wochen wohnten Simon und ich mittlerweile schon zusammen und es lief großartig. Nach der Uni traf ich mich fast täglich mit Ann-Kathrin in meiner alten Wohnung und wir erzählten uns, was wir alles erlebt hatten. Plötzlich kam mir Annika in den Sinn, meine beste Freundin aus Kindertagen. Seitdem ich Simon kennengelernt hatte, hatte ich Annika nicht mehr gesehen. Geschrieben hatte ich ihr trotz ihres Angebots auch nie, ich musste sie dringend mal wieder anrufen. Sonst dachte sie noch, ich sei tot.

»Hey Annika, wie geht es dir?«

Ein lauter Glücksschrei ertönte aus dem Hörer. »Susann, ich werd' verrückt, schön, dich endlich wiederzuhören. Erzähl, erzähl, erzähl, ich will alle Details!«

Ich erzählte ihr von meinen Abenteuern mit Simon, der Zeit bei Natalie und Mareike, von Ann-Kathrin, und wie ähnlich sie mir war und natürlich, dass Simon und ich uns lieben gelernt hatten und nun zusammenwohnten.

Als die Sprache auf mein Studium kam, berichtete ich ihr voller Stolz, wie Simon mich davon überzeugt hatte, es nicht aufzugeben und wie erfolgreich und motiviert ich nun alle Prüfungen meisterte. Annika hörte gespannt zu, fragte viel und freute sich wie verrückt, dass es mir so gut ging und ich so glücklich war. Ihr war in den letzten Monaten nur der übliche Wahnsinn passiert und meine Erlebnisse waren eine gefundene Abwechslung für sie. Nach einigen Stunden legte ich erschöpft und glücklich auf.

Simon war bereits auf dem Sofa eingeschlafen, als ich aus der Küche zu ihm zurück ins Wohnzimmer kam. Ich schlich mich zu ihm und kuschelte mich in seinen Arm. Dass Annika morgen vorbeikommen würde, um ihn kennenzulernen, konnte ich ihm auch morgen noch erzählen.

Als Annika am nächsten Tag zur Tür hereinkam, war es, als hätten wir uns erst gestern zuletzt gesehen. Ich fiel ihr glücklich in die Arme und auch mit Simon verstand sie sich so prächtig, als würden sie sich schon ewig kennen. Mein Leben war wahrlich ein Traum.

»Du, deine Eltern haben nach dir gefragt«, riss Annika mich aus meinen Gedanken.

Ach herrje, an die hatte ich gar nicht mehr gedacht, nachdem ich mich eine halbe Ewigkeit nicht mehr gemeldet hatte. Was sie wohl zu Simon sagen würden? Ein Ernährer könnte er sein, aber ich wollte unabhängig an seiner Seite leben und an Kinder verschwendete ich keine Gedanken.

»Du solltest sie recht bald besuchen«, fügte sie hinzu.

Ja, das würde ich tun und ich würde selbstbewusst mein Leben vertreten und mir nichts mehr sagen lassen. An diesem Abend weihte ich Simon in meine Pläne ein.

Ein paar Wochen später war es so weit. Der Besuch bei meinen Eltern stand an. Im schönen Münsterland schien die Sonne, als wir ihr Haus erreichten. Bereits durch das Gartentor konnte ich die vielen Tische im Garten meines Elternhauses sehen. Eine Party? Das hatte ich nicht erwartet. Ich blickte Simon unsicher an, er zwinkerte mir aufmunternd zu, nahm meine Hand und schritt voran.

»Überraschung«, hallte es uns entgegen. All meine Verwandten und die Bekannten meiner Eltern lächelten, als wir den Garten betraten.

»Wen hast du uns denn da mitgebracht?«, fragte mich meine Mutter forsch, blickte Simon kritisch an und ließ das »Hallo« einfach weg.

»Meinen Freund Simon«, antwortete ich ihr knapp und bestimmt.

Höflich begrüßte sie ihn, doch ich wusste, dass es nicht mehr als ein Schauspiel war. Während Simon galant die bohrenden Fragen parierte, unterhielt ich mich bei einem Stück Kuchen mit meinen Großeltern und meiner Cousine Caroline. Caro war für mich das beste Beispiel dafür, wie es einem ergehen konnte, wenn man den Eltern alles recht machte und sich selbst vollkommen vergaß. Alle waren begeistert von Simon und selbst mein patriarchischer Vater und mein strenger Großvater verstanden sich blendend mit ihm. Er hatte sich in kürzester Zeit ihren Respekt erobert.

Nur meine Mutter und Caro witterten in ihm, wie in jedem Menschen, das abgrundtief Böse, weil seine offene, herzliche und direkte Art ihnen in jeder Sekunde vor Augen führte, wie trostlos sie dahinsiechten und wie wenig glücklich sie selber waren.

Sie liebten es, sich in ihrem Unglück zu suhlen und sich bemitleiden zu lassen. Dass sie selber ihres Glückes Schmied waren, verstanden sie nicht im Ansatz. Die Anderen waren an ihrem Unglück schuld. So war es schon immer gewesen. Verrückt, dass ich es jahrelang nicht geschafft hatte, mich ihnen zu entziehen. Stattdessen hatte ich versucht, jemand zu sein, der ihnen gefiel. Aber an diesem Nachmittag war es mir egal. Der Rest der Familie akzeptierte mich so, wie ich war. Viel mehr als das, sie schienen mir endlich Respekt entgegenzubringen.

Mein Vater umarmte mich zum Abschied so herzlich wie lange nicht und mein Großvater beglückwünschte mich zu meinem guten Fang.

Als ich abends im Bett den Tag Revue passieren ließ, legte sich ein Lächeln auf meine Lippen.

Es war die beste Entscheidung meines Lebens gewesen, Simons Einladung zu folgen und mein altes Leben zurückzulassen.

Ich war ausgebrochen. Ich war frei. Ich war der glücklichste Mensch der Welt. Ich war ich selbst. Ich war angekommen.

Gewidmet dem wundervollen Gefühl, dem erregenden Duft und dem sinnlichen Glanz des engen Latex auf der Haut. Verliebt in die zauberhafte Silhouette, die es verleiht, und die unzähligen Möglichkeiten, sich darin zu verwandeln.